Andreas Schlüter
2049

*Andreas Schlüter*, geboren 1958, ist einer der erfolgreichsten Jugendbuchautoren der letzten Jahre. Gleich sein erstes Buch, ›Level 4 – Stadt der Kinder‹, wurde ein Bestseller, dieser und alle weiteren Computerkrimis aus der Level 4-Serie sind bei dtv junior im Taschenbuch lieferbar und aus dem Programm inzwischen nicht mehr wegzudenken. ›2049‹ ist ein weiterer Band dieser erfolgreichen Serie, den man auch unabhängig von den anderen Folgen lesen kann. Zusätzliche Informationen über Andreas Schlüter und seine Bücher finden sich unter www.aschlueter.de.

Weitere Titel von Andreas Schlüter bei dtv junior: siehe Seite 4

Andreas Schlüter

# 2049

Ein Computerkrimi
aus der Level 4-Serie

Deutscher Taschenbuch Verlag

Von Andreas Schlüter sind außerdem
bei dtv junior lieferbar:
Heiße Spur aus Afrika, dtv junior 70430
Die Fernsehgeisel, dtv junior 70660
Kurierdienst Rattenzahn – Die Rollschuh-Räuber,
dtv junior 70713
Kurierdienst Rattenzahn – Ein Teufelsbraten, dtv junior 70768
Kurierdienst Rattenzahn – Die Mega-Stars, dtv junior 70779
Kurierdienst Rattenzahn – Crash!, dtv junior 70864
Weitere Titel der Level 4-Serie: siehe Seite 256

Ungekürzte Ausgabe
In neuer Rechtschreibung
Januar 2005
Deutscher Taschenbuch Verlag GmbH & Co. KG, München
www.dtvjunior.de
© 2003 Arena Verlag GmbH, Würzburg
Umschlagkonzept: Balk & Brumshagen
Umschlagbild: Karoline Kehr
Satz: Fotosatz Reinhard Amann, Aichstetten
Gesetzt aus der Futura 11/13,5˙
Druck und Bindung: Druckerei C. H. Beck, Nördlingen
Printed in Germany · ISBN 3-423-70852-2

# Ein unglaubliches Angebot

Miriam schüttelte die Barbie-Puppe, als handelte es sich um einen Milch-Shake. Das Ergebnis blieb das gleiche. Sie war leer.

»Das gibt es doch nicht!«, brabbelte Miriam, während sie die Puppe noch mal kräftig schüttelte.

Erst hatte sie es ja für ein gutes Zeichen gehalten, dass kein Klimpern zu hören war, und gehofft, die Barbie-Puppe enthielte statt Münzen einige Scheine. Doch auch davon keine Spur. Verzweifelt betrachtete Miriam ihre Spardose.

Schon lange hegte Miriam den Wunsch, Kriminalkommissarin der Mordkommission zu werden. Um sich schon mal auf die Widrigkeiten dieses schwierigen Berufes einzustellen, war sie eines Tages auf die Idee gekommen, an der Obduktion einer Leiche teilzunehmen. Da es für ein Kind natürlich unmöglich ist, so etwas mitzuverfolgen – und das Fernsehen damals noch keine Obduktionen im Nachtprogramm übertrug – hatte die Barbie-Puppe dran glauben müssen. Miriam hatte ihr Taschenmesser geschärft, das in Plastik gegossene Vorbild so mancher Fernseh-Moderatorin vom Hals bis zum Bauchnabel aufgeschnitten und festgestellt, dass die Puppe innen hohl war.

Barbie war fortan weder zum Spielen noch zum Verkauf auf dem Flohmarkt zu gebrauchen. Und so war Miriam schließlich auf die Idee gekommen, das Spielzeug einem neuen Zweck zuzuführen. Aufgebahrt auf einer alten Keksdose, zugedeckt mit einem Leichentuch, welches in Wirklichkeit ein weißes Taschentuch war, diente das Kunststoff-Super-Modell mit seinem aufgeschnittenen Bauch seitdem als makabre Spardose.

So sehr Miriam jetzt aber das Innere ihrer obduzierten Plastik-Leiche betrachtete, sie war einfach leer. Miriam konnte es drehen und wenden, wie sie wollte: Sie war pleite! Und das am 13. des Monats! Bis zur Auszahlung des nächsten Taschengeldes standen noch zwei Besuche der nahe gelegenen Kirchendisco bevor, ebenso wie Omas Geburtstag und täglich rechnete Miriam mit dem Erscheinen der neuen CD ihrer Lieblingsgruppe. Von den täglichen Kleinausgaben ganz zu schweigen. Alles in allem fehlten ihr mindestens 60 Mark Genau 20 Mark mehr, als sie im folgenden Monat an Taschengeld bekommen würde, womit die totale Pleite schon für die nächsten eineinhalb Monate programmiert war.

Es war Miriam schleierhaft, wie man mit so wenig Geld auskommen sollte.

Jennifer, ihre beste Freundin, bekam genauso viel Taschengeld, aber die hatte am Ende des Monats immer etwas übrig. Schon oft hatte Miriam sie gefragt, wie sie das bloß anstellte, aber Jennifer hatte daraufhin jedes Mal nur mit den Schultern gezuckt und geantwortet: »Ich weiß es auch nicht. Ich kaufe mir halt nicht so viel wie du!«

Das war vielleicht ein toller Hinweis! Und so etwas

von der besten Freundin! Da hätte sie ebenso gut ihren Vater fragen können!

Aber alles Nörgeln und Grübeln half nichts. Miriam musste etwas unternehmen. Aber was? Sie legte ihre Barbie-Spardosen-Puppe zurück auf den Operationstisch und deckte sie ordnungsgemäß mit dem Leichentaschentuch zu.

»Tja, Mädchen!«, murmelte sie. »Leider bist du schon ausgequetscht bis auf den letzten Blutstropfen!«

Das hätte sich dieses Schicki-Micki-Modell sicher auch nie träumen lassen, dachte Miriam noch, als sie über ihren eigenen Gedanken stolperte. *Blutstropfen?* Gab es nicht so etwas wie Blutspenden? Dafür bekam man doch Geld, glaubte Miriam mal gehört zu haben. Und gar nicht mal so wenig. Irgendwie summte ihr etwas von 50 oder 60 Mark durch den Kopf. Und selbst wenn es nur 30 Mark wären: besser als nichts. Für so ein bisschen Blut.

Ob Kinder das überhaupt durften? Wieso nicht? Schließlich brauchten die Krankenhäuser doch bestimmt auch Kinderblut; nicht nur die Nikotin und Alkohol verseuchte Brühe der Erwachsenen! Das wäre ja noch schöner!

Miriam fragte sich, wo sie sich erkundigen konnte, und erinnerte sich, dass sie schon mal Anzeigen in der Zeitung gesehen hatte, die um Blutspender warben.

Sie hatte diesen Gedanken noch nicht mal richtig zu Ende gedacht, da war sie schon ins Wohnzimmer ihrer Eltern geflitzt, hatte sich auf den Altpapierkorb gestürzt und die Zeitungen der letzten vier Tage herausgekramt.

Aufgeregt blätterte sie die Anzeigenseiten durch. Himmel, was es da alles gab! Eine ganze Rubrik Gesundheitsdienste, unter denen aber ausschließlich Massagen von Masseurinnen angeboten wurden, die ausnahmslos auch ihr Alter angegeben hatten, wobei keine älter als fünfundzwanzig war. Miriam ahnte, dass man diese Massagen nicht auf Krankenschein bekam. Unter den Rubriken **Stellenangebote,** die ohnehin nur aus zwei Anzeigen bestand, und **Wohnungen** brauchte sie gar nicht erst zu schauen, ebenso wenig unter **Autos, Motorräder, Reisen und Ferienhäuser.** Aber dort vielleicht: **Verschiedenes!**

Miriam fuhr mit dem Zeigefinger die einzelnen Inserate entlang:

**Fußreflexzonenmassage.** *Das muss doch furchtbar kitzeln,* dachte Miriam sich.

**Tantra-Kurse,** was auch immer das sein mochte.

**Warzenbesprechung** stellte Miriam sich langweilig vor. Was gab es mit einer Warze schon zu besprechen?

**Nichtraucher in 24 Stunden.** Na ja. Raucher wurde man meist schneller.

**Horoskop per Telefon.** Mit einer 0190 Nummer! Miriam lachte. Die sagten einem vermutlich eine hohe Telefonrechnung voraus – und würden Recht behalten.

Kurz: So ziemlich jeder Blutsauger der Stadt inserierte zwar in diesem Kleinanzeigen-Dschungel, bloß für Blutspender gab es keinen Hinweis!

Gerade wollte Miriam die Zeitung enttäuscht beiseite legen, als sie doch noch ein Inserat entdeckte, das interessant klang.

## Wollen Sie Ihr Geld im Schlaf verdienen?

*Die müssen mich kennen!*, dachte Miriam. Denn genau das wollte sie! Die folgenden Zeilen las sie zweimal und konnte es immer noch nicht glauben:

**Sie schlafen eine halbe Stunde
und verdienen 500,- DM.
Interesse?
Nähere Informationen bei
Forschungslabor Microbrain**

Miriam glaubte, sie träumte, dachte aber nicht daran, die Gunst der Stunde zu verschlafen. Sie hechtete ans Telefon, um Jennifer anzurufen. Denn natürlich würde sie zu einer so aufregenden Angelegenheit niemals allein gehen. Jennifer musste mit! Da gab es gar keine Diskussion.

Jennifer versuchte auch gar nicht erst Miriam zu widersprechen, sondern stand fünfzehn Minuten später bei ihr vor der Tür, um sich alles direkt anzuhören und die Anzeige selbst zu lesen. Und da Jennifer in letzter Zeit kaum mehr einen Schritt machte ohne ihren Ben zu informieren, war der gleich mitgekommen. Trotz der Freundschaft zu Jennifer aber war Ben nur sehr selten dazu zu bewegen, mal etwas ohne Frank zu unternehmen. Und so saßen schließlich alle vier in Miriams Zimmer und machten sich über die Zeitungsanzeige her.

Jennifer vermutete sofort einen Arzneimittelfabrikanten hinter der Anzeige, der den Schlaf der Freiwilligen nutzte, um ihnen irgendwelche unausgegorenen Medikamente zu verpassen.

»Die können doch nicht machen, was sie wollen!«, widersprach Ben. »Tests mit Menschen sind strengen Kontrollen unterworfen.«

Das beruhigte Jennifer allerdings wenig. Sie beharrte darauf, dass niemand sein Geld verschenkte, schon gar nicht an schlafende Menschen. »Irgendwas machen die da ja mit einem!«, war sie sich sicher.

»Wir werden es nie erfahren, wenn wir es nicht ausprobieren«, lautete Miriams pragmatische Lebensregel. »Und für die Befriedigung unserer Neugier bekommen wir sogar noch 500 Mark! Wir wären doch bekloppt, wenn wir das nicht machen würden!«

Jennifer blieb skeptisch. Es gab Leute, die saßen für gerade mal 1.500 Mark den ganzen Monat an einer Supermarktkasse. Warum taten die das, wenn es auf der anderen Seite so leicht war, sein Geld zu verdienen?

Miriam stöhnte laut auf »Du bist ein Angsthase!«, bescheinigte sie Jennifer.

Doch mit solchen Sprüchen ließ Jennifer sich schon dreimal nicht überreden.

»Also gut!«, schlug Miriam zur Einigung vor. »Ich brauche die Kohle, will dort aber nicht alleine hingehen. Ich verdiene mir mein Geld im Schlaf und du kommst nur mit und passt auf mich auf, in Ordnung?«

Darauf konnte Jennifer sich einlassen und die altbekannte Kette nahm ihren Lauf: Wo Jennifer hinging, folgte auch Ben. Ben machte keinen Schritt ohne Frank. So zogen alle vier zu der angegebenen Adresse.

Kaum hatten sie die Straße betreten, da sah Frank schon von weitem etwas Regungsloses am Weg stehen.

Frank schaute genauer hin und erkannte, dass dieses regungslose Etwas sich sehr wohl bewegte, allerdings unendlich langsam, kaum wahrnehmbar. Doch Frank hatte Übung darin, bei diesem Etwas die scheinbar nicht vorhandene Bewegung eines Menschen zu erkennen: »Da vorn geht Thomas!«

Die vier näherten sich ihrem Schulfreund. Thomas hatte sie noch nicht entdeckt, da sein Kopf, wie meist, nach unten gesenkt war, um auf diese Weise besser Dinge auf der Straße zu finden. Thomas nämlich sammelte alles, was man finden konnte. Sein Motto lautete: »Die Hauptsache ist, dass es umsonst ist und man es nur zu nehmen braucht.«

»Hi Thomas!«, rief Miriam und wollte Thomas gerade auf die Schulter klopfen.

Doch kurz vorher hob Thomas abwehrend die rechte Hand. »Moment!«, antwortete er ohne aufzusehen, hockte sich hin, putzte mit der Hand Sand vom Asphalt, verharrte in der Bewegung, starrte auf den Fußweg, pulte nun mit dem Zeigefinger in dem schmalen Schlitz, der den Bordstein vom Rasen trennte, und rief schließlich: »Wusste ich es doch!«

Mit einer etwa fünf Zentimeter kleinen Zinnfigur in der Hand erhob Thomas sich wieder. Sie stellte einen kleinen Krieger dar, vielleicht aus einem Fantasy-Brettspiel oder etwas Ähnlichem.

Miriam schüttelte lachend den Kopf. »Das gibt es nicht. Der findet sogar noch Sachen, die schon vergraben sind!«

Thomas strahlte sie an und steckte die Figur in seine Hosentasche, in der schon etliche weitere gesammelte Stücke darauf warteten, in der Garage seiner Eltern abgelagert zu werden.

»Willst du nicht 500 Mark im Schlaf finden?«, fragte Miriam scherzhaft.

Thomas sprang prompt darauf an.

So hatte Miriam es gar nicht gemeint, nun aber blieb ihr nichts anderes übrig als Thomas einzuweihen und ihm zu verraten, wohin sie gerade gingen.

Thomas hatte zu der ganzen Angelegenheit nur eine einzige Frage. Die lautete: »Darf ich mit?«

Es war kaum zu glauben, wie viele Menschen sich fünfhundert Mark verdienen wollten. Die Kinder brauchten gar nicht an der Bürotür zu klingeln. Die Tür stand nämlich offen. Die Menschenmasse drängelte sich bis hinaus ins Treppenhaus.

»Das war's dann wohl!«, kommentierte Jennifer und wollte gerade umdrehen und den Rückweg antreten. Nie und nimmer dachte sie daran, sich hier anzustellen! Doch für Miriam kam ein Rückzug überhaupt nicht infrage.

»Die verdienen hier alle dick die Kohle und ich schleich mich mit leeren Händen nach Hause?«, flüsterte sie ihrer Freundin ins Ohr. »Ich denke nicht daran!«

Jennifer seufzte tief und versuchte Miriam noch einmal von ihrem unsinnigen Vorhaben abzubringen.

Miriam aber hörte gar nicht zu. »Lass mich nur machen!«, sagte sie und rief dann laut durch die Menge. »T'schuldigung, darf ich mal? Papi, bist du dort vorne? Oh, Mann, ich habe meinen Papa aus den Augen verloren!«

Obwohl Miriam schon dreizehn war und sich in der Regel wie fünfzehn zurechtmachte, empfingen sie sofort ein paar besorgte Gesichter. Einige Erwachsene rückten auch gleich beiseite, wodurch sie natürlich andere noch mehr an die Wand quetschten, die sich lauthals beschwerten und zurückdrängelten, was wiederum denjenigen, die dadurch ans Treppengeländer gepresst wurden, überhaupt nicht behagte. In wenigen Sekunden glich das Treppen- einem Tollhaus. Die Erwachsenen pöbelten sich an, schubsten sich gehässig die Treppen hoch und wieder hinunter, rechts an die Wand oder gegenüber ans Geländer. Schmerzensschreie waren zu hören, Flüche und Androhungen von körperlicher Gewalt. In dem ganzen Durcheinander entstanden hier und da natürlich auch immer wieder Lücken.

Genau darin sah Miriam ihre Chance.

»Mir nach!«, rief sie siegesgewiss, wartete die Reaktion ihrer Freunde gar nicht erst ab, sondern knuffte und zwängte sich durch die jeweils für kurze Zeit entstehenden Gänge im Erwachsenen-Wirrwarr.

Jennifer zuckte mit den Schultern. Es blieben nur zwei Möglichkeiten: entweder Miriam völlig aus den

Augen zu verlieren oder sofort hinterherzuschlüpfen. Jennifer entschied sich für die zweite Variante. Und so folgten selbstverständlich auch Ben, Frank und Thomas durch den wabernden Tunnel des murrenden Erwachsenen-Berges, der den Eingang zu dem Forschungsbüro verstopfte.

»Da wären wir!« Zufrieden stemmte Miriam ihre Hände in die Hüften und sah die leichenblasse Frau hinterm Tresen freundlich an, die sichtlich von dem Andrang der vielen Menschen überrascht und von ihrer Aufgabe, die Anmeldung zu organisieren, restlos überfordert war.

Auf den ersten Blick war Miriam schon klar, dass die Frau jetzt alles gebrauchen konnte, bloß keine Fragen. *Also,* dachte Miriam, *bekommt die arme Sekretärin keine Fragen, sondern Antworten.* »Hi!«, begrüßte Miriam sie herzlich. »Da sind wir! Pünktlich wie am Telefon versprochen. Ich nehme an, Herr Doktor erwartet uns schon!«

Die Frau hinter dem Tresen sah von ihren Papieren auf, die sich auf dem kleinen Schreibtisch stapelten. Sie war verwirrt, wusste nichts von einer telefonischen Verabredung. Schließlich hatte in der Zeitungsanzeige wohlweislich auch keine Telefonnummer gestanden. Das wäre ja noch schöner, wenn zu all dem Chaos jetzt auch noch das Telefon unablässig bimmeln würde.

Doch Miriam ließ der Frau keine Zeit zum Nachdenken. Natürlich hatte sie sich nicht telefonisch angemeldet. Wie auch? Aber das brauchte ja die Sekretärin wiederum nicht zu wissen.

»Da lang?«, fragte Miriam selbstbewusst, als würde sie hier täglich ein und aus gehen und sich schon bestens auskennen. Der Weg stimmte natürlich. Denn die anderen drei Wände waren besetzt mit Ausgang, Toilettentüren und Garderobe. Es konnte nur dort entlang gehen, wohin Miriam gezeigt hatte. Folgerichtig nickte die Frau unwillkürlich.

»Danke sehr!«, rief Miriam der völlig verdutzten Frau zu und machte sich auf den Weg.

Ihre Freunde hatten von der ganzen Aktion nichts begriffen, außer eines: Sie mussten jetzt hinterher.

Als einer aus dem Erwachsenen-Knäuel heraus zu fragen wagte, weshalb die Kinder vorgelassen wurden, erhielt er von der Sekretärin die barsche Antwort: »Die sind telefonisch angemeldet! Sie aber nicht!«

## Seltsames Erwachen

Miriam stand auf der Tanzfläche in der Kirchendisco und sah sich lächelnd um. Im Kreis um sie herum blickten sie zehn oder fünfzehn Jungs erwartungsvoll an. Einer hübscher als der andere. Jeder von ihnen kannte nur einen Wunsch, dass Miriam ihn zum Tanzen auffordern würde. Miriam konnte sich nicht entscheiden, empfand diese außerordentlich große Wahl aber keineswegs als Qual. Genüsslich schritt sie den Reigen ihrer Verehrer ab und musterte jeden einzelnen sorgfältig. Manche wollten ihr imponieren, indem sie mit dem Schlüssel ihrer Mokicks wedelten und ihr zuflüsterten, dass sie Miriam den ganzen Abend die Getränke zahlen würden. Miriam lachte ihnen ins Gesicht, schwenkte vor ihren Nasen mit fünf Hundertmarkscheinen und zog weiter zum nächsten Verehrer. Nein, mit Geld war sie wirklich nicht zu ködern! Im Hintergrund hockte ihre Großmutter in einem Schaukelstuhl und freute sich über ein Geburtstagsgeschenk. *Komisch*, dachte Miriam. Ihre Oma war noch nie in der Disco gewesen. Und dann gleich mit dem Schaukelstuhl. Auf der anderen Seite des Raumes stand Miriams Lieblingsband in kompletter Formation. Sie hielten ihre neuste CD in der Hand und waren gerade damit beschäftigt, persönliche Autogramme für Miriam darauf zu schreiben.

Ein leises, monotones Piepen riss Miriam aus der

Discoszene. Sie öffnete die Augen und sah plötzlich auf eine Wand. Wo war sie?

Langsam setzte ihre Erinnerung wieder ein: *Geld verdienen im Schlaf.* Sie befand sich in dem Forschungslabor. Dann war das Disco-Erlebnis also nur ein Traum gewesen. Schade. Aber was war wirklich geschehen?

Sie hatten tatsächlich einen Doktor angetroffen. Er war erst sehr verblüfft gewesen, Kinder unter den Kandidaten für sein Experiment zu finden, hatte sich dann geweigert die Kinder anzunehmen. Ohne Genehmigung der Eltern durfte er es ohnehin nicht, hatte er erzählt, aber dann hatte Miriam so lange gebettelt, bis er klein beigab. Und zwar auf eine Art, dass Miriam schon glaubte, er führte das Experiment mit ihnen gar nicht wirklich durch, sondern tat nur so. Ihr sollte es recht sein. Hauptsache, das Labor würde zahlen. Der Doktor versicherte noch mal, dass alles völlig ungefährlich wäre; sie brauchten auch gar nichts zu schlucken, bekamen nichts gespritzt. Das Einzige, was der Doktor zu tun gedachte, war, eine Art Lampe – wie er sich ausgedrückt hatte – über die Köpfe der Kinder zu bewegen. *Brain-scanning* nannte er das Verfahren.

Miriam hatte kein Wort verstanden. Aber dieses eigenartige Fremdwort, das sich vielmehr nach Technik als nach Medizin anhörte, hatte natürlich sofort Bens Interesse geweckt. Der Doktor müsste mittlerweile eigentlich aussehen wie ein Schweizer Käse; so viele Löcher hatte Ben ihm in den Bauch gefragt.

Zuerst hatte der Doktor klargestellt, dass er zwar

Doktor, aber keinesfalls Arzt sei, sondern ein Doktor der Physik. Und als solcher habe er gemeinsam mit einigen anderen Doktoren und Professoren das Brainscanning nicht gerade erfunden, es aber so weit entwickelt, dass es funktionierte.

Brain-scanning, so hatte der Doktor erklärt, war am ehesten zu vergleichen mit der Kopie einer Datei auf dem Computer – was Bens Augen sofort einen feierlichen Glanz verliehen hatte. Bei einem Computer war es kein Problem, eine beliebige Datei zu kopieren und sie einem anderen Computer wieder einzuspeisen. So etwas funktionierte über alle möglichen Datenträger und Übertragungsmöglichkeiten: Diskette, Telefonleitung, per Handy, Satellit oder auch über eine Infrarot-Verbindung. Und was mit einer Datei ginge, das wäre selbstverständlich auch für eine ganze Festplatte möglich, hatte der Doktor betont, worauf Ben ihn gelangweilt, beinahe schon mitleidig angesehen hatte. Solche ollen Kamellen kannte doch mittlerweile jedes Kleinkind.

Schon einen Satz später allerdings hatte sich Bens Mund vor Staunen ebenso aufgeklappt wie der aller Kinder, als der Doktor gesagt hatte: »Und was mittlerweile jeder Mensch mit einer Festplatte machen kann, das machen wir mit Gehirnen!«

»Womit?«, hatte Jennifer entsetzt aufgeschrien.

Der Doktor hatte sie milde angelächelt und betont, dass es überhaupt keinen Grund zur Sorge gäbe.

Sie wären zwar in der Lage den kompletten Inhalt eines Gehirns zu scannen und könnten diesen auch speichern, aber es gab noch keinen Datenträger, auf den man diesen archivierten Inhalt eines Gehirns hätte kopieren können, so dass er auch funktionierte.

»Es ist also alles nur Grundlagenforschung«, beruhigte der Doktor. »Nur fürs Archiv und für Messungen. Wir wenden den Inhalt nicht an!«

Trotzdem!

Jennifer war nicht bereit irgendjemandem den Inhalt ihres Gehirns zur Verfügung zu stellen! Das war ja die reinste Horror-Vision!

Miriam aber – noch immer die fünfhundert Mark im Blick – hatte sich sofort Jennifers linkes Ohr geschnappt um dort hineinzuflüstern: »Das glaubst du doch selbst nicht! Den Inhalt eines Gehirns scannen! So ein Quatsch! Das ist doch ein Spinner!«

»Meinst du?«, hatte Jennifer unsicher nachgefragt.

Miriam war sich tausendprozentig sicher. »Was meinst du, weshalb der versichert, dass sie den Inhalt nicht anwenden? Weil es gar nicht geht! Der will sich bloß wichtig machen mit seiner angeblichen Forschung. Vermutlich heiß auf den Nobelpreis oder so. Komm, wir lassen ihm seinen Spaß und kassieren die Knete!«

Jennifer hatte Miriam geglaubt. Vermutlich auch, weil sie es glauben wollte. Den Inhalt eines Gehirns zu kopieren, diese Vorstellung war einfach zu furchtbar, als dass dieses Vorhaben sich verwirklichen lassen durfte.

So hatten dann schließlich alle mitgemacht, waren in einen Raum geführt worden, in dem nur eine Liege neben einem mannshohen Apparat stand, der aussah wie eine aufgemotzte HiFi-Anlage. Da es nur einen einzigen Apparat gab, mussten sie nacheinander gescannt werden. Miriam hatte sich als Erste auf die Liege gelegt. Dann musste sie eingeschlafen sein. Und jetzt war sie endlich aufgewacht. Frank sollte als Zweiter dran sein. Vermutlich wartete er nun schon ungeduldig. Wie lange das Scannen wohl gedauert hatte? Ob es wirklich nur eine halbe Stunde war, wie der Doktor versprochen hatte?

Miriam hob den Kopf, sah sich um.

*Eigenartig*, dachte sie. Sie musste so lange geschlafen haben, dass sie in einen anderen Raum geschoben worden war. Denn der Apparat war verschwunden, der Doktor war weg, aber neben ihr lagen auf vier weiteren Liegen der Reihe nach Jennifer, Ben, Frank und Thomas.

Sofort fiel Miriam auf, dass sich etwas Gravierendes geändert hatte: Sie trugen keine Kleidung mehr! Zumindest nicht ihre Kleidung. Jeder von ihnen war während ihres Schlafes in einen weißen Bademantel gesteckt worden.

Weshalb?

Wo waren ihre Klamotten?

Miriam wollte aufstehen, hielt aber in der Bewegung inne, denn sie hatte ein außerordentlich befremdliches Körpergefühl. Sie hätte es nicht beschreiben können, aber irgendwie fühlte sich alles an ihr ganz anders an als sonst.

War das Scannen ihres Gehirns doch nicht so harmlos gewesen, wie der Doktor behauptet hatte?

Er war doch tatsächlich – wie er versprochen hatte – nur mit einer skurrilen Leuchtdiode, die fast so aussah wie die Dinger, mit denen man Hundertmarkscheine auf ihre Echtheit prüft, über ihren Schädel gefahren. Allerdings so langsam, dass es selbst Thomas wie eine Ewigkeit vorgekommen sein musste. An das Ende dieses Scannens konnte sie sich jedenfalls nicht erinnern. Weshalb war sie überhaupt eingeschlafen? Sie hatte weder eine Spritze noch Tabletten bekommen.

Miriam sah sich weiter um, doch in dem Raum gab es nichts. Er war vollkommen leer – bis auf die fünf Liegen, auf denen sie lagen.

»Pst!«, rief Miriam zu Jennifer hinüber. »Bist du wach?«

»Ja!«, antwortete Jennifer. »Was ist los? Ich habe das Gefühl, dass ich meinen Körper nicht bewegen kann.«

»Geht mir auch so!«, hörte Miriam Bens Stimme.

»Was haben die mit uns gemacht?«, fragte Frank. Auch er war wie gelähmt.

»Und du, Thomas?«, fragte Miriam.

»Was?«, kam als Antwort zurück.

Typisch Thomas, dachte Miriam. Der hinkte mal wieder hinterher und hatte noch überhaupt kein Körpergefühl wahrgenommen.

Miriam hatte offenbar als Einzige keine Schwierigkeiten mit ihrem Körper. Sie erhob sich langsam, stand von der Liege auf, sah an sich herunter und konnte nichts Ungewöhnliches feststellen, obwohl auch sie dieses eigenartige Gefühl nicht loswurde. Irgendetwas war mit ihrem Körper geschehen. Aber was? Es sah alles aus wie immer. Sie drehte sich mit dem Rücken zu ihren Freunden, öffnete dann behutsam den Bademantel und sah an ihrem nackten Körper herunter. Ihr fiel nichts auf. Alles normal.

Miriam schloss den Mantel wieder, drehte sich herum, aber nirgends lag ihre Kleidung. Sie hatte keine Lust, in so einem blöden Bademantel herumzulaufen, als wäre sie todkrank. Wo waren ihre Klamotten? Weshalb hatte man ihnen nicht einmal die Unterwäsche gelassen? Wieso waren sie vor dem Schlaf nicht darüber unterrichtet worden, dass sie ausgezogen wurden? Was haben die mit ihnen angestellt, während sie geschlafen haben?

Je mehr Miriam über die Geschichte nachdachte, desto mulmiger wurde ihr zumute.

»Jetzt geht's plötzlich!«, rief Jennifer.

Miriam sah, wie Jennifer ihren Kopf hob und ebenso skeptisch und verunsichert ihren Körper betrachtete, wie sie selbst es kurz zuvor getan hatte.

Auch Ben und Frank erhoben sich nun langsam und vorsichtig. Sie mussten alle dasselbe Unbehagen empfinden, ging es Miriam durch den Kopf, denn nicht einmal Frank, der Supersportler sprang auf wie ein Wildpferd, sondern krabbelte eher von der Liege wie jemand nach einer schwierigen Hüftoperation. Als hätte er Angst, mit einer Bewegung etwas kaputtzumachen.

»Was ist mit dir?«, fragte Miriam zu ihm hinüber.

»Ich weiß nicht!«, antwortete Frank. »Alles fühlt sich so taub an.«

Genau dieses Gefühl hatte Miriam auch gehabt. Ihr Körper war taub und schien erst allmählich zum Leben zu erwachen.

»So ähnlich muss sich Dornröschen nach ihrem hundertjährigen Schlaf gefühlt haben«, meinte Jennifer, als sie ihren ersten Schritt gehen wollte.

»Ben, was haben die mit uns gemacht?«, fragte Frank seinen besten Freund, der doch immer alles über Technik wusste.

Doch diesmal konnte Ben ihm auch nicht weiterhelfen und schüttelte bedauernd den Kopf.

Um zu überprüfen, wie lange sie geschlafen hatten, sah Ben auf seine Armbanduhr. Er blickte allerdings lediglich auf sein nacktes Handgelenk. Die Uhr fehlte. Er vermutete, dass sie bei seiner Kleidung lag, irgendwo in diesem Labor, gut aufbewahrt in einem Spind.

»Seltsam!«, murmelte Frank plötzlich vor sich hin und schüttelte den Kopf. »Seht mal mein rechtes Bein!« Er stand auf, drehte sich zu den anderen und streckte sein Bein vor.

Niemand konnte daran etwas Bemerkenswertes entdecken.

»Eben!«, bestätigte Frank. »Genau das ist es ja. Bis heute Nachmittag hatte mein Bein noch etwas Besonderes: nämlich eine dicke rote Schramme quer überm Knie. Ich bin doch vorgestern beim Fußballspiel so mies gefoult worden!«

Miriam bückte sich, besah sich Franks Bein genauer, aber von einer Schramme keine Spur. Im Gegenteil:

◉ Frank besaß ein makellos sauberes, feines Bein. Man hätte es ausstellen können, so fehlerlos war es.

Jennifer verzog ihr Gesicht zu einer finsteren Miene. »Wenn ihr mich fragt«, begann sie ihre böse Vermutung auszusprechen, »dann war dieser Gehirnscanning-Quatsch nur ein Vorwand, um uns zu betäuben und andere Experimente an uns auszuprobieren!«

Entsetzt sahen die anderen Jennifer an.

»So etwas geht nicht so einfach!«, wandte Ben ein.

»So?«, fragte Jennifer hämisch. »Und wo ist Franks Schramme? Die haben irgendein Wundmittel an ihm ausprobiert!«

»Vielleicht waren unsere Körper deshalb zunächst wie taub!«, stieg Miriam auf Jennifers Theorie ein. »Wahrscheinlich haben die uns irgendwelche Medikamente gespritzt!«

»Hör bloß auf!«, rief Frank entsetzt. »Ich habe am Wochenende Vorausscheidungen zur Leichtathletik-Meisterschaft. Wehe, die haben mir etwas verpasst, was auf der Doping-Liste steht!«

»Du hast vielleicht Probleme!«, Jennifer schüttelte den Kopf. »Die Frage ist vielmehr, was die überhaupt mit uns angestellt haben!«

»Am besten wir fragen!«

Alle drehten sich zur letzten Liege, die hinten an der Wand stand. Ohne dass es jemand bemerkt hätte, war Thomas aufgestanden.

»Bestimmt kommt gleich jemand, jetzt da wir aufgewacht sind!«, war Thomas sich sicher. »Eine Krankenschwester oder so. Die können wir doch fragen!«

Als verfügte Thomas über hellseherische Fähigkeiten, öffnete sich gerade jetzt die Tür und eine zierliche Frau betrat den Raum, die eindeutig asiatischer Herkunft war. Nicht einmal der typische weiße Kittel konnte etwas von ihrer Schönheit rauben. Ihr hinreißendes Lächeln ließ strahlend weiße Zähne aufblitzen. Mit tiefbraunen Augen sah sie die Kinder freundlich an.

»Guten Tag!«, hauchte sie.

Ben war hingerissen von ihrer Erscheinung, was ihm einen argwöhnischen Blick von Jennifer einbrachte.

Miriam war mit einem Schlag klar, dass die Jungs bei dem Anblick einer solchen Fee kein Wort hervorbringen würden. Dafür war das männliche Geschlecht zu schlicht gestrickt.

Also ergriff sie sofort die Initiative.

»Guten Tag, Schwester!«, begrüßte sie die makellose Frau. »Was haben Sie mit uns gemacht?«

Die Frau sah Miriam an, als hätte sie in diesem Moment von einem Millionengewinn im Lotto erfahren. Mit verklärtem Blick, der unweigerlich das Gefühl von warmer Sonne und sauberen Stränden aufkommen ließ, antwortete die Frau mit einer Stimme, die die Ohren zärtlich zu streicheln schien:

»Liebe Miriam. Ich bin keine Schwester, sondern Physikerin. Genauer: die Leiterin dieses Labors. Mein Name ist Professorin Doktorin Pi.«

»Pi?«, kiekste Miriam laut auf.

Die Leiterin des Labors überhörte diesen Laut. Unbeirrt fuhr sie fort: »Aber du darfst mich gerne bei meinem Vornamen nennen: Frieda!«

»Frieda?«, wiederholte Miriam.

Für den hundertsten Teil einer Sekunde schien sich ein Ausdruck der Besorgnis in Frieda Pis Porzellan-Gesicht verirrt zu haben, die sich zu fragen schien, weshalb das Mädchen vor ihr alles wiederholte, bevor sie lediglich antwortete: »Ganz recht!«

Miriam hatte Mühe, ihr Anliegen nicht aus den Augen zu verlieren. Schließlich fiel ihr wieder ein: »Ich will Sie nicht beim Vornamen nennen. Ich will wissen, was Sie mit uns gemacht haben!«

»Aber das weißt du doch!«, schmeichelte Frieda Pis Stimme sich in Miriams Gehörgänge ein. »Ich möchte euch jetzt bitten mich in euren Aufenthaltsraum zu begleiten. Ihr werdet dort alles Nähere erfahren, meine Lieben!«

Frank, Ben und Thomas gafften die Professorin an, als sei ihnen ein Engel erschienen. Selbst Miriam fühlte sich auf eine noch unbekannte Weise von der Aura dieser Frau gefangen. Nur Jennifer kräuselte skeptisch ihre Stirn und hakte nach: »Was soll das heißen: unser Aufenthaltsraum? Ich will in keinen Aufenthaltsraum, ich will wissen, was Sie mit uns angestellt haben, und dann nach Hause.«

»Aber selbstverständlich!«, säuselte Professorin Pi ihr zu. »Ich will euch ja gern alles erläutern. Aber eines nach dem anderen!«

Ohne weitere Fragen oder Einwände abzuwarten schritt sie voran, ach, was heißt schritt, sie schwebte einer Feder gleich aus dem Raum hinaus.

Die Jungs stampften ihr wie ferngesteuert hinterher.

Jennifer packte Ben grob am Arm. »Reiß dich mal zusammen!«, fauchte sie ihn an. »Du benimmst dich ja wie der letzte Trottel!«

»Hä?«, machte Ben.

»Blödmann!«, ärgerte sich Jennifer und schubste Ben vor sich hin.

Miriam kicherte. »Und ich dachte, Ben steht nur auf Halbleiter-Chips!«

»Fang du nicht auch noch an!«, warnte Jennifer ihre beste Freundin gereizt.

Miriam hob entschuldigend die Hände. »Komm mit. Mal hören, was Miss Universum uns zu berichten hat!«

# Gefangen!

Daily Soap war der Begriff, der Miriam einfiel, als sie den Aufenthaltsraum betrat. Der Raum sah aus wie ein Jugendzimmer in einer dieser täglichen Kitsch-Sendungen im Fernsehen, die vornehmlich mit miserablen Amateur-Schauspielern in dilettantisch ausgeleuchteten Studios vor den Requisiten von Schultheatern gedreht wurden.

So, wie es hier aussah, stellten sich nicht nur ahnungslose Fernsehregisseure die Zimmer von Jugendlichen vor – sondern offenbar auch die Chefs von Forschungslabors.

An einer Wand klebten die Poster drittklassiger Popgruppen, die anderen waren in so grellen Farben gestrichen, dass sich vielleicht Raps-Käfer dort wohl gefühlt hätten, aber sicher keine Menschen. Zum Sitzen standen untaugliche Sessel aufgereiht wie in einem Möbelkatalog neben einem Tisch, auf dem garantiert noch nie jemand etwas abgestellt hatte. Zwei Zeitschriften lagen unangetastet in einem Zeitungsständer, den jeder Jugendliche augenblicklich aus seinem Zimmer gefeuert hätte. Die Polster des Sofas präsentierten sich so glatt und faltenlos, als wären sie aus Sperrholz gefertigt, der ölig glänzende Fußboden aus Parkettimitat schien sich gegen jedes Betreten wehren zu wollen. Zwei geschwungene Deckenstrahler, die eher verbogen aussahen, hüllten das Zimmer in ein ähnlich stimmungsvolles Licht, wie es in durchgehend geöffneten Kebab-Buden im Drogenviertel üblich war.

Eben Daily Soap.

»Was sollen wir hier?«, muffelte Miriam die Laborfee an.

»Ich hoffe, es gefällt euch!«, sang Frieda Pi ihnen zu.

*Das kann die nicht ernst meinen*, dachte Miriam.

Jennifer hatte den gleichen Gedanken. »Wohnen Sie so zu Hause?«, fragte sie nach.

»Nein!«, lachte Frieda Pi. »Ganz und gar nicht!«

»Eben!«, bemerkte Jennifer spitz. »Wir auch nicht!«

Jetzt schien die Professorin tatsächlich persönlich getroffen zu sein. Auf ihrer Stirn bildete sich eine Sorgenfalte wie mit einem chinesischen Feinhaarpinsel gezeichnet. »Wirklich nicht?«, fragte sie hilflos.

Die Kinder konnten ihr keine bessere Mitteilung machen. So geschmacklos wohnte tatsächlich niemand!

»Außerordentlich bedauerlich!«, befand die Professorin. »Wenngleich es auch nur für ein paar Tage sein wird.«

»Wie bitte?«, schreckte Jennifer auf. »Wieso denn für ein paar Tage?«

Frank sprang ihr sofort zur Seite. »Wir wollen nach Hause. Und zwar jetzt! Wo sind unsere Klamotten?«

»Von mehreren Tagen war nie die Rede! Eine halbe Stunde hatte der Doktor gesagt!«, fügte Miriam an.

»So?«, fragte Frieda-Engel ohne ernsthaft eine Antwort zu erwarten – und verschwand aus der Tür.

Die Kinder sahen sich verblüfft an.

»Das ist ja wohl die Höhe!«, entfuhr es Miriam

schließlich. Im nächsten Moment wollte sie diesem eiskalten Drachen in Feen-Gestalt hinterherlaufen, doch die Tür war verschlossen!

»Von wegen Aufenthaltsraum!«, beschwerte sich Miriam. »Das ist ein Zwinger!«

Wütend hämmerte sie gegen die Tür und brüllte so laut sie konnte, dass man gefälligst die Tür öffnen sollte.

Frank winkte schließlich ab. »Hat keinen Sinn!«, lautete sein Urteil. »Ich schlage vor, wir machen uns hier so schnell wie möglich vom Acker. Ohne jemanden zu fragen!«

Mit diesem Vorschlag waren sofort alle einverstanden.

Aber das war leichter gesagt als getan. Erst jetzt stellten die Kinder fest, dass der Raum kein Fenster besaß. Die Tür war verschlossen. Wie sollten sie jemals den Raum verlassen können?

»Alles durchsuchen!«, schlug Frank weiter vor. »Danach sehen wir weiter!«

»Wonach sollen wir denn suchen?«, fragte sich Miriam, was Thomas einen lauten Lacher entlockte. Das war typisch Miriam! Beim Suchen fragte man doch nicht, wonach man suchen sollte. Man suchte einfach, dann fand man auch etwas. Irgendwie konnte Thomas den anderen diese simple Weisheit niemals begreiflich machen.

Frank nahm sich den Schrank vor, musste jedoch sofort enttäuscht feststellen, dass er leer war. Er fragte sich, wozu man so ein hässliches Ungetüm in den Raum gestellt hatte, wenn sich in dem Schrank überhaupt nichts befand. Er hätte zumindest ein paar Brettspiele erwartet, wie sie in jedem Haus der Jugend in den Schränken verstaubten. Dies hier sollte doch ein Aufenthaltsraum sein.

Jennifer krabbelte auf dem Fußboden herum, in der Hoffnung, etwas Interessantes unter dem Sofa zu entdecken.

Miriam tastete die Ritzen der Polstersessel ab. Wenn die ganze Sucherei zu nichts führte, so fand sie dort mit etwas Glück vielleicht wenigstens ein paar Geldstücke. Zu Hause bei ihren Eltern hatte sie mit dieser Methode immerhin schon einige Male Erfolg gehabt, weil Miriams Vater einen Teil seines Kleingeldes immer lose in der Hosentasche mit sich herumtrug.

Ben besah sich noch einmal die Ausgangstür. Vielleicht war die Tür nicht per Hand verschlossen worden, sondern öffnete und schloss durch ein elektronisches System, das man knacken konnte. Behutsam tastete er den Türrahmen ab.

»Was tust *du* eigentlich?«, fragte Miriam – noch immer auf Knien rutschend – Thomas.

»Pst!«, machte Thomas. Und sonst nichts. Er stand in der Mitte des Raumes, den Kopf leicht gesenkt und bewegte sich nicht. Oder doch? Bei Thomas musste man immer zweimal hinschauen, um das festzustellen.

Plötzlich machte er drei Schritte direkt auf Miriam zu, die beiseite krabbelte und sich beschwerte: »Pass doch auf! Du wärst beinahe auf meine Hand getrampelt!«

»Kopf hoch!«, munterte Thomas sie auf.

»Bist du plemplem?«, fragte Miriam, merkte dann aber, dass Thomas seinen Kommentar nicht tröstend, sondern wörtlich gemeint hatte.

»Du musst nicht dort unten suchen, sondern hier oben!«, behauptete Thomas und bückte sich hinunter zur Lehne des Sofas, zu der Miriam nun ihren Kopf emporstreckte.

Fast wären die beiden mit ihren Köpfen zusammengeknallt. Aber dafür bewegte sich Thomas dann doch zu langsam, so dass Miriam rechtzeitig ausweichen konnte.

Thomas strich mit der rechten Hand über die Lehne, hielt plötzlich still und drückte seitlich dagegen, worauf oben ein Deckel aufsprang. Innerhalb der Lehne wurde ein Schaltpult sichtbar, das aussah wie eine komfortable Fernbedienung eines Fernsehers, die man in das Sofa eingebaut hatte.

»Wie hast du das denn nun wieder entdeckt?«, fragte Miriam.

»War doch nicht schwer!«, fand Thomas, doch für Miriam blieb es ein Rätsel.

Thomas drückte sofort einen der Knöpfe.

Miriam hielt das für etwas voreilig. Sie hätte es besser gefunden, wenn Ben sich die Sache erst einmal genauer angesehen hätte. Zu spät.

Mitten im Raum flammte ein blaues Lichtbündel auf, welches die Kinder zurückschrecken ließ. Es war wie in einem Fantasyfilm.

Fasziniert, mit einer Mischung aus Neugier und Angst, gafften die Kinder auf das Farbenspiel, das sich mitten im Raum entwickelte und von Blau ins Metallicgrün wechselte.

Alle überkam bei diesem Anblick sofort die gleiche Erinnerung: In einem früheren Abenteuer waren sie einmal in eine von Robotern beherrschte Unterwasserwelt geraten, wo es so genannte Headycams gegeben hatte. Mit diesen Dingern konnte man freihändig telefonieren, wobei der Gesprächspartner allerdings vor einem in leibhaftiger Größe als Holografie erschienen war.

Genau das geschah nun auch: In der Mitte des Raumes visualisierte sich eine junge wohlgeformte Frau in einem so knappen Kleidchen, dass man ebenso gut hätte behaupten können, sie wäre nackt.

»Ihr lernt ja recht schnell!«, summte sie mit feiner melodiöser Stimme.

Jennifer war überzeugt, dass es dieselbe Stimme war wie die der Professorin.

»Habt ihr einen Wunsch?«, fragte die Frau und fügte an: »Ich bin hier für den Service zuständig und mein Name ist Algebra.«

»Ja!«, antwortete Miriam schlagfertig. »Wir wollen nach Hause!«

»Gern, aber das geht leider nicht!«, behauptete die Servicedame, worauf Miriam außerordentlich ärgerlich reagierte.

»Was soll das heißen?«, schnauzte sie die Frau an. »Sie können uns hier nicht einfach festhalten. Das dürfen Sie überhaupt nicht. Wenn Sie uns nicht augenblicklich freilassen, verständigen wir die Polizei!«

»Nur die Ruhe«, säuselte die Servicedame. »Wir halten euch nicht gefangen...«

»Ach!«, rief Frank dazwischen. »Was denn sonst?«

»Um das zu erfahren, seid ihr ja hier! Es ist etwas komplizierter, als ihr denkt. Heute Nachmittag wird es euch in Ruhe erklärt. Ich bitte euch sehr: Ihr müsst ein wenig Geduld aufbringen. Ich weiß, es ist nicht leicht. Doch dafür dient ihr der Forschung. Das ist doch auch etwas Schönes.«

»Was?«, schrie Miriam.

»Ich pfeife auf irgendwelche Forschungen!«, empörte sich jetzt auch Jennifer.

Vergeblich.

Denn das Holografie-Bild der Frau verschwand. Sie hatte die Verbindung unterbrochen.

»Frechheit!«, erregte sich Jennifer. Sie zitterte vor Zorn. Sie dienten der Forschung! Einfach lächerlich. Wie konnten sie der Forschung dienen – gegen ihren Willen! Das hier war doch kein Forschungsprojekt, das war Kidnapping.

»Und unser Geld haben wir auch noch nicht bekommen«, murmelte Thomas gedankenverloren vor sich hin, worauf Jennifer ihm beinahe an den Hals gesprungen wäre.

»Hast du einen Sprung in der Schüssel?«, giftete sie ihn an. »Wie kann man denn jetzt an Geld denken?«

Thomas zuckte erschrocken zusammen. So hatte er das doch gar nicht gemeint. Aber irgendwie war ihm eben das Geld in den Kopf gekommen.

Miriam ließ sich in das ungemütliche Sofa plumpsen.

»Scheiße!«, fluchte sie. »So habe ich mir das Geldverdienen bestimmt nicht vorgestellt.«

»Ich hatte ja gleich so ein dummes Gefühl«, bemerkte Jennifer. Wissenschaftler! Was sollte da schon Anständiges bei herauskommen?

»Was meinte die eigentlich mit heute Nachmittag?«, fiel Ben schließlich ein. »Wir haben doch längst Nachmittag, oder?« Er ärgerte sich, dass sie ihm auch seine Uhr abgenommen hatten.

Frank sah seinen Freund an. »Es sei denn...«, spann er Bens Gedanken weiter. »...Wir sind schon länger hier, als wir denken. Vielleicht ist heute schon morgen!«

»Hä?«, fragte Thomas.

Frank erklärte ihm, dass sie möglicherweise nicht eine halbe Stunde geschlafen hatten, wie sie dachten, sondern vielleicht eine ganze Nacht oder möglicherweise noch länger.

»Glaube ich nicht!«, entgegnete Thomas. »Ich habe nicht das Gefühl, so lange geschlafen zu haben.«

Aber das bewies natürlich gar nichts.

»Vielleicht haben sie uns deshalb die Uhren abgenommen«, vermutete Ben.

Mit Franks Idee erschien die ganze Sache in einem völlig neuen Licht. Möglicherweise waren sie schon mehrere Tage verschollen. Ihre Eltern hatten schon Vermisstenanzeige aufgegeben, die Polizei suchte sie bereits. Vielleicht waren sie auch gar nicht mehr am selben Ort, an dem sie eingeschlafen waren. Schließlich hatte der Raum, in dem sie erwacht waren, ja auch ganz anders ausgesehen. Und der Doktor war auch nicht mehr aufgetaucht, stattdessen diese komische Professorin.

»Himmel! Vielleicht sind wir einer internationalen Bande von Kinderschändern in die Falle gegangen!«, fantasierte Miriam. »Man liest doch immer wieder von solchen Verbrecherorganisationen, die Kinder verscherbeln für irgend solche perversen Typen!«

»Mensch, Miriam, hör auf!«, forderte Jennifer energisch.

Doch Miriam hielt ihre Theorie keineswegs für abwegig. Es gab zu viele Ungereimtheiten. Irgendetwas ganz Schlimmes musste passiert sein. Wieso nicht ein Kinderhändlerring? »Die Kinder, die entführt wurden, haben sicher auch nie gedacht, dass es sie mal treffen würde!«

»Oh, Miriam, mach doch nicht alles noch schlimmer!«, schimpfte Jennifer. »Wenn die hier nur auf Kinder aus wären, dann hätten wohl kaum am Eingang des Labors so viele Erwachsene Schlange gestanden. Die ganze Zeitungsanzeige wäre anders formuliert gewesen.«

Da hatte Jennifer Recht.

Miriam war erleichtert, sich getäuscht zu haben. Viel mehr Hoffnung gab das allerdings nicht. Denn das, was gerade mit ihnen passierte, war möglicherweise genauso schlimm. Das Entsetzlichste aber war, dass sie nicht wussten was. Diese Ungewissheit nagte an ihnen, schien sie von innen her aufzufressen. Es war furchtbar.

»Ich halte das nicht mehr aus!«, platzte es schließlich aus Frank heraus. »Es muss doch verdammt noch mal einen Weg hier hinaus geben! Ich muss hier weg!«

»Ich auch!«, Ben klopfte seinem Freund aufmunternd auf die Schulter. Das Folgende allerdings flüsterte er nur: »Vorerst bleibt nichts als abzuwarten. Wir haben noch immer keine Klamotten. Außerdem bin ich sicher, dass man uns die ganze Zeit beobachtet.«

Frank sah sich sofort im Raum um.

Ben hielt ihn fest. »Sachte! Je unbedarfter wir uns geben, desto größer unsere Chancen!«

»Was flüstert ihr da?«, fragte Miriam sofort nach.

Ben legte seinen Zeigefinger auf den gespitzten Mund, ging näher an Miriam heran und flüsterte ihr dasselbe ins Ohr, was er vorher Frank gesagt hatte. Frank informierte Jennifer und Thomas.

Es war gar nicht so leicht, trotz der enormen inneren Anspannung nach außen hin möglichst locker und ruhig zu wirken. Für Miriam war es eine nahezu unlösbare Aufgabe. Sie setzte sich aufs Sofa, hielt es dort keine Minute aus, stand wieder auf, schritt zum Schrank, schaute hinein, obwohl sie wusste, dass er leer war, schloss die Tür wieder, ging nun zum Tisch, obwohl sie auch dort nicht wusste, was sie machen sollte, und kehrte zum Sofa zurück.

»Setz dich doch mal ruhig hin!«, forderte Ben sie auf.

Miriam warf ihm einen ratlosen Blick zu, ließ sich erneut aufs Sofa plumpsen und begann an ihren rot lackierten Fingernägeln zu kauen. Ihr Nagellack schmeckte furchtbar.

Niemand wusste, wie lange sie auf diese Weise in dem so genannten Aufenthaltsraum ihre Zeit vertrödelten. Thomas hätte wohl fünf oder zehn Minuten geschätzt, Ben eher auf eine halbe Stunde getippt und Miriam war es sicher wie eine halbe Woche vorgekommen, als endlich etwas geschah.

Diesmal erschien keine Holografie, sondern die Servicedame höchstpersönlich.

Sie schob einen Wagen vor sich her, auf dem sauber und akkurat mehrere Kleidungsstücke aufgestapelt waren.

»Jetzt zieht euch erst einmal an!«, sagte Algebra freundlich.

Miriam sprang auf, als hinge ihr Leben davon ab, und wollte sich sofort über ihre Klamotten hermachen, bevor irgendjemand es sich anders überlegte. Aber sie fand ihre Kleidung nicht. Weder ihre Bluse noch ihren Minirock konnte sie entdecken.

»Das sind nicht unsere Klamotten!«, beschwerte sie sich.

»Natürlich nicht!«, antwortete Algebra.

Miriam starrte sie an. »Natürlich nicht?«, stammelte sie, spürte, wie die Wut in ihr erneut aufstieg, und schrie die Frau an: »Was haben Sie mit meinem Rock gemacht! Wissen Sie, was der gekostet hat?!«

»Nein!«, gab Algebra ehrlich zurück. »Aber probier doch mal dies hier an.« Sie reichte Miriam einen Kleidungsstapel. »Glaub mir, es kommt draußen besser an!«

Miriam glotzte auf die Kleidung, die sie unwillkürlich entgegengenommen hatte, während Jennifer sich wunderte, weshalb die Tante ihnen Modetipps gab. Was sollte der Hinweis, die neue Kleidung käme draußen besser an?

Miriam nahm die Bluse vom Stapel; so dachte sie jedenfalls. Schnell stellte sie fest, dass der Stapel aus nur einem einzigen Kleidungsstück bestand. Sie entfaltete es und schaute ungläubig auf das, was sie da in der Hand hielt. Es war ein Overall, mit eingebauten Schuhen. Allein das war schon seltsam genug. Auch die knallige giftgrüne Farbe wäre einen eigenständigen Schrei des Entsetzens wert gewesen. Viel schlimmer als Form und Farbe dieses so genannten Kleidungsstückes aber war das Material.

»Das Teil ist ja durchsichtig!«, empörte sich Miriam. Nur vorne, vor der intimsten Stelle, schützte ein sandfarbenes Dreieck mit silbernen Fäden vor dem Blick von außen.

»Natürlich ist es das!«, bekannte Algebra. »Wir sind doch nicht lebensmüde!«

## Flucht aus dem Labor

Auch die Anzüge der anderen waren durchsichtig bis auf das kleine entscheidende Dreieck. Die Farben übertrafen sich in ihrer Grässlichkeit. Jennifers Anzug strahlte in einem blassen Grünton, den man bestenfalls als Modell *Toter Wetterfrosch* hätte titulieren können, während die Anzüge der Jungs eher kranken Schlammlurchen nachempfunden zu sein schienen. Bens Overall war modrig braun, während er gleichzeitig feucht schimmerte. Auf Franks Anzug passte wohl am besten die Bezeichnung spakiges Rotzgrau, während Thomas steif und fest behauptete, sein Overall wäre gelb. Jennifer aber hielt es eher für eiterfarben.

Miriam fasste ihren Anzug mit spitzen Fingern an, als hielte sie etwas eklig Schleimiges in Händen. »Nie und nimmer ziehe ich das an!«, schwor sie.

»Probier es!«, forderte Algebra sie geduldig auf.

Allein schon die unveränderliche Freundlichkeit dieser Tussi machte Miriam rasend. Diese Frau schien überhaupt keine Gefühle zu haben. Egal, was man der sagte, stets lächelte, nein: grinste sie, leierte mit dieser monoton-lieblichen Stimme und schien Empfindungen wie Wut und Erstaunen, Zorn und Freude überhaupt nicht zu kennen.

»Nein!«, brüllte Miriam. »Ich probiere das nicht!«

»Ich zeige es dir!« Algebra zog sich vor den Kindern vollkommen nackt aus, was Miriam nur deshalb nicht weiter erstaunte, weil sie auch vorher mit ihrem knappen Leibchen kaum als bekleidet zu bezeichnen war.

Miriam kam wieder ihre Vermutung in den Sinn, ob sie nicht vielleicht doch von gefährlichen Lustmolchen entführt worden waren und verstand immer weniger, weshalb die anderen ihren Gedanken für so abwegig hielten.

Thomas entging unterdessen nicht, wie der Frau beim Ausziehen etwas aus der Tasche ihres Kittels fiel. Er wartete einen Augenblick, entschied dann, dass es für sie sicher nicht bedeutend war, und hob es auf.

Kopfschüttelnd beobachtete Ben, wie Thomas es in seinen Bademantel steckte. Thomas konnte es einfach nicht lassen, alles einzustecken, was irgendwo von irgendjemand verloren wurde.

Inzwischen hatte Algebra sich einen Overall übergezogen, den sie offenbar extra für sich mitgebracht hatte. Er war genauso transparent und hässlich wie alle anderen. Dieser Overall schimmerte wie eine in der Mikrowelle explodierte Pizza; es war ein einziger Farbenmatsch.

»Ich laufe doch nicht nackt durch die Stadt!«, machte Miriam unmissverständlich klar.

»Sondern?«, fragte Algebra ernsthaft. »Willst du vielleicht gleich an der nächsten Hausecke überfallen werden?«

Miriam sah hinüber zu Jennifer. Hatte sie dasselbe verstanden? Hatte die Service-Perle eben tatsächlich behauptet, sie würden auf offener Straße überfallen werden, wenn sie sich nicht nackt zeigten? Miriam hatte bislang eher das Gegenteil angenommen.

»Dieser Anzug ist nicht nur schick, sondern vor allem praktisch! Jeder kann sofort sehen, dass du keine Wertsachen bei dir trägst und sich ein Raubüberfall nicht lohnt!«, erläuterte Algebra in vollem Ernst.

Damit war für Miriam klar: Die Alte hatte eine Schramme weg, jede weitere Debatte war zwecklos.

Das Problem war nur: Woher bekamen sie ihre richtige Kleidung wieder?

Algebra hatte sich jetzt aber erst so richtig in Form geredet. Sie hörte gar nicht mehr auf den Overall zu preisen. Der Overall war aus einem besonderen Material hergestellt, welches für eine konstante Temperatur von 22 Grad Celsius sorgte, egal, ob es draußen brütend heiß oder frostig war.

Darüber hinaus besaß er am Handgelenk einen Druckknopf, mit dem man bei einem Überfall ein elektronisches Signal an die nächste Station eines Wachdienstes senden konnte, der daraufhin in der Lage war, sofort den Tatort festzustellen und zur Hilfe herbeieilte.

»Augenblick mal!«, unterbrach Ben den Wortschwall der Frau, die den Anzug präsentierte wie eine Stewardess die Schwimmwesten vor dem Abflug. »So ein Overall kann doch keine Funksignale senden, gewissermaßen wie ein Handy!«

Algebra lachte herzlich. »Aber natürlich kann der Anzug das!«

Thomas tippte sich an die Stirn. »Als Nächstes erzählt sie noch, man könne mit dem Ding telefonieren!«, flüsterte er Frank zu. »Die hat doch eine Meise!«

»Man kann schließlich mit dem Ding auch telefonieren!«, sagte Algebra fast im gleichen Atemzug.

Thomas blieb die Spucke weg. Er kam sich vor wie in einem James-Bond-Film.

Bens Neugier war geweckt. Der Overall, den sie tragen sollten, war zwar unbeschreiblich hässlich und zu allem Überfluss komplett durchsichtig, aber er war auch ein High-Tech-Wunderwerk.

Fast schon ehrfürchtig, wie Jennifer missbilligend beobachtete, betrachtete Ben sich seinen Anzug, legte ihn behutsam beiseite und begann sich auszuziehen.

»Ben!«, rief Jennifer entsetzt. »Du willst das Ding doch wohl nicht anziehen!«

»Besser als ein Bademantel!«, fand Ben. »Den kann ich schließlich immer noch drüberziehen.«

Dagegen war nichts einzuwenden, stimmte Frank natürlich mal wieder seinem besten Freund zu und begann ebenfalls sich umzukleiden. Auch Thomas ließ sich nun nicht lange bitten, denn immerhin – so etwas sollte man nach Thomas' Meinung nicht gering schätzen – war der Anzug gratis!

Jennifer und Miriam seufzten. Doch was sollten sie machen? Irgendwie war an Bens Argumentation ja etwas dran. Unter dem Bademantel waren ohnehin alle nackt; da konnten sie ebenso gut diesen komischen Anzug unterziehen, das war besser als nichts.

Bestens gelaunt schaute Algebra zu, wie die Kinder sich die Overalls überstreiften. »Jetzt gewöhnt euch erst einmal an die neue Kleidung!«, schlug sie vor. »In einer Stunde treffen wir uns dann wieder hier.«

»Sehr witzig!«, murrte Miriam. »Uns bleibt ja wohl nichts anderes übrig, solange Sie uns hier gefangen halten.«

»Ich kann euren Ärger gut verstehen!«, flötete Algebra. »Aber glaubt mir, ihr werdet am Ende einsehen, weshalb wir euch nicht unvorbereitet hinauslassen. Bis dann also!« Mit diesen Worten verschwand sie aus der Tür.

Wiederum prüfte Miriam – kaum dass die ätzende Tante den Raum verlassen hatte – ob die Tür offen war. Sie war verriegelt.

»Interessant!«, bemerkte Ben. Er hatte diesmal genau darauf geachtet: Algebra hatte die Tür nicht verschlossen, demnach musste sie sich – wie er schon bei der ersten Untersuchung vermutet hatte – selbsttätig verschlossen haben. Also öffnete sie sich logischerweise auch automatisch. Die Frage war nur, auf welchen Impuls die Tür reagierte. Eine schlichte Lichtschranke schied aus, sonst wäre die Tür längst auch für Ben aufgegangen; aus dem gleichen Grunde schied Körperwärme als Signal aus. Auf die Stimme konnte sie nicht reagieren, weil die Frau keinen Befehl gegeben hatte. Ebenso wenig hatte sie die Tür berührt. In ihrer Kleidung konnte nichts sein, denn Algebra hatte sich ja umgezogen. Der knappe Stofffetzen, den sie bei ihrer Ankunft getragen hatte, lag noch immer auf dem Fußboden.

Es blieb Ben ein Rätsel.

Doch es gab keinen anderen Ausgang als diese Tür. Ben drehte sich um und untersuchte noch einmal das Schaltpult in dem Sofa. Mit dem grünen Knopf rief man Algebra, die daraufhin als Holografie erschien. Aber wofür waren die anderen Knöpfe?

»Aufgepasst!«, warnte er seine Freunde, bevor er es wagte, einen weiteren Schalter zu betätigen.

Ben drückte einen Knopf.

In einer Wand öffnete sich daraufhin eine Klappe, heraus kam etwas gefahren, das aussah wie ein Staubsauger mit Armen. Schnurstracks fuhr das Ding auf den Stofffetzen der Servicedame zu, nahm das Kleidungsstück an sich, drehte sich um, rollte zu dem leeren Schrank, hängte es hinein, kehrte zurück in sein Kämmerlein und schloss die Klappe.

»Voilá!«, lachte Ben. »Die haben hier einen Haushaltsroboter!«

»Toll!«, schmunzelte Miriam. »Das wäre etwas für meine Mutter! Die versucht immer, dass mein Vater ebenso funktioniert. Tut er aber nicht. Der schafft es nicht einmal, seinen eigenen Krempel wegzuräumen.«

»Ja, ja, ganz nett«, wiegelte Jennifer ab. »Weitergebracht hat uns das allerdings nicht.«

»Stimmt!«, räumte Miriam ein. Trotzdem konnte man doch auch in schwierigen Situationen mal seinen Spaß haben, fand sie. »In Kriminalfilmen fliehen die Helden in solchen Fällen immer durch die Lüftungsschächte!«, fiel ihr ein.

»Leider sind wir hier nicht in einem Kriminalfilm«, fügte Frank überflüssigerweise hinzu.

Zwar gab es auch in diesem fensterlosen Raum Lüftungsschächte, aber die Eingänge dazu bestanden aus schmalen Schlitzen. Es war gar nicht daran zu denken, sich dort hindurchzuzwängen. Da hätte man kleiner sein müssen als ein Meerschweinchen, wusste Thomas anzumerken.

Sie waren noch immer keinen Schritt vorangekommen. Vermutlich gab es wirklich keinen Fluchtweg aus diesem Raum. Es blieb ihnen nichts übrig als zu hoffen, dass sie bald freiwillig nach Hause entlassen wurden.

Doch plötzlich kräuselte sich Jennifers Stirn. Alle wussten, was das bedeutete: Sie hatte eine Idee.

»Hat jemand ein Stückchen Müll?«, fragte sie in die Runde.

Niemand wunderte sich über Jennifers Wunsch. Wenn sie eine Idee hatte, hatte sie eben eine Idee, und wenn man dafür Müll brauchte, bitte schön, dann sollte Jennifer auch Müll bekommen.

Für Ben, Frank und Miriam war es überhaupt keine Frage, woher der Müll kommen konnte. Alle sahen gleichzeitig zu Thomas.

Der wehrte sich sofort, so heftig er konnte. Denn natürlich ahnte er, woran die anderen dachten. »Was schaut ihr so? Ich habe keinen Müll!«

Sein Widerstand war zwecklos.

Natürlich war den anderen nicht klarzumachen, dass seine wertvollen Sammlerstücke keinen Müll darstellten. Gerade noch rechtzeitig, bevor eines seiner kaputten Feuerzeuge, leeren Kugelschreiber-Hülsen oder anderen interessanten Fundstücke in die Diskussion gerieten, fiel ihm zur Rettung ein: »Ha, ich habe ja meine Kleidung gar nicht! Ohne Kleidung auch keine Fundsache!«

Doch diese Ausrede zählte nicht. Nicht nur Ben hatte mitbekommen, dass Thomas schon wieder etwas Neues gefunden hatte: das Teil, welches der Servicedame aus dem Kittel gefallen war.

Thomas maulte. Aber seine zaghaften Bemühungen, das schöne neue Fundstück zu retten, wurden schon im Ansatz erstickt. Die anderen sahen ihn nur scharf an und Thomas rückte das Teil heraus: ein kleines, goldenes Fläschchen.

»Bestimmt für Parfüm!«, war Miriam sich sicher, öffnete das Fläschchen, roch daran und verzog angewidert das Gesicht. Schnell hielt sie die Flasche weit von sich fort, und versuchte von ferne das Etikett darauf zu entziffern:

Earth
Eau de Toilette
Sekret de Plathelminthes
06/02/2049

»Riecht wie eingeschlafene Füße mit Zimt!«, fand sie und übergab Jennifer die Flasche mit den Worten: »Das ist wirklich Müll!«

Jennifer nahm das Fläschchen und pfefferte es zu Boden. Thomas wollte sich schon bücken, um es aufzuheben, so, als ob er es eben erst gefunden hätte. Doch Miriam hielt ihn gerade noch zurück.

Jennifer kam ihm zuvor: Sie hob das Fläschchen schnell auf und warf es noch mal zu Boden. Diesmal zerbrach es und der Duft des Eau de Toilettes erfüllte den Raum.

»Bäh!«, würgte Frank. »Das riecht ja schlimmer als die Jungs-Umkleidekabinen in der Turnhalle!«

»Drück noch mal denselben Knopf wie eben!«, forderte Jennifer ihn auf.

Ben folgte der Anweisung, worauf sich sofort wieder die Klappe in der Wand öffnete. Der Haushaltsroboter flitzte heraus, sammelte die Scherben ein, putzte den nassen Fleck trocken und bearbeitete die Stelle schließlich noch mit einem Raumspray, das auch nicht viel angenehmer roch als das Eau de Toilette, rollte schließlich weiter zur gegenüberliegenden Wand, wo sich eine Klappe öffnete, und warf den Müll in den Schlund, der sich hinter dieser Klappe aufgetan hatte.

»Wie ich gehofft hatte!«, jubelte Jennifer.

Den anderen blieb allerdings noch unklar, was Jennifers Begeisterung ausgelöst hatte.

»Ein Müllschlucker!«, rief Jennifer den anderen zu. »Wir kommen zwar nicht durchs Lüftungssystem, aber durch den Müllschlucker nach draußen!«

»Super!«, fand Miriam.

Nur Ben konnte sich nicht so recht freuen. Schließlich wussten sie gar nicht, in welchem Stockwerk sie sich befanden, wandte er ein. Einen Sturz aus dem dritten Stock oder höher, ungebremst in eine Mülltonne, würden sie nicht überleben.

Und selbst das war noch der glücklichere Fall. Denn

ebenso konnte es sein, dass es dort unten im Keller keine Mülltonnen gab, sondern Müllpressen!

Bei dieser Vorstellung sank die Stimmung auf den Nullpunkt. Nun war ihnen auch die letzte Hoffnung genommen, jemals aus diesem sterilen Gefängnis zu entkommen.

Nur Miriam ließ sich nicht entmutigen. »Probieren geht über studieren!«, sagte sie, schnappte sich eines der Gläser, um es in den Müllschlucker zu werfen, doch die Klappe ließ sich nicht manuell öffnen. Also musste sie den Umweg über den Haushaltsroboter nehmen. Miriam nahm ein zweites Glas, zerschlug es auf dem harten Boden, rief den Roboter, lief ihm hinterher, als dieser die Scherben auffegte und in den Müllschlucker warf, und hielt per Hand die Klappe auf, bevor sie sich wieder schließen konnte.

Dann warf sie das zweite Glas hinein und hielt ihren Kopf in den Schacht.

»Was machst du da?«, fragte Frank.

»Pst!«, herrschte Miriam ihn an und lauschte angestrengt.

Sie hörte, wie das Glas unten dumpf aufschlug.

Danach blieb es ruhig. Offenbar wurde keine Müllpresse in Betrieb gesetzt.

»Zirka zwei Sekunden, ehe das Glas unten war!«, informierte sie Ben. »Allzu tief scheint es nicht zu sein!«

»Du willst da durch?«, fragte Thomas. Er zeigte auf die Luke, als würde sie jeden Moment aus der Wand herausspringen und ihn beißen wollen. »Ohne mich!«

»Wie du willst!«, gab Miriam kühl zurück.

Thomas erschrak. Um nichts in der Welt wollte er allein in diesem Raum zurückbleiben.

Der Fall war geklärt. Niemand hatte eine bessere Idee als Miriam. Damit war entschieden: Sie konnten nur durch den Müllschacht fliehen.

»Wer beginnt?«, fragte Jennifer in die Runde.

Sofort meldete sich Frank. Er wusste, dass er der beste Sportler von allen war. Er würde mit entsprechenden Widrigkeiten auf dem Weg wohl am besten fertig werden.

Trotzdem war ihm nicht recht wohl in seiner Haut. Frank war keineswegs feiger als seine Mitschüler. Allerdings auch nicht unbedingt mutiger. In der Regel konnte er sich zwar auf seinen durchtrainierten Körper und seine schnellen Reflexe verlassen. Dennoch war er es gewohnt, sportliche Risiken vorher abzuschätzen. Er wusste gern, worauf er sich einließ. Das aber war hier ganz und gar nicht möglich.

Frank zog seinen Bademantel aus, der ihm in der Bewegung nur hinderlich war. Er stützte sich auf Bens und Jennifers Schultern ab, stieg mit den Füßen voran in die Luke, rutschte ein Stück hinein und hielt sich an der Kante fest. Nur noch sein Oberkörper sah aus der Klappe heraus.

Ernst sah er seine Freunde an. Hoffentlich behielt Miriam Recht mit ihrer Einschätzung, wie tief der Schacht war.

»Also dann!«, sagte Frank trocken, löste seinen Griff von der Kante und fiel in die Tiefe.

Seine Freunde oben hielten den Atem an.

Da hörten sie einen dumpfen Aufprall. Sofort hängte Ben sich in den Schacht hinein und rief hinunter. »Frank! Alles in Ordnung?«

Eine beängstigende Stille kroch gehässig aus dem Schacht zu den Kindern hinauf, machte sich in ihren Köpfen breit und zermalmte genüsslich die Hoffnung, dass nichts passiert sei.

»Frank!«, schrie Ben verzweifelt die Stille nieder. »Frank! Sag doch was!«

Die Stille gewann wieder die Oberhand, hielt Frank und seine Freunde auf unüberwindliche Distanz, schien die Kinder an den Ohren zu ziehen, die angestrengt nach dem kleinsten Muckser Ausschau hielten, für ihre Mühe aber nicht belohnt wurden. Die Stille hatte sich wie fetter Brei auf die Gehörgänge gelegt und sog alles in sich auf, was an einen hoffnungsvollen Ruf des Vermissten erinnern konnte.

»Scheiße!«, fluchte Ben, während ihm Tränen in die Augen schossen. Was war mit seinem besten Freund passiert? Weshalb meldete er sich nicht? Nicht einmal ein Stöhnen oder Ächzen war zu hören.

Miriam wollte auf keinen Fall den Gedanken an das Schlimmste aufkommen lassen. Sie drängte sich an Ben vorbei und rief in den Schacht nach Frank.

Doch auch sie bekam keine Antwort!

Ben wich zurück, vergrub seinen Kopf an Jennifers Schulter.

Thomas sah die beiden erschüttert an.

Miriam ließ sich an der Wand zu Boden sinken. Sie war es gewesen, die behauptet hatte, dass der Schacht

▼ nicht tief wäre. Frank hatte sich auf ihr Urteil verlassen. Wenn ihm etwas zugestoßen war, war es ihre Schuld. Weshalb war sie nicht in den Schacht gestiegen und hatte ihre eigene Prognose selbst überprüft? Wieso hatten sie nicht reiflicher über diese Fluchtmöglichkeit nachgedacht? Wie konnten sie nur so unvorsichtig sein?

Miriam fühlte sich hundeelend.

# Neue Rätsel

Die entsetzliche Stille wurde durch die schönsten Laute vertrieben, die man sich in diesem Moment vorstellen konnte.

»Hört ihr mich?«, rief die Stimme Franks, als käme sie aus einer Konservendose.

Als handelte es sich bei den Sitzgelegenheiten um heiße Herdplatten, sprangen die Kinder auf, stürzten zur Klappe in der Wand und brüllten in den Schacht hinein: »Ja! Natürlich! Wir hören dich! Alles in Ordnung bei dir?«

»Es stinkt entsetzlich!«, antwortete Frank, der offenbar tatsächlich in einem vollen Müllcontainer gelandet war. »Um mich herum ist alles eklig und matschig. Bäh. Und klebrig!«

»Super!«, freute sich Miriam. »Wir kommen!«

Thomas glaubte sich verhört zu haben. Worüber freute die verrückte Miriam sich? Von einer stinkenden Brühe war da die Rede und Miriam jubelte, als stünde ihnen der Sprung in einen erfrischenden Swimmingpool bevor.

Miriam winkte ab. »Hauptsache, wir fallen weich und kommen hier raus!«

Thomas ergab sich wieder einmal in sein Schicksal. Was sollte er auch anderes machen?

Miriam ließ ihren Worten sofort Taten folgen. Bevor irgendjemand wieder etwas einzuwenden hatte, entledigte auch sie sich des Bademantels, krabbelte entschlossen in den Schacht und ließ sich in die Tiefe plumpsen.

Nach ihr sprangen Jennifer, Thomas und Ben; in dieser Reihenfolge.

Ben hatte darauf bestanden, dass Thomas vor ihm dran war, damit dieser es sich nicht schließlich noch anders überlegte und allein übrig blieb.

Frank hatte nicht übertrieben. Die Landefläche war ein Ekel erregender, übel riechender Matsch, als ob jemand rote Grütze mit Kotze vermischt und das Ganze mit Tapetenkleister angedickt hätte. Nur stank es noch erheblich schlimmer.

»Was haben die hier denn für Müll?«, fragte Miriam, während sie mehrfach hintereinander ausspuckte, weil sie bei der Landung den Mund nicht richtig geschlossen hatte. Sie wurde den Eindruck nicht los, nicht in einer einfachen Mülltonne, sondern dort gelandet zu sein, wo die Eingeweide irgendwelcher Labortiere entsorgt wurden. Aber diesen Gedanken behielt sie lieber für sich.

»Biomüll!«, sagte Jennifer.

Miriam erschrak. Hatte Jennifer etwa denselben Gedanken gehabt?

Doch Jennifer stellte gleich richtig, was sie meinte: »Es scheint so, als würde der ganze Müll sofort biologisch entsorgt«, vermutete sie, »wie in einem Komposthaufen!«

Thomas bekam sofort ein flaues Gefühl im Magen. Er war in einem Misthaufen gelandet?

Ben sah sich die stinkende Masse eher interessiert als angeekelt an. Wenn Jennifer Recht hatte, handelte es sich um eine sensationelle Erfindung. Denn schließlich waren sie alle Zeuge gewesen, als der Haushaltsroboter die Glasscherben in die Klappe geworfen hatte. Dieser Müllschlucker war also keineswegs nur für Biomüll gedacht. Mit anderen Worten: Die Bakterien, die sich in diesem Misthaufen befanden, konnten offenbar alles – auch nicht-organisches Material – kompostieren! »Die reinsten Plastik- und Glasfresser!«, stellte er ehrfurchtsvoll fest.

Thomas war entsetzt. Angewidert betrachtete er die Brühe, in der er schwamm. So langsam wie die Brühe in seinen Kragen sickerte in ihm die Erkenntnis, dass er gerade ein Vollbad in seltenen, alles fressenden Bakterien nahm. Schlimmer noch: Kompostieren bedeutete, die Bakterien fraßen den Abfall, verarbeiteten ihn und schieden verwertbaren Kompost wieder aus. So hatten sie es jedenfalls im Unterricht gelernt. Weniger wissenschaftlich ausgedrückt hieß das, er badete gerade in einem Becken voller Bakterienscheiße! Thomas paddelte hysterisch durch die Klebemasse wie ein Ertrinkender, kreischte und schrie. Wenn diese Bakterienviecher sogar Plastik fressen konnten, dann konnten die bestimmt auch gut Menschenfleisch kompostieren. Kaum hatte dieser Gedanke ihn erfasst, fühlte er beinahe auch schon, wie die ersten Miniviecher genüsslich an seinem Bein knabberten.

»Ich will raus hier!«, jammerte er.

Miriam lachte ihn aus, nahm eine Hand voll Stinkschlamm und knallte ihn Thomas auf den Kopf. Der schmierige Matsch sabberte an Thomas' Schläfen herunter, was ihn vollends aus der Fassung brachte. Er schlug wild um sich, schüttelte sich und spuckte in alle Richtungen. Miriam konnte sich nicht mehr halten vor Lachen.

»Lass das!«, fauchte Thomas wütend, fast schon verzweifelt. Ihm war wirklich nicht zum Scherzen zumute. Es stank erbärmlich, alles war so eng und klebrig um ihn herum, sie wussten nicht, wo sie sich befanden, und auch noch nicht, wie sie diesen schrecklichen Ort verlassen konnten. Was sollte daran witzig sein? Es gab Momente, in denen hätte er Miriam gegen die Wand knallen können vor Wut.

»Ich will endlich raus hier!«, wiederholte Thomas verzweifelt.

»Hier geht es hinaus!«, erlöste Frank ihn.

Während Thomas sich mit Miriam gezankt hatte, hatte er gar nicht wahrgenommen, wie Frank schon den Ausgang gefunden hatte. Obwohl Ausgang etwas übertrieben war. Es handelte sich wiederum um eine Klappe in der Wand, etwa zwei Meter über ihren Köpfen; zum Glück tief genug, um sie gut mit den Armen erreichen und sich zu ihr hochhangeln zu können.

Wieder wollte Frank vorangehen, doch diesmal hielt Miriam ihn zurück. So etwas wie beim ersten Mal wollte sie nicht noch einmal erleben. Diesmal ging sie als Erste, davon war sie partout nicht abzubringen.

Geschickt hangelte Miriam sich an der Wand empor, wobei sie sich oben an der Klappe festhielt. Frank war zwar ein Meister in allen Sportarten, aber beim Klettern ließ sich Miriam nichts vormachen. Vermutlich war sie in dieser Disziplin noch besser als Frank.

Blitzartig war sie durch die Klappe geschlüpft. Diesmal aber brauchten die Freunde den Atem nicht ängstlich anzuhalten. Kaum waren Miriams Füße durch die Klappe verschwunden, tauchte ihr Kopf schon wieder auf, der grinste und sagte: »Alles paletti. Hier ist ein Flur und zwei Meter weiter kommt eine Tür. Hoffen wir mal, dass die offen ist.«

Als nach kurzer Zeit der Letzte – diesmal war es Frank – im Flur ankam, beobachtete Jennifer etwas Seltsames an sich. Ihr durchsichtiger Folienanzug, eben noch stinkend und verschmiert von der Biobrühe, stieß den miefenden Mist ab wie ein gut poliertes Auto die Wassertropfen. Der Dreck verformte sich in kleine Kügelchen und perlte sauber vom Anzug ab. »Das Ding reinigt sich selbst!«, staunte Jennifer.

Die anderen machten an sich die gleiche Beobachtung. Die Anzüge waren zwar hässlich und indiskret durchsichtig, aber ungeheuer praktisch. Nach nicht mehr als dreißig Sekunden sah die Kleidung aus, als wäre sie gerade frisch aus der Reinigung gekommen. Miriam wischte sich mit dem Ärmel übers Gesicht. Auch diese Säuberung funktionierte. Man konnte den Anzug sogar als Waschlappen benutzen!

»Also, ich frage mich, weshalb so tolle Erfindungen in diesem Labor versauern«, rief Miriam in die Runde. »Ein Haushaltsroboter, der alles aufräumt, eine Mülltonne, die alles sofort kompostiert, und Overalls, die sich selbst reinigen. So etwas könnte ich zu Hause auch gut gebrauchen.«

Das fanden die anderen selbstverständlich auch.

Möglicherweise waren diese Erfindungen noch nicht über eine Testphase hinausgekommen, vermutete Ben. Er wusste, wie schwer es war, in Deutschland etwas Neues auf den Markt zu bringen. Es war beinahe eine größere Leistung, einer Armee von Beamten die nötigen Genehmigungen zu entlocken, als die Idee für eine Erfindung zu entwickeln.

Trotzdem war es schon seltsam, noch nie etwas von diesen technischen Neuheiten gehört zu haben.

Miriam schaute Ben an und er wusste, was sie dachte. Jedes Mal, wenn sie in der Vergangenheit ähnliche Überraschungen erlebt hatten, war es der Beginn sehr bedrohlicher Abenteuer gewesen.

*Nicht schon wieder!*, sagte Miriams Mimik, ohne dass sie ein Wort laut aussprach. Auch die anderen verstanden und teilten Miriams stille Hoffnung.

»Erst mal raus hier«, setzte Jennifer den düsteren Ahnungen ein Ende. »Wenn wir Glück haben und die Tür offen ist, geht's ab nach Hause. Nichts mit Abenteuer.«

Sie hatten Glück: Die Tür am Ende des Flures war tatsächlich offen, stellte Jennifer mit einem Druck auf die Klinke zufrieden fest. Bevor sie die Tür allerdings aufmachte, verharrte sie für einen Moment. Sie sah an sich hinunter. Erst jetzt fiel ihr wieder ein, dass sie gewissermaßen nackt war. Der Anzug besaß zwar den Vorzug, sich selbst reinigen zu können, doch dafür verdeckte er nichts. Jennifer wäre es in diesem Moment lieber gewesen, das Ding hätte sich nicht selbstständig gesäubert. Besser stinkend als nackt durch die Stadt laufen!

Die anderen teilten zwar Jennifers Meinung, aber sie hatten keine Wahl. Nackt durch die Stadt zu laufen war immerhin noch besser, als in diesem mysteriösen Labor weiter gefangen gehalten zu werden. Jennifer war fest entschlossen ihren Eltern davon zu berichten, damit sie den Betreibern dieses Ladens gehörig die Hölle heiß machten!

Endlich riss Jennifer die Tür auf, ging einen Schritt vor und blieb stehen, als ob der weitere Weg zugemauert gewesen wäre.

Miriam prallte gegen Jennifers Rücken, glaubte in der ersten Sekunde, ihre Freundin hätte nun doch Hemmungen, so entblößt durch die Öffentlichkeit zu rennen, als sie erkannte, weshalb Jennifer nicht weiterging.

»Himmel, wo sind wir?«, rief sie verblüfft aus.

Diese Frage konnte niemand beantworten. Keiner hatte die Gegend je gesehen, in der sie sich befanden. Das Labor, in das sie gegangen waren, hatte sich in einer kleinen Seitenstraße befunden. Es war der Hauseingang zwischen einem Bäcker und einem Kiosk gewesen. Gegenüber hatte sich ein Autohändler auf einer freien Fläche breit gemacht. Jetzt aber schauten sie auf eine sechsspurige, doppelstöckige Straße, auf der seltsame Gefährte sich im gewohnt quälenden Tempo voranschoben: kleine durchsichtige tropfen- und kugelförmige Fahrzeuge auf vier Rädern, die aber nicht wie gewohnt paarweise, sondern in Reihe hintereinander angeordnet waren. Christbaumkugeln auf Inlineskates!

Man fragte sich unwillkürlich, durch welche Zauberei sie überhaupt stehen konnten ohne zur Seite umzufallen. In keinem dieser Fahrzeuge saß ein Fahrer! Zwar gab es Insassen, aber die steuerten die Gefährte nicht. Stattdessen hockten die Menschen wie unbeteiligt in ihren Glaskugeln, blickten hinaus wie bei einer Stadtrundfahrt, manche schienen sich mit sich selbst zu unterhalten, aber vermutlich telefonierten sie nur über eine Freisprechanlage, wiederum andere hatten eigenartige Brillen im Gesicht, fast wie Taucherbrillen, nur in Schwarz, andere hüpften im Wagen hin und her, als ob sie tanzten. Kurz, die Insassen machten alles Mögliche, aber niemand lenkte sein Fahrzeug. Die Dinger navigierten sich offenbar von selbst!

Auf der gegenüberliegenden Straßenseite ragte ein protziger Glaspalast über die zweistöckige Straße empor. **Holo-Place** leuchtete in riesigen Buchstaben, die sich aber nicht auf dem Dach befanden, sondern hoch oben, etwa zehn Meter vor dem eigentlichen Gebäude dreidimensional in der Luft schwebten. Unter diesem Schriftzug sauste ein Raumschiff durch den Weltraum ins Nichts, worauf plötzlich zwei eigenartige Figuren auftauchten, die Ben nicht ganz unbekannt vorkamen, sich mit Lichtschwertern bekämpften und einem weiteren Schriftzug wichen, der da lautete: **Star Wars – Die vierte Trilogie!**

Ben betrachtete den Filmtrailer, der sich mitten am Himmel abspielte, mit offenem Mund.

Frank sah einen kleinen Jungen auf dem Fußweg vorüberfahren. Sein Gefährt glich einem Roller, allerdings ohne Räder. Das Ding flog aber auch nicht, sondern bewegte sich auf einer Art Luftkissen fort, welches sanft, ruhig, aber ungeheuer schnell über den Boden glitt.

Auch er bekam den Mund vor Staunen nicht mehr zu.

Miriam fiel mit dem ersten Blick auf, dass sie nicht die Einzigen waren, die in durchsichtigen Anzügen durch die Gegend zogen. Alle waren so gekleidet: Männer und Frauen, Alte und Junge. Es sah aus, als hätte ein FKK-Club die ganze Stadt besetzt. Immer nur diese zwar eingefärbten, aber trotzdem vollkommen durchsichtigen Overalls.

Und was für Frisuren die Leute trugen: Obwohl von Frisur so gut wie keine Rede sein konnte. Denn die meisten Leute trugen Glatzen. Bunt bemalte Glatzen! Manche hatten sich einen Rest von Haarpracht erhalten, der als schmaler Streifen über oder hinter den Ohren geschnitten war oder wie eine Umrandung der Glatze sich über dem Nacken fortsetzte.

Farblich auf die bunte Glatze abgestimmt, hatten sich die Menschen auch noch die Augenbrauen gefärbt, und wenn man sie genau betrachtete, sah man, dass sogar die Augenfarbe dazu passte.

Das alles wäre schon schrill genug gewesen. Doch handelte es sich keineswegs um einfache rote, blaue oder grüne Farbe, mit denen die kahlen Köpfe geziert waren, sondern um solche schimmernden und glitzernden Varianten, dass es aussah, als hätten alle einen nassen Kopf! Wie Bonsai-Meere flimmerten und blinkten kleine Wellen über die geschorenen Schädel.

»Wo haben die uns hingebracht?«, stieß Miriam schließlich hervor.

Ben blickte sie verwirrt an. »Wenn ich nicht wüsste, dass es keine Zeitmaschinen gibt«, stammelte er, »würde ich sagen, wir sind in der Zukunft!«

»Jetzt halt aber mal die Luft an«, wandte Frank ein, befolgte seinen Ratschlag dann aber gleich selbst.

Was sich vor ihnen abspielte, war wirklich atemberaubend. Weder hatten sie die Gegend je gesehen, obwohl sie eigentlich jeden Winkel in der Stadt kannten, noch waren ihnen je solche Glatzköpfe vor die Augen gekommen, die ihnen genauso neu waren wie die merkwürdige Kleidung. Ganz zu schweigen von den futuristischen Autos, den Kinderrollern und der Kinoankündigung eines Filmes, den es unter Garantie nicht gab.

»Gibt es hier kein Straßenschild?«, fragte Jennifer. Vielleicht waren sie während ihres Laborschlafes ja in eine ganz andere Stadt verschleppt worden? Mit etwas Glück ließ sich das anhand eines Straßennamens erkennen.

Sie lief los zur nächsten Straßenecke, obwohl dieser Ausdruck etwas untertrieben war.

Die nächste Straßenecke war eine ausgewachsene Kreuzung, von der acht verschiedene Straßen abgingen, fünf in verschiedene Himmelsrichtungen und drei in eine zweite Straßenebene nach oben.

Jennifer hatte noch nie eine solch große Kreuzung gesehen. Sie hatte immer vermutet, dass Hongkong oder Tokio, vielleicht auch New York solche Verkehrsknotenpunkte besaßen, aber doch nicht ihre Stadt!

Trotzdem entdeckte sie ein Straßenschild, obwohl der Name der Straße kaum zu erkennen war, denn auf dem Schild war zunächst in deutlich leuchtender Schrift zu lesen, dass man die Existenz dieses Schildes einer Getränkefirma zu verdanken hatte. Erst darunter, klein und unbeleuchtet, erkannte Jennifer den Namen der Straße: »Helmut-Kohl-Straße!«

»Wie?«, fragte Miriam nach. »Nach dem ehemaligen Bundeskanzler? Ich wusste gar nicht, dass nach dem schon Straßen benannt sind!«

Das war den anderen allerdings ebenfalls neu.

»Vielleicht sind wir ja nach Oggersheim entführt worden!«, mutmaßte Frank.

»Dann müssen wir aber länger als eine halbe Stunde geschlafen haben!«, ergänzte Miriam.

Alles war ein großes Rätsel. Ein Rätsel, welches sie so schnell wie möglich lösen mussten, denn solange sie nicht einmal wussten, wo sie sich befanden, gab es natürlich auch keine Möglichkeit, wieder nach Hause zu finden.

»Schöner Mist!«, fluchte Miriam.

Jennifer verstand sofort, was Miriam damit meinte. Irgendwie waren sie schon wieder in ein Abenteuer geraten. Sie wussten bloß noch nicht in welches.

# Immer neue Verfolger

»Was machen wir denn jetzt?«, fragte Thomas in die Runde. Das war wirklich eine außerordentlich kluge Frage. So klug, dass niemand die Antwort wusste.

Miriam zuckte schließlich mit den Schultern. Was sollten sie schon machen? Fragen natürlich.

Wieder kam ein kleiner Steppke mit metallic-violetter Glatze auf einem Luftkissen-Roller vorbeigefahren.

Miriam hielt ihn an. »Hör mal ...«, begann sie; weiter kam sie nicht, denn der Knirps hielt ihr eine kleine Pistole entgegen, die er fest mit beiden Händen umklammerte.

»Verschwinde!«, schrie er Miriam an. »Ich lasse mich nicht kidnappen, verstanden?«

Miriam grinste. Der Kleine vor ihm spielte wohl gerade Detektiv oder so etwas. »Ist ja gut, du bist James Bond, ich weiß ...«

Wieder wurde sie unterbrochen.

»Nein, das bin ich nicht!«, widersprach der Junge. »Du verwechselst mich. Aber meinen richtigen Namen werde ich dir nicht verraten. Verschwinde!«

Miriam schaute den Jungen verblüfft an.

»Von mir aus«, startete sie dann einen neuen Versuch. »Dann bist du eben Indiana Jones oder was weiß ich, ist mir auch schnurz ...«

»Bin ich auch nicht!«, beharrte der Junge. »Und der wohnt hier auch nicht in der Gegend. Mir doch egal, wen du suchst. Ich lass mich nicht kidnappen. Verschwinde endlich!«

War der Typ meschugge? Natürlich wusste Miriam, dass Filmhelden wie James Bond oder Indiana Jones nicht um die Ecke wohnten. Der wollte sich wohl über sie lustig machen? Sie hatte jetzt genug von dem Spielchen.

Entschlossen ging sie einen Schritt auf den Jungen zu, wollte ihm die Spielzeug-Pistole kurzzeitig wegnehmen, um endlich ihre Frage loszuwerden, als aus der kleinen Pistole plötzlich ein dunkelblauer Lichtstrahl herausschoss. Er sauste an Miriam vorbei, landete an der Wand eines Hauses und hinterließ dort einen schwarzen Fleck.

Miriam stand da wie angewurzelt. Sie konnte nicht glauben, was sie gerade gesehen hatte. Der kleine Junge vor ihr – kaum sieben Jahre alt, schätzte sie – hatte mit einer Laserpistole auf sie geschossen! War der nicht ganz bei Sinnen? Woher hatte der überhaupt so eine gefährliche Waffe?

»Hast du 'ne Meise?«, schrie sie den Kleinen an, der daraufhin sofort die Waffe direkt auf Miriam richtete. Bevor er aber weitere Dummheiten anstellen konnte, hatte Miriam schon reagiert. So schnell konnte nicht einmal Frank gucken.

Ein lauter Knall, der Junge ließ seine Laserpistole fallen, hielt sich die linke Wange und starrte Miriam entsetzt an.

Niemand hatte es richtig sehen können. Aber Miriam musste dem Jungen eine kräftige Ohrfeige verpasst haben. Anders war seine plötzliche rote Wange nicht zu erklären.

Offenbar hatte auch der Junge nie zuvor so eine flinke Hand gesehen. Tränen schossen ihm in die Augen. Dann begann er fürchterlich zu brüllen, machte auf der Stelle kehrt und raste auf seinem Luftkissen-Roller davon.

Ben hob vorsichtig die Laserkanone auf, besah sie sich genau und zeigte sie den anderen. Niemand hatte jemals eine solche Waffe gesehen. Das überraschte zunächst nicht; schließlich kannte sich keiner der fünf mit Waffen aus, trotzdem machte das Ding nicht den Eindruck, als handelte es sich um eine herkömmliche, in jedem Waffengeschäft erhältliche Pistole. Miriam war sich sicher, wenn solche Waffen üblich wären, dann wäre so ein Ding schon mal in irgendeinem Fernsehkrimi aufgetaucht. Miriam kannte wirklich viele Fernsehkrimis, aber noch nie hatte jemand mit einer Laserpistole geschossen.

Ben wollte das gefährliche Ding gerade fortwerfen, als Thomas ihn am Arm festhielt. »Nicht!«, bettelte er. »Die nehmen wir mit!«

Jennifer zeigte ihm einen Vogel. Sie fand es viel zu gefährlich, so eine Waffe bei sich zu tragen, von der man nicht einmal wusste, wie sie funktionierte. Möglicherweise ging ihm das Ding noch in der Hose los!

Thomas hörte natürlich nicht auf sie. Etwas, das man gratis bekommen konnte, liegen zu lassen, kam für ihn überhaupt nicht infrage. Allerdings hatte ihn Jennifers Einwand auf ein anderes Problem aufmerksam gemacht. Wie um alles in der Welt steckte man in diesem Anzug etwas in die Hosentasche? Der Anzug besaß nämlich keine Hosentaschen!

Thomas drehte sich in die Richtung, in die der Junge gelaufen war. Natürlich konnte er ihn längst nicht mehr sehen. Wo hatte der die Pistole verstaut gehabt?

Thomas schaute sich die erstaunlich kleine Waffe an, entdeckte daran einen kleinen Hebel, betätigte ihn, hielt die Waffe wieder an die Wand und drückte ab.

Es passierte nichts.

Thomas grinste übers ganze Gesicht. »Na also!«, rief er siegessicher. »Das war die Arretierung!«, und schob sich das Ding einfach in den Anzug, so dass sie vor seiner Brust festsaß, allerdings dort auch von jedermann gesehen werden konnte.

Jennifer schüttelte den Kopf. Aber was sollte man machen? Wenn es ums Sammeln und Mitnehmen ging, war bei Thomas jeder guter Rat vergeblich.

Der Gedanke an die Zukunft ließ Ben nicht mehr los. Alles um ihn herum sah tatsächlich aus wie in der Zukunft. Allerdings ließ er sich auch nicht von seiner Ansicht abbringen, dass es Zeitmaschinen nicht gab, mit denen man lustig durch die Geschichte oder in die Zukunft düste.

»Meinst du, wir sind mal wieder in so einen verrückten virtuellen Raum gelangt wie damals in Florenz?«, fragte ihn Frank. »Nur diesmal haben sie nicht die Renaissance nachgebaut, sondern wollen mal die Zukunft ausprobieren!«

»Genau!«, fiel Miriam sofort ein. »Das ist bestimmt so ein beknackter Psycho-Test. Wahrscheinlich wollen mal wieder einige durchgeknallte Psychologen herausfinden, wie wir so genannten Computerkids mit der Zukunft klarkommen!«

»Das könnte ich mir auch gut vorstellen!«, räumte Jennifer ein.

Miriam hatte keine Zweifel mehr. Vor allem: So wie die Zukunft um sie herum aussah, das konnte doch nur einem Psychologenhirn entsprungen sein. Durchsichtige Plastikanzüge, in denen man nackt herumlief! Auf so eine Idee kam doch sonst kein Mensch!

»Hallo!«, rief Miriam, sah in den von bunten Laserspots gefärbten Himmel, wedelte mit den Armen: »Huhu, ihr Psychos, wer immer uns zusieht, wir haben euch durchschaut. Schluss jetzt mit den Spielchen! Wir haben keinen Bock mehr! Latscht doch selbst durch die Zukunft, wenn ihr wissen wollt, wie sich das anfühlt.«

Sie blieb stehen, stützte die Hände in die Hüften und glaubte fest daran, dass sich nun aus dem alles andere als heiteren Himmel jemand melden würde wie Gott in der Bibel und zugab, dass alles nur ein wissenschaftliches Experiment wäre.

Aber es geschah nichts dergleichen.

Stattdessen entdeckte Frank am Ende der Straße den kleinen Knirps wieder, der dieses Mal allerdings nicht mit seinem High-Tech-Roller, sondern in Begleitung von zwei uniformierten Wachleuten ankam und schon mit dem Finger auf ihn und seine Freunde zeigten.

Die Uniformen sahen keineswegs so aus, wie Frank sie kannte. Aber die beiden trugen helmartige Kopfbedeckungen, ihre Kleidung war nicht durchsichtig, beide Anzüge besaßen dieselbe Farbe – ein tristes Bleigrau mit kupfernen Streifen – und allein schon am breitbeinigen Gang und der Armhaltung erkannte Frank, dass es sich unter Garantie um Uniformierte handelte. Außerdem dackelte hinter den beiden Männern etwas her, was Frank auf den ersten Blick für einen Hund gehalten hätte, wenn es nicht aus Metall gewesen wäre.

Frank machte sich nicht die Mühe, länger über all das nachzudenken, was er sah. Für ihn gab es nur eines: »Wir sollten sehen, dass wir hier wegkommen!«, rief er seinen Freunden in einem Tonfall zu, der weder Diskussionen noch Widerspruch duldete. »Und zwar schnellstens!«

Weil Thomas vermutlich wie immer das Tempo der anderen nicht würde mithalten können, packte Frank ihn vorsorglich am Arm und riss ihn mit sich.

»Und los!«, rief er dann, woraufhin alle ohne zu zögern die Beine in die Hand nahmen und die Straße entlangdüsten.

Die beiden Männer setzten sofort nach, wodurch Frank sich bestätigt fühlte: Es waren Wachleute!

Die Kinder rannten die Straße entlang, blieben an der nächsten Ecke stehen, drehten sich auf der Suche nach einem geeigneten Zufluchtsort in alle Richtungen.

»Da lang!« Miriam zeigte auf den Eingang eines gläsernen Einkaufszentrums, welches ihr sehr bekannt vorkam, obwohl sie es doch völlig anders in Erinnerung hatte. Doch wenn sie sich nicht völlig täuschte, dann konnte man in diesem Einkaufszentrum durchs Kaufhaus die Treppe hinunter und gelangte zu einer Lagerhalle. In einem anderen Abenteuer hatten sie dort mal die letzten Lebensmittel gesichert.

Miriam rannte los; die anderen folgten ihr. Nur Jennifer nahm in der Eile eine holografische Werbetafel wahr, auf der zu lesen war:

**65 Jahre Einkaufsparadies.**
**Nur noch 3 Tage!**
**Große Gewinnparty am 29. Juli**

Die Hektik aber war viel zu groß, als dass Jennifer sich in diesem Moment Gedanken über die Werbeaussage gemacht hätte. Sie jagte mit den anderen hinein ins Kaufhaus, verkroch sich hinter dem erstbesten Stand und blickte ängstlich zum Eingang, ob die Wächter ihnen bis hierhin gefolgt waren.

Nachdem dort einige Minuten nichts Gefährliches geschah, wagte Jennifer es, sich in dem Kaufhaus umzugucken. Auf dem Tisch, hinter dem sie sich mit den anderen noch immer versteckt hielt, lag wild durcheinander ein ganzer Haufen solcher Anzüge, wie sie ihn selbst gerade trug. **Sonderangebot!** stand auf einer Tafel, die ausnahmsweise mal nicht holografisch war. Es war ein ultraflacher Bildschirm, auf dem das Sonderangebot angepriesen wurde. Unter der Schrift war ein kleiner dreidimensionaler Film zu sehen, in dem gezeigt wurde, was der Anzug alles konnte:

Dieser geile Trash-Cult-Overall ...
surrte eine tiefe Männerstimme.

Jennifer horchte auf. Hatte der Sprecher tatsächlich geil gesagt?

... bietet Ihnen alles, was Sie für unterwegs benötigen: eine konstante Temperatur, selbstreinigend.

12 variable Farben, die natürlich allesamt sicherheitstransparent sind, mobiles Kommunikationssystem im linken Ärmel, Alarmanlage im rechten Ärmel, zwei unsichtbare Taschen, drei Mobilitätsstufen sowie ein Standard-Navigationssystem mit Sicherheits-Standort-Anzeige! Das Ganze für lediglich 350 Weltdollar! Ein wahres Schnäppchen. Greifen Sie jetzt zu!

Jennifer sah an sich herunter. Was trug sie da? Das war kein Kleidungsstück, sondern eine ausgereifte High-Tech-Anlage in Isolierungs-Folie! Auch die anderen hatten die Aussage des Werbesprechers gehört und guckten ebenso verblüfft auf ihre Wunderanzüge.

Ben schaute auf seinen linken Arm, konnte aber nichts entdecken, schon gar kein mobiles Kommunikationssystem. Er strich mit der rechten Hand über den Arm und plötzlich tauchte auf der Innenseite des Armes ein kleiner Flüssigkeitskristall-Bildschirm auf.

Ben erschrak.

Denn der Bildschirm sprach zu ihm:

Ihr Telefonbuch ist leer. Mit wem möchten Sie Verbindung aufnehmen?

»Was?«, fragte Ben.

Nachname ›Was‹ registriert. Vorname?

»Hey!«, rief Ben.

Vorname, Hey!, antwortete der Bildschirm auf seinem Arm. Bitte geben Sie die Allround-Number ein!

»Schluss jetzt!«, schnauzte Ben seinen Arm an, worauf tatsächlich das Programm beendet wurde und der Bildschirm erlosch.

»Das gibt es doch nicht!«, stöhnte Ben. Wenn ihre Theorie stimmte und das Ganze nur ein Experiment irgendwelcher Psychologen war, dann waren diese allerdings technisch ihrer Zeit weit voraus. »Ich frage mich ...«, fuhr Ben fort, »... weshalb diese Wissenschaftler mit ihren Erfindungen nicht lieber steinreich werden, statt sie nur für geheime Experimente zu nutzen!«

Das war allerdings ein gewichtiges Argument. Niemand in der Runde konnte sich Wissenschaftler vorstellen, die sich solch eine Chance entgehen ließen.

»Ich sage euch, dies ist nie und nimmer ein virtueller Raum!«, warf Thomas ein.

»Weshalb?«, wollte nicht nur Miriam sofort wissen.

Thomas erinnerte seine Freunde an ihr eigenes Abenteuer, welches sie einmal im Florenz des Jahres 1589 erlebt hatten. Damals – so hatten sie alle übereinstimmend erzählt – konnten sie in dem Raum weder etwas essen noch trinken, weil man virtuelle Lebensmittel eben nicht zu sich nehmen kann.

»Und?«, hakte Miriam nach.

Thomas grinste.

Erst jetzt sah Miriam, dass er munter kaute. »Da vorn ist ein Süßigkeitenstand!«, freute sich Thomas. »Mit Leckereien, die ich noch nie gesehen habe. Schmecken aber leider nicht so klasse, wie sie aussehen. Schmecken eigentlich nach gar nichts. Will jemand?«

Thomas streckte seine Hand aus und bot kleine, schillernde, sechzehneckige Bonbons an.

Ben schlug sich vor die Stirn. »Du hast die doch nicht etwa . . .«, begann er.

»Doch!«, erkannte auch Frank. »Geklaut hat er die!« Er zeigte auf die gläserne Rolltreppe, die aber nicht aus einer fahrenden Treppe bestand, sondern aus einem laufendem Band. »Dort kommen nämlich schon zwei Detektive angerauscht!«

Und wieder waren die fünf auf der Flucht.

Sie sprinteten den Weg entlang, den Miriam vorgeschlagen hatte; hinunter ins Lagerhaus. Nun allerdings waren nicht mehr Wachleute von der Straße, sondern Detektive des Hauses hinter ihnen her, die sich vermutlich bestens im Haus auskannten. Sie rannten die Treppe hinunter, stürmten durch die Tür des Lagers und stellten fest, dass es hier kein Lager mehr gab.

»Das ist ein Parkhaus!«, rief Ben noch mal aus, was alle längst erkannt hatten. Unzählige von den kleinen tropfenförmigen und kugeligen Inlineskates-Stadtwagen parkten hier. Aber nicht nur die. Auf der linken Seite standen Hunderte von Einkaufswagen. Jedenfalls hielt Ben das für Einkaufswagen, obwohl sie überhaupt nicht mehr so aussahen wie die herkömmlichen Dinger aus Drahtgestell. Es waren Plastikschalen auf vier großen Rädern. Eine gewisse Ähnlichkeit zu einem herkömmlichen Kinderwagen war nicht zu leugnen. An jeder Plastikschale war eine flache Plattform angebracht, auf die man sich offenbar stellen konnte.

»Seht mal!«, rief Thomas und zeigte auf eine Frau mit Kind, die gerade so einen Wagen benutzte. Tatsächlich stand sie mit dem Kind auf der Plattform und rollte mit dem Wagen durch die Gegend.

»Die Dinger fahren selbsttätig!«, rief Thomas und stürzte sofort auf die Wagen los.

Frank hielt ihn fest. »Die sind doch viel zu langsam. Da sind wir zu Fuß viel schneller!«

»Du vielleicht!«, seufzte Thomas. Er selbst war sicher lange nicht so schnell wie die praktischen Einkaufswagen mit Elektromotor.

»Mensch, wir müssen hier weg!«, beendete Miriam die Debatte. »Ich höre die Detektive schon auf der Treppe!«

»Wohin so schnell?«, fragte Frank in die Runde. Er sah beim besten Willen keine Gelegenheit sich wirksam zu verstecken.

In diesem Augenblick beobachtete Jennifer einen älteren, grauhaarigen Mann in einem grauen durchsichtigen Anzug, der gerade die hinteren Türen eines Lieferwagens schloss. Wie Miriam beobachtete, klappte er die Türen aber lediglich zu ohne sie abzuschließen.

»Dort rein!«, bestimmte Miriam.

Thomas wollte widersprechen. Er stieg doch nicht in ein wildfremdes Fahrzeug, von dem niemand wusste, wohin es fuhr.

Bevor er jedoch etwas äußern konnte, packte ihn Frank mal wieder am Arm, riss ihn mit und beförderte ihn – nachdem Jennifer und Miriam schon hastig auf den abfahrenden Wagen gesprungen waren – unsanft in den Lieferwagen, ließ dann noch Ben den Vortritt und hechtete schließlich selbst als Letzter mit einem wagemutigen Sprung in das Auto.

Thomas kugelte quer durch den Wagen, hielt sich den schmerzenden Arm, rappelte sich langsam wieder auf, schaute hinten auf das großzügig gehaltene Fenster des Lieferwagens und musste zähneknirschend erkennen, dass er in einem wildfremden Fahrzeug festsaß, von dem niemand wusste, wohin es fuhr.

# Flug ins Ungewisse

Zum Glück besaß der Wagen, in dem die Kinder saßen, keine Scheibe zum Fahrerhaus. So konnten sie sicher sein nicht gesehen zu werden.

Miriam nutzte sofort die Gelegenheit, um durch die Heckscheibe zu verfolgen, wohin sie fuhren. Sie sah aus dem Fenster und schrie erschrocken auf: »Herrje! Wir fliegen!«

»Miriam!«, schimpfte Frank. »Ich finde, jetzt ist keine Zeit für dumme Späße!«

Miriam ließ sich in keiner Weise auf Franks Einwand ein. Stattdessen winkte sie den anderen einfach weiter energisch zu. »Kommt doch mal!«

Jennifer konnte immer noch am besten unterscheiden, wann ihre beste Freundin es ernst meinte und wann nicht. Sie war sich sicher, dass Miriam in diesem Augenblick keinen Spaß machte. Also blickte auch Jennifer aus dem Fenster – und . . .

Der Lieferwagen, in dem sie sich befanden, flog!

Zwar nicht so hoch wie ein Flugzeug, aber immerhin hoch genug, um die Art der Fortbewegung eindeutig als Flug zu identfizieren. Etwa drei bis vier Meter hoch, schätzte Jennifer.

Erst jetzt kamen die Jungs dazu, sich mit eigenen Augen von der Entdeckung der Mädchen zu überzeugen.

Vor Staunen verschlug es ihnen die Sprache. Ben überlegte, ob er jemals etwas von fliegenden Autos gelesen hatte. Er konnte sich nicht erinnern. Schon wieder eine sensationelle Erfindung, die bis zu diesem Zeitpunkt vollkommen unbekannt war, und dennoch alltäglich zu sein schien. Denn der Lieferwagen, in dem sie saßen, war beileibe nicht das einzige fliegende Auto. Aus dem Fenster heraus sah Ben noch andere fliegende Fahrzeuge. Manche von ihnen sahen aus wie Autos, andere wiederum ähnelten eher Miniatur-Raketen, es gab aber auch kugelförmige Flugobjekte. Alles in allem waren die fliegenden Fahrzeuge sehr vereinzelt. Während auf den Straßen unter ihnen sich die Fahrzeuge eigentlich überhaupt nicht bewegten. Alle Straßen waren verstopft; überall Stau.

Jennifer fiel auf, dass auch die fliegenden Fahrzeuge sich an den Straßenverlauf hielten. Sie hätten ja ebenso gut kreuz und quer über die Gebäude fliegen können. Das taten sie jedoch nicht. Der Lieferwagen, in dem sie saßen, folgte brav demselben Straßenverlauf wie die Wagen unter ihnen. Nur dass er nicht durch den Stau aufgehalten wurde. Ben vermutete, dass genau dies der Sinn der fliegenden Fahrzeuge war: nicht im Stau stehen zu müssen. Dass sich die Flieger trotzdem an den Straßenverlauf zu halten hatten und offenbar nur bestimmte Fahrzeuge die Erlaubnis oder Fähigkeit besaßen zu fliegen, deutete darauf hin, dass es seit Jahren erprobte Praxis war, dass manche Autos flogen.

Je mehr Ben darüber nachdachte, desto überzeugter war er, dass sie in der Zukunft gelandet waren. Ihm fehlte bloß jegliche Erklärung dafür, wie das passiert sein sollte.

Trotzdem: Der Blick aus dem Fenster bestätigte seine Vermutung. Das Panorama, das sich ihm bot, hatte nichts mit dem Stadtbild gemein, welches man im Jahre 1999 aus einem Hubschrauber etwa hätte sehen können.

Die mehrstöckige Straßenführung erinnerte Ben an eine verworren aufgebaute Modellautobahn. Zwischen diesen gigantischen Straßenzügen stachen Hochhäuser empor, die ohne Übertreibung als Wolkenkratzer zu bezeichnen waren. Die ganze Stadt schillerte in bunten Farben, die zahllose Holografie-Werbefilme verursachten, welche offenbar ohne jede Beschränkung oder Ordnung chaotisch in den Himmel projiziert wurden, so dass man mitunter nicht mehr erkennen konnte, welche Farbe der Himmel in Wirklichkeit hatte. Manche Straßen führten sogar direkt durch einige Wolkenkratzer hindurch, durch deren gläserne – oder zumindest durchsichtige – Fassade man Menschenströme in alle Richtungen fließen sah.

Bens Freunde gafften ebenso stumm und ergriffen aus dem Fenster wie er selbst. Niemand bekam so richtig mit, dass sie plötzlich landeten, der Lieferwagen in eine Tiefgarage fuhr, anhielt und der Fahrer ausstieg.

Niemand dachte daran, dass der Fahrer natürlich die Pakete aus dem Frachtraum holen würde, die er im Kaufhaus in sein Fahrzeug geladen hatte. Entsprechend unvorbereitet traf es die Kinder, als plötzlich die hintere Tür geöffnet wurde.

Der Fahrer blickte die Kinder einen kurzen Moment erstaunt an.

Die Kinder glotzten zurück und hielten die Luft an.

Nicht einmal Miriam fiel in diesem Moment ein, was sie hätte sagen können.

Der Fahrer stützte die Hände in die Hüften, schüttelte verständnislos den Kopf und meckerte: »Es darf wirklich nicht wahr sein! Als ich in eurem Alter war, sind wir noch mit dem Mountainbike in die Schule gefahren! Versteht ihr? Mit eigener Beinkraft. Und ihr seid sogar zu faul selbst mit Air-Rolls zu fahren. Ein für alle Mal: Schüler haben im Flycar nichts zu suchen! Raus hier!«

Er trat einen Schritt zurück und machte eine Handbewegung wie ein Diener, der zum Eintreten einlud.

Wo immer sie sich auch befanden, der Fahrer hatte ganz offensichtlich schon häufiger Jugendliche in seinem Fahrzeug entdeckt und schien folglich auch Ben und seine Freunde für ganz normale Schüler zu halten.

Bevor er argwöhnisch werden konnte, war Miriam klar, dass sie verschwinden mussten. Immerhin hatten sie die Wachleute, die hinter ihnen her waren, abgehängt.

»Entschuldigung!«, säuselte sie und sprang schnell aus dem Wagen heraus. Die anderen folgten, bis auf Thomas, der mal wieder nicht schnell genug schaltete und deshalb von Frank aus dem Wagen geschubst werden musste.

»Sagt mal?«, rief der Mann ihnen hinterher.

Miriam blieb stehen, drehte sich um.

»Gehört ihr zu einer Theatergruppe?«, wollte der Mann wissen.

Miriam war erstaunt. Wie kam der jetzt darauf?

»Ach, ich meine nur«, lächelte der Mann, »wegen eurer lustigen Perücken! Jedenfalls viel Spaß!« Er winkte den Kindern freundlich zu, schüttelte schmunzelnd den Kopf und widmete sich der Ladefläche seines Wagens.

Miriam stand stocksteif da.

Perücken? Der hatte sie wohl nicht mehr alle!

Jennifer zog Miriam schnell mit sich.

Ben hatte inzwischen ein Hinweisschild zu einem Fahrstuhl entdeckt. Da sie sich in einer Tiefgarage befanden, war es wohl das Einfachste, mit dem Lift ein oder zwei Stockwerke hochzufahren und weiteren Schildern, die einen Ausgang anzeigten, zu folgen. So kannte es Ben jedenfalls von Kaufhäusern. Niemand hatte gegen seinen Vorschlag etwas einzuwenden.

Im Fahrstuhl hatten sie die Wahl zwischen fünf Etagen. Neben jedem Knopf informierte eine grün leuchtende Tafel, wo sie der Lift absetzen würde:

Technische Oberschule Charles Babbage
gegründet von IBM im Jahre 2039

| | |
|---|---|
| UUG: | Parkhaus, Waffenkammer |
| UG: | Schülerverwaltung, Anti-Gewalt-Betreuung, Sicherheitsdienst |
| | |
| EG: | Foyer, Anmeldung, Schulbüro, Sicherheitsdienst, Jahrgänge 5 und 6, Lehrerbüros: 1–20, Lehrerzimmer 1+2 |

1. Etage: Sport und Medien,
Jahrgänge 7–9, Lehrerbüros 21–40,
Lehrerzimmer 3+4

2. Etage: Geisteswissenschaften und Medien,
Jahrgänge 10 und 11,
Lehrerbüros 41–60,
Lehrerzimmer 5+6

3. Etage: Naturwissenschaften und Elektronik,
Jahrgänge 12 und 13,
Lehrerbüros 61–80,
Lehrerzimmer 7+8

4. Etage: Mediathek,
Psychologische Beratung,
Drogenberatung

5. Etage: Schulmanagement,
Finanzverwaltung, Personalbüro,
interne Dozenten-Schulung,
Supervision

Ben sah stumm erst zu Jennifer, dann zu Frank. Frank war nichts aufgefallen, weil er sich die Tafel gar nicht angeschaut hatte, an Jennifers Blick aber erkannte er, dass sie es auch sofort gesehen hatte: *gegründet im Jahre 2039.*

    Ben schwieg weiter, schluckte schwer. Für einen kurzen Moment schloss er die Augen, rieb sich mit den

Fingern die Lider wie nach einer zu langen Nacht, sah anschließend wieder auf die Tafel in der Hoffnung, der Inhalt der Schrift hätte sich positiv verändert. Doch er las dasselbe wie zuvor.

Er holte tief Luft und fühlte eine unbeschreibliche Ratlosigkeit in sich. Weshalb gerieten er und seine Freunde immer in solch unglaubliche Abenteuer? Weshalb hatte es nicht einfach mal funktionieren können, dass sie bei dem Wissenschaftler nur eine halbe Stunde geschlafen hätten und anschließend jeder mit 500 Mark in der Hand fröhlich und unbeschwert nach Hause gegangen wären? Wieso steckten sie schon wieder meterdick im Schlamassel? Gebaut im Jahre 2039! Im Jahre 2039 müsste er, wäre alles mit rechten Dingen zugegangen, über fünfzig Jahre alt sein! Aber er stand hier in dem Fahrstuhl mit dieser Inschrift, war noch nicht einmal vierzehn. Da die Schule vermutlich auch nicht gerade erst gebaut worden war, dürfte sogar das Jahr 2040 wahrscheinlich längst überschritten sein. Das war doch ein Alptraum!

Miriam sagte ebenfalls nichts, sondern drückte auf den Knopf EG. Als Ben und Jennifer sie ansahen, erklärte sie schulterzuckend: »Ich weiß nicht, was das hier zu bedeuten hat!« Sie tippte mit dem Zeigefinger auf die Zahl, die auch Ben so erschreckt hatte. »Aber ich denke, die im Schulbüro werden es wissen!« Im EG befand sich, wie die Tafel auswies, eben das Schulbüro.

Ben staunte mal wieder über Miriam. Es schien im Universum keine Situationen zu geben, die Miriam ernsthaft durcheinander zu bringen im Stande waren.

Kaum hatte die Fahrstuhltür sich geschlossen, öffnete sie sich schon wieder. Die Kinder hatten die Fahrt überhaupt nicht gespürt, aber eine Leuchtdiode zeigte das EG an.

Sie blickten in ein großzügiges und lichtdurchflutetes Foyer, welches eher an ein Kaufhaus oder Hotel erinnerte als an eine Schule. Vielleicht aber nur deshalb, weil weit und breit kein Schüler zu sehen war. Es war überhaupt niemand zu sehen. Das Foyer war leer.

Kaum war Miriam jedoch einen Schritt aus dem Fahrstuhl herausgetreten, meldete sich eine Stimme, die fragte, wo sie hinwollte und wen sie zu sprechen wünschte, ob sie zu Besuch sei oder sich nur kurzzeitig aus dem Unterricht entfernt hatte.

Miriam zuckte erschrocken zusammen. Wer sprach denn da überhaupt zu ihr?

Jennifer tippte ihrer Freundin auf die Schulter und zeigte mit dem Kopf auf den Fragesteller. Miriam drehte sich um und sah es nun auch: Direkt neben dem Fahrstuhl stand ein Kasten, den Miriam auf den ersten Blick bestenfalls für einen Cola-Automaten gehalten hätte. Sie verspürte wenig Lust, sich mit so einem Ding zu unterhalten.

»Ich will zum Schulbüro!«, antwortete sie knapp.

Und wen wünschen Sie dort zu sprechen?

Miriam fand, dass der Cola-Automat erheblich zu neugierig war. Wenn sie aber wirklich in der Zukunft waren, wie das Schild im Fahrstuhl vermuten ließ, dann konnte das Ding bestimmt mehr, als es den Anschein hatte. Andererseits fand sie es aber auch zu kompliziert, einem Automaten ihre ganze Geschichte und Ratlosigkeit zu erläutern.

»Die Schulsekretärin!«, sagte Miriam einfach. Eine Sekretärin gab es schließlich in jeder Schule.

Wen?, hakte der Automat nach.

Miriam wiederholte es.

Sie meinen die Anmeldung?, präzisierte der Automat seine Frage.

Miriam nickte, was der Automat erstaunlicherweise als Antwort wahrnahm. *Vielleicht ist es gar kein Automat, sondern eine getarnte Videokamera?*, überlegte Miriam.

Legen Sie bitte Ihre Hand hier in das Fach!

Miriam sah, dass der Kasten dort, wo beim Cola-Automaten die Dosen herausgekullert wären, eine rechteckige Öffnung besaß, deren Umrandung nun grün blinkte.

Zögerlich steckte Miriam ihre Hand hinein.

Der Automat nannte daraufhin Miriams vollständigen Namen, worüber sie sehr verwundert war. Noch mehr aber war sie erstaunt, als der Automat ihre angebliche Wohnadresse und ihr Geburtsdatum ansagte. Beides stimmte überhaupt nicht. Die Adresse war ihr unbekannt und als Geburtsdatum hatte er vom 6. Juni 2036 gesprochen. Das war doch Irrsinn!

Alle Angaben korrekt?, versicherte sich der Automat.

»Ja, ja!«, schwindelte Miriam. Es war doch schnurz, ob es stimmte. Hauptsache, sie kam endlich mal weiter.

Ihre Freunde mussten dieselbe Prozedur über sich

ergehen lassen. Seksamerweise hatten alle dieselbe Adresse und dasselbe Geburtsdatum, woran der Automat sich aber nicht störte.

Sie haben zwei Stunden Zeit, um Ihre Angelegenheiten zu regeln. Beim Verlassen des Hauses melden Sie sich bitte ordnungsgemäß ab oder lassen Sie rechtzeitig Ihre Aufenthaltsgenehmigung verlängern. Vielen Dank!

Der Automat schwieg und ließ fünf verdutzte Kindergesichter zurück.

Miriam wollte sich schließlich endlich auf den Weg ins Schulbüro aufmachen, als der Automat sie doch noch zurückbeorderte. Wenn Sie bitte noch einen Augenblick warten würden?

»Worauf?«, wollte Jennifer wissen.

Nur eine Kleinigkeit, die noch geklärt werden muss. Es gibt keinen Grund zur Beunruhigung!, versicherte der Automat, worauf Frank sofort hellhörig wurde.

Wenn irgendein Erwachsener behauptete, es bestünde kein Grund zur Beunruhigung, dann war dies nach all seiner Erfahrung der größte Grund zur Beunruhigung, den man sich überhaupt denken konnte. Es war so etwas wie das verklausulierte Vermeiden der höchsten Alarmstufe! Denn nur wenn etwas wirklich Schlimmes passiert war, kam ein Erwachsener überhaupt erst auf den Gedanken, dass jemand anders beunruhigt sein könnte! Das war bei Sportärzten nicht anders als bei Lehrern, Hausmeistern ... oder eben seltsamen Automaten. Mit anderen Worten:

▼ »Nichts wie weg hier!«, schrie Frank und spurtete los, obwohl er gar nicht so recht wusste, wo er hinlaufen sollte.

Instinktiv folgten ihm die anderen.

Schon nach wenigen Schritten war klar: Franks Nase hatte ihn nicht getäuscht. Denn schon wieder waren plötzlich einige Wachen hinter ihnen her.

*Verdammt noch mal!,* fluchte Miriam innerlich. Weshalb bloß wurden sie in dieser angeblichen Zukunftswelt ständig verfolgt?

## Zukunft

Jennifer hätte sich gewünscht, sie hätten mal ein wenig Zeit zum Verschnaufen. Alles um sie herum schien so unwirklich, so eigenartig und fremd. Sie fühlte sich orientierungslos. In jeglicher Hinsicht. Sie kannte die Stadt nicht, in der sie sich aufhielten, hatte die Schule, durch die sie gerade liefen, noch nie gesehen, sie wusste ja nicht einmal, in welcher Zeit sie sich befand. Und ständig waren irgendwelche Wachleute hinter ihnen her, wobei es nicht den geringsten Anhaltspunkt gab, weshalb sie verfolgt wurden.

Die Kinder hatten sich nicht getraut mit dem Fahrstuhl zu fahren. Vermutlich stand in jeder Etage am Ausgang so ein Cola-Automat und stellte dumme Fragen. Mit viel Glück hatten sie ein Treppenhaus gefunden, durch das sie jetzt hinaushetzten, obwohl niemand von ihnen wusste, warum sie in diese Richtung liefen. Wahrscheinlich einfach nur, weil sie von unten – aus der Tiefgarage – gekommen waren. Frank hatte gemeint, die erste Etage wäre am besten, um sich zu verkrümeln.

Miriam war überzeugt, er hatte diese Etage nur deshalb vorgeschlagen, weil sich hier der Sportbereich befand.

Wie auch immer. Frank lief voraus, öffnete eine schwere Metalltür (die Feuerschutztüren hatten sich auch in der Zukunft offenbar nicht verändert) und lief, gefolgt von seinen Freunden, in den Flur der ersten Etage.

Er atmete erleichtert auf. Außer den Feuerschutztüren hatten sich augenscheinlich auch die Schulflure wenig verändert.

Die Kinder sahen einen langen, leeren Gang entlang, der trotzdem hell und freundlich erschien, was wirklich verwunderlich war, denn auch dieser Gang besaß keine Fenster. Das Licht kam von oben. Die Decke bestand vollständig aus Glas. Man konnte die Menschen, die in der zweiten Etage gerade durch den Flur gingen, von unten sehen. Dies wäre in den Neunzigerjahren schon aus Anstandsgründen undenkbar gewesen. Miriam stellte sich vor, dass vermutlich die erste Etage von blöden Jungs überfüllt gewesen wäre, wenn im zweiten Stock auch nur ein einziges Mädchen im Minirock herumgelaufen wäre.

Da hier aber ohnehin alle in den transparenten Anzügen so gut wie nackt durch die Gegend liefen, entfiel jeglicher Spanner-Effekt dieser Architektur. Es war erstaunlich. Diese Zukunftskleidung, die alles entblößte, besaß weniger Anzügliches als die herkömmliche Kleidung, die die Kinder kannten.

So setzte sich die Durchsichtigkeit der Flurböden- und decken fort bis hinauf zum Dach, wodurch das Tageslicht von oben bis hinunter in den ersten Stock gelangen konnte.

Ben hörte Schritte die Treppe hinaufstampfen. »Mist! Die Wachen!«, warnte er.

Miriam sah sich blitzartig um und entschied in ebensolchem Tempo. »Dort hinein!«

**Arbeitsgruppenraum Informatik I** stand an der Tür

geschrieben. Ben war natürlich sofort einverstanden und stürmte los.

Thomas wurde wieder einmal von Frank mitgezogen. Alle fünf platzten in den Raum hinein.

In dem Raum standen ungefähr zehn Jugendliche. Aber sie standen nicht einfach so in der Gegend herum, wie man in der Pause auf dem Schulhof steht. Jeder lehnte an einem eigenen Stehpult, welches eigenartig gebogen und in einer ähnlich hässlichen Farbe gefertigt war wie die meisten transparenten Anzüge.

Die Stehpulte standen kreuz und quer im Raum herum, wodurch jeder Jugendliche eine andere Blickrichtung hatte, was Jennifer sehr seltsam vorkam. Schließlich hatte sie aufgrund des Schildes an der Tür eigentlich angenommen in einen Unterrichtsraum gelangt zu sein.

»Hi!«, rief Miriam, in der Hoffnung, sie würden nett empfangen werden. Doch sie wurden nur angestarrt. In etwa so, als wäre damals in Miriams Klasse eines Tages die Tür aufgegangen und fünf Ritter in voller Rüstung hätten mal kurz »Seid gegrüßt, edle Herren!« in den Klassenraum gerufen.

Zwar standen Miriam und ihre Freunde hier nicht in Ritterrüstungen und ja auch nicht einmal in ihren normalen Alltagsklamotten, sondern ebenfalls in hässlich transparenten Anzügen, doch Miriam erkannte sofort, worauf die Blicke der Anwesenden gerichtet waren: auf ihre Köpfe.

Miriam und ihre Freunde trugen Haare mit Frisuren

und sie waren damit die Einzigen. Denn alle Jugendlichen hatten Glatzen – schimmernde, glitzernde, grellbunte, feucht-wellige Glatzen!

»Wo kommt ihr denn her, ist ja completely clip, wie ihr herumlauft. Wie früher meine Großeltern!«

Miriam sah den Jungen, der das gesagt hatte, durchdringend an. Nicht nur, dass er vollkommen bescheuert redete, nein, er verglich sie auch noch mit Rentnern, obwohl er mit seinem grünlich schimmernden Schädel selber aussah wie eine schlecht geschälte Salatgurke!

Niemand verglich Miriam ungestraft mit irgendwelchen Großeltern!

Jennifer sah sofort, worauf das hinauslief. Im letzten Moment konnte sie Miriam noch zurückhalten, die auf diesen kahlköpfigen Zukunfts-Zausel gerade losstürmen wollte.

»Dafür ist jetzt keine Zeit«, flüsterte Jennifer ihr eindringlich zu und Miriam besann sich.

»Kann man sich hier verstecken?«, fragte Frank geradeheraus. Er rechnete jeden Augenblick mit den Wachen hinter ihm.

Die Jugendlichen schienen über diese Frage noch erstaunter zu sein als über die Frisuren der Eindringlinge.

»Ihr werdet verfolgt?«, fragte wieder die Gurke. »Trotz der Wachen?«

»Nicht trotz der Wachen ...«, stellte Frank richtig, »sondern von den Wachen!«

Kaum hatte er das ausgesprochen, veränderte sich das Verhalten der Anwesenden schlagartig. War vorher nur Verwunderung in den Gesichtern zu erkennen, verriet ihre Mimik plötzlich nichts als blanke Angst.

Frank und seine Freunde wurden angestarrt, als ob sie Maschinengewehre in der Hand hielten und gerade bekannt gegeben hätten, alle Schüler in diesem Raum als Geiseln zu nehmen.

»W... w... was verlangt ihr?«, wollte die Gurke wissen.

»Nichts, Himmel noch mal!«, schnauzte Frank den Gurkenkopf an. »Aus irgendwelchen Gründen sind diese Wachen hinter uns her. Wir haben keine Lust uns schnappen zu lassen. Also: Wo kann man sich hier verstecken?«

Der Gurkenkopf drehte sich hilflos um. Ihm schien nichts einzufallen.

Ben erkannte den Grund für das Problem. In diesem Raum gab es wirklich nichts, wohinter man sich hätte verstecken können. Der Raum war leer – bis auf die Stehpulte. Er fragte sich, was die Schüler hier überhaupt machten? Einen Informatik-Unterrichtsraum in der Zukunft hätte er sich wahrhaftig spannender vorgestellt.

Ein Mädchen, deren Stehpult etwas weiter hinten war, hatte offenbar weniger Angst als ihre Mitschüler. Jedenfalls konnte Jennifer in ihren Augen keinen ängstlichen Blick erkennen. Und ihr Verstand blieb klar genug, um eine Idee zu produzieren.

»Spielen wir ein Spiel!«, schlug sie vor.

Thomas schüttelte den Kopf. So weit war es mit der Spaßgeneration – wie ihr neuer Englischlehrer sie immer nannte – in der Zukunft also schon gekommen. Sie wurden verfolgt, baten um Hilfe und der dummen Gans fiel nichts anderes ein als zu spielen! Thomas entschied, sich lieber auf seine eigene Kraft zu verlassen und sah sich aufmerksam im Raum um. Er würde sicher etwas Geeignetes finden.

Doch augenblicklich veränderte sich der Raum. Wo Thomas soeben noch auf blau-rosa gestrichene Wände geguckt hatte, sah er jetzt in einen gigantischen Wald, in dessen Zentrum in nicht allzu großer Ferne ein massiver Vulkan bebte. Die Baumstämme öffneten sich und widerliche, behaarte, grunzende und vor allem grauenhaft stinkende Monster mit leuchtenden Augen und Zähnen wie von Wildschweinen krochen auf sie zu. Aus einem Gebüsch am Rande des braunen Sandwegs, sprang plötzlich mit einem geschmeidigen Salto eine Figur hervor, die allen fünf Kindern sofort bekannt vorkam.

»Lara Croft!«, rief Thomas fassungslos.

Vor ihnen stand plötzlich tatsächlich in Lebensgröße die Heldin aus den Tomb Raider Computerspielen mitten im Klassenraum.

»In den Büschen neben euch sind Waffen versteckt!«, rief das Mädchen ihnen zu, deren Stehpult in dem Wald kaum noch zu erkennen war.

»Was soll das?«, maulte Jennifer. Hatten sie nicht andere Sorgen als sich jetzt in einem dummen Computerspiel herumzuschlagen, auch wenn sie zugeben musste, dass die technische Ausstattung des Spieles mit dem Holografie-Effekt und vor allem den wahrnehmbaren Gerüchen faszinierend war.

»Es ist ein 25 Jahre altes Spiel!«, klärte das Mädchen sie auf. »Wir benutzen es in der Schule wegen seiner simplen Programmierung zu Übungszwecken. Wir haben als Klassenaufgabe die Möglichkeit programmiert, selbst in das Spiel als aktive Spieler real einzugreifen.«

»Toll!«, rief Ben begeistert.

Doch Jennifer fragte sich noch immer, wozu diese Spiele-Demonstration in diesem Moment gut sein sollte.

»Wo immer ihr herkommt...«, fuhr das Mädchen ungeduldig fort, »... diese altertümliche Lara sieht ungefähr aus wie ihr. Da geht ihr leicht als Spielfiguren durch!«

»Als was?«, entsetzte sich Miriam. »Als altertümliche Spielfig...« Ihr Aufschrei der Empörung wurde jäh unterbrochen, denn in diesem Augenblick sprang die Tür des Klassenraumes auf und die beiden Wachen preschten herein. Argwöhnisch sahen sie sich um.

Ben schaltete sofort. Er sprang auf einen der Büsche neben ihm zu, fand dort eine Art Maschinenpistole, konnte sie tatsächlich aufnehmen. Es fühlte sich wirklich so an, als hielte er sie in der Hand. Ben zielte auf eines der Monster, drückte auf den Abzug und mit einem kriegsgreuelhaften Getöse ratterte die MP los. Ben konnte die schwere Waffe kaum noch halten.

Jennifer sah mit angehaltenem Atem die Wachen an, Frank ahmte seinen Freund sofort nach und suchte sich ebenfalls hektisch eine Waffe, während Miriam einfach so mit bloßen Händen und lautem Gebrüll auf die Monster zulief.

»Was ist hier los?«, fragte eine der Wachen.

»Arbeitsgruppe: Programmierung kreativer Gesamtlösungen und innovativer Gestaltungsmodelle anhand eines semikomplexen Spielablaufes im historischen Kontext«, knallte das Mädchen dem Wachhabenden als Antwort um die Ohren, als ob sie sich solche Ausreden stündlich ausdachte.

»Aha!«, machte der Wachhabende. »An dem da müsst ihr aber noch ein wenig arbeiten!«, fand er und zeigte mit dem Finger auf Thomas. »Der bewegt sich ja wie in Super-Slow-Motion.«

Frank, der aus Sportsendungen wusste, dass damit eine ganz besonders langsame Zeitlupe gemeint war, hätte sich bald weggeschrien vor Lachen. Denn Thomas bewegte sich natürlich so, wie er sich immer bewegte. Zum Glück gelang es Frank, seinen Lachdrang zu unterdrücken.

»Wir sind gerade dabei!«, schwindelte der Gurkenkopf. »Ein Programmierfehler im alten System. Es ist verrückt, dass wir uns noch mit solchen historischen Programmiermethoden herumschlagen müssen.«

Der Wachhabende nickte verständnisvoll. »Das kenne ich. Unsere Ausrüstung ist auch schon Jahrzehnte alt. Meine Waffe zum Beispiel stammt aus dem Jahre 2020. Das darf man gar keinem erzählen!«

»Eine Hand voll Jugendliche, die hier nicht hingehören, habt ihr nicht zufällig gesehen?«, fragte der zweite Wachhabende, worauf alle Anwesenden Schüler heftig verneinten.

Die Wachhabenden verließen den Klassenraum,

schlossen die Tür wieder hinter sich und nur wenige Minuten später waren sowohl der Wald als auch die Monster einschließlich Lara Croft verschwunden. Die Kinder standen wieder in dem leeren Klassenraum mit seinen rosa-blauen Wänden und den Stehpulten.

Ben starrte noch auf seine Hände. Aber auch die Waffe war fort.

Jennifer ließ sich die Worte des einen Wächters noch einmal langsam durch den Kopf gehen: *Unsere Ausrüstung ist auch schon Jahrzehnte alt. Meine Waffe zum Beispiel stammt aus dem Jahre 2020*, hatte er gesagt. *Das Jahr 2020 war bereits Jahrzehnte her? In welchem Jahr befanden sie sich? Und wie war das möglich?*

Jennifer ging zaghaft auf das Mädchen zu, das sie mit ihrer Idee vor der Verhaftung gerettet hatte, und fragte vorsichtig: »Sag mal, welches Datum haben wir heute?«

Das Mädchen sah sie mit seltsamen Blick an: »Den 3. Juni. Wieso?«

»Ich meine...«, setzte Jennifer zögerlich nach. »Das komplette Datum!«

»Du kannst vielleicht Fragen stellen«, wunderte sich das Mädchen. »Den 3. Juni 2049, das ist doch wohl klar, oder?«

Jennifer konnte auf diese Frage nicht mehr antworten, denn sie war soeben in Ohnmacht gefallen.

## Bekannte Schule

Langsam wachte Jennifer auf, sah in die besorgten Gesichter ihrer Freunde und erinnerte sich sofort, dass sie ohnmächtig gewesen war. Natürlich war ihr das nicht zum ersten Mal in ihrem Leben passiert und so wusste Jennifer, wie man aus einer Ohnmacht wieder erwacht: benommen, irritiert, für einen Moment orientierungslos; man hat vergessen, wo man sich befand und was geschehen war, und erinnert sich nur langsam wieder an alles.

Nichts von alledem spürte Jennifer in diesem Augenblick.

Sämtliche Erinnerungen waren vorhanden. Sie wusste sofort, dass sie auf dem Fußboden des Klassenraumes lag.

Ihre Ohnmacht hatte exakt zwei Minuten und fünfunddreißig Sekunden gedauert, war sie sich sicher. Sie war selbst erstaunt, woher sie das wissen konnte. Doch sie hatte keinen Zweifel daran.

»Es ist alles in Ordnung!«, beruhigte sie ihre Freunde, stand auf und wusste: Nichts war in Ordnung. Im Gegenteil: Etwas sehr Außergewöhnliches war mit ihr geschehen. Ihr war weder schwindelig zumute noch fühlte sie sich wackelig auf den Beinen, sondern topfit. So erwachte man nicht aus einer Ohnmacht!

Jennifer beschloss ihre Bedenken vorerst für sich zu

behalten, sich in Zukunft aber noch genauer selbst zu beobachten, vor allem ihre Körperreaktionen.

Im Moment aber gab es Wichtigeres zu diskutieren. Sie befanden sich im Jahre 2049, woraus sich zwei Fragen ergaben:

Erstens: Wie waren sie hierher gekommen?

Zweitens, und das war die entscheidende Frage: Wie kamen sie wieder zurück?

Das Mädchen, das sie beschützt hatte, schien gerade die gleichen Überlegungen anzustellen. Jedenfalls wollte sie wissen: »Woher kommt ihr?«

Jennifer schwieg, sah ihren Freund Ben an, der wusste, was ihr durch den Kopf ging: *Wem konnte man hier trauen?*

»Gibt es hier irgendwo einen ruhigen, sicheren Ort?«, fragte er nach.

»Kommt mit!«, antwortete das Mädchen und nickte einem Jungen zu, der sich bisher noch überhaupt nicht in das Geschehen eingemischt hatte, den Wink des Mädchens allerdings sofort verstand, brav auf sie zuging und weitere Anweisungen zu erwarten schien.

»Das ist Kosinus!«, stellte das Mädchen den Jungen vor.

Ben musste innerlich schmunzeln. Offenbar galt es in der Zukunft als schick, sich mathematische Ausdrücke als Namen zu geben. Die Professorin hieß Pi und dieser schmächtige, schüchterne Bubi nannte sich Kosinus. Ben war gespannt, welchen Namen das Mädchen trug und fragte sofort danach.

Das Mädchen druckste zunächst etwas herum, ehe

sie antwortete: »Ich heiße ... ähem ... Henriette!« Sofort fügte sie hastig an: »Aber meine Freunde nennen mich Chip!«

»Chip?«, wunderte sich Miriam. »So wie Kartoffel-Chip?«

Ben sah genervt zur Decke. *Kartoffel-Chip!* Miriam hatte immer Assoziationen, das war nicht zu glauben! Natürlich Chip, wie Computer-Chip, so wie die anderen, die auch nach mathematischen Funktionen benannt waren. Gerade wollte Ben das klarstellen, als das Mädchen ihrerseits verwundert fragte: »Was ist ein Kartoffel-Chip?«

Miriam schaute das Mädchen entsetzt an. Nein, so schrecklich konnte sich die Zukunft der Menschheit nicht verändert haben, dass es keine Kartoffel-Chips mehr gab. Miriam versuchte diese leckeren gerösteten Kartoffelscheiben zu beschreiben, ohne die sie sich ein erstrebenswertes Leben kaum vorstellen konnte, wurde allerdings mittendrin von Henriette unterbrochen.

»Kartoffeln?«, quiekte sie laut auf, als hätte Miriam von gerösteten Regenwürmern gesprochen. »Du meinst diese schmutzigen Ugly-Knollen aus der Erde?«

Miriam und Henriette übertrafen sich gegenseitig mit ihrem Erstaunen. Miriam schaute nun noch verblüffter als vorher Henriette, die wiederum schon verdutzter geglotzt hatte als Miriam zuvor. Miriam fragte vorsichtig und langsam nach, ob sie es wirklich richtig verstanden hatte: Die Menschen im Jahre 2049 aßen keine Kartoffeln mehr?

Man hätte jederzeit mit Miriam darüber reden können, auf gekochte Salzkartoffeln zu verzichten, weil sie in solchen Fällen ohnehin Reis oder noch besser Nudeln bevorzugte. Sich einen Speiseplan ohne Kartoffelpüree vorzustellen, fiel schon schwerer; ohne Bratkartoffeln, das nahm schon katastrophenähnliche Züge an; ohne Kartoffelpuffer, das war schlichtweg der ausgerufene Notstand, aber – das Ausmaß des Entsetzens wurde Miriam erst in diesem Moment deutlich – ein Leben ohne Pommes weißrot, das war... das war... einfach undenkbar, die Apokalypse pur, das reinste Horrorszenario, schlimmer als jede düstere Weissagung vom Untergang der Erde! Die Jugendlichen hier lebten ohne Pommes frites! Miriam hatte es die Sprache verschlagen.

Jennifer nutzte die Gesprächspause, um auf die eigentliche Frage zurückzukommen: »Was findest du an dem Namen Henriette so schrecklich?«

Chips Miene zog sich zu einem traurigen Blick zusammen. »Ach!«, seufzte sie. »Mein Vater hat als Kind – es muss so im Jahre 2020 gewesen sein – mal Urlaub auf einem alten Gut verbracht. Bauernhof sagte man damals noch. Es war aber eher ein historischer Ausflugsort. Dort gab es noch die letzten Wildgänse. Eine kam immer ganz dicht ans Haus heran. So regelmäßig, dass die damaligen Besitzer ihr einen Namen gegeben haben: Henriette.«

Chip lachte verbittert auf. »Ist das nicht krank, einer Wildgans einen Namen zu geben, als ob es sich um einen Roboter handeln würde!«

Jennifer fand es eher bekloppt, eine Maschine mit

einem Namen zu versehen, aber sie schwieg und hörte weiter zu.

Chip zog die Schultern hoch. »Jedenfalls hat mein Vater dieses Erlebnis nie vergessen und mich – tja, ich kann es nicht leugnen – nach einer Wildgans benannt!«

Jennifer fand das hundertmal schöner als den Namen eines mathematischen Symbols zu tragen, aber auch das behielt sie lieber für sich, denn damit hätte sie alle Anwesenden beleidigt. So zuckte sie nur etwas hilflos die Schultern und sagte beschwichtigend. »Ich finde den Namen Henriette okay!«

Henriette bestand trotzdem darauf, Chip genannt zu werden, vergaß das Drama um ihren Namen und sagte endlich: »Wir verschwinden jetzt hier erst einmal!«

Sie drückte auf irgendetwas an ihrem Anzug, hob kurz nacheinander die Füße, als ob sie in etwas Klebriges getreten wäre, und stand plötzlich auf Rollen!

Frank war sofort begeistert und betrachtete sich die Sache genauer. Er bat Chip einen Fuß zu heben, die ihm zögerlich den Gefallen tat und nun dastand wie ein Pferd, das auf neue Hufeisen wartete.

Chip hatte unter den Füßen einen richtigen kleinen Teppich aus unzähligen kleinen Kugeln, die sich noch viel leichter drehen ließen als die Räder eines qualitativ hochwertigen Inlineskates.

Auch Kosinus stand mittlerweile auf Rollen, die offensichtlich im Fußteil des transparenten Kunststoff-Anzuges eingebaut waren.

Chip ahnte schon die Antwort, als sie fragte: »Ihr habt so etwas nicht?«

»Keine Ahnung!«, gab Frank zu und betrachtete ratlos seinen Anzug.

Chip wies ihn an ihr seinen rechten Arm zu zeigen.

Sie drückte auf eine bestimmte Stelle, an der Frank nie einen Knopf oder Schalter vermutet hätte. Es geschah allerdings nichts.

»Füße anheben«, riet Chip ihm.

Frank hob zunächst den linken Fuß und tatsächlich: Kaum hatte er den Fuß angehoben, schob sich auch unter seine Fußsohle ein solcher Kugelteppich.

»Geil!«, fand Frank und machte mit seinen eingebauten Rollschuhen gleich ein paar Fahrübungen, die ihm außerordentlich gut gelangen. Es war wesentlich leichter als Inlineskates fahren, weil man auf den Roll-Teppichen auch ohne Schwierigkeiten stehen konnte.

»Wie heißen die?«, wollte Frank wissen.

»Spherical spins!«, antwortete Chip und zeigte Jennifer, Miriam, Ben und Thomas, wo an ihren Anzügen der entsprechende Schaltknopf saß.

Kaum hatte Thomas seine Kugeln unter den Füßen, eierte er durch den Raum, als wäre er in Schmierseife getreten. Er fand nichts zum Festhalten und knallte krachend auf sein Steißbein. »Viel zu schnell!«, lautete sein Urteil. Das war alles. Nicht der kleinste Schmerzensschrei kam ihm über die Lippen. Er hielt sich auch nicht den Po oder sonst ein Körperteil. Der Sturz, der gar nicht so harmlos ausgesehen hatte, schien Thomas nicht das Mindeste ausgemacht zu haben, fiel Jennifer auf.

»Wir sollten jetzt gehen!«, mahnte Kosinus, bevor

⬇ Jennifer ihre Beobachtung jemanden mitteilen oder Thomas hätte befragen können.

Chip fuhr voraus, die anderen folgten, wobei Thomas sich noch unsicher an Frank festhielt. Kosinus nahm das Ende der Schlange ein. Bevor sie den Raum verließen, drehte er sich noch einmal zu seinen Mitschülern um und stellte unmissverständlich klar: »Ihr habt nichts gesehen, memo?«

»Memo!«, erwiderten die Angesprochenen.

*Memo* schien das neue Wort für gecheckt oder in Ordnung zu sein, registrierte Miriam beiläufig.

Chip führte Ben und seine Freunde in den so genannten Free Room. Damit war ein Raum gemeint, der von den Schülern selbst verwaltet wurde und in den Pausen und Freistunden nach eigenem Belieben genutzt werden konnte. Früher hätte man ihn einfach Aufenthaltsraum genannt.

Das Besondere daran war, so erklärte Chip, dass sämtliche Lehrkräfte hier Zutrittsverbot hatten, ebenso wie die Schüler ja auch nicht ins Lehrerzimmer gehen durften. Jeder Jahrgang in jedem Stockwerk besaß einen solchen Raum.

Dass eine Schule einen Aufenthaltsraum für Schüler besaß, war ja nichts Außergewöhnliches. Außergewöhnlich war, wie dieser Raum eingerichtet war. Er sah aus, als ob hier jemand zu Ostern mit übertrieben großen Dekorationseiern geschmückt hätte. Die bunten Eier baumelten an Metallfedern von der Decke, besaßen an einer Seite eine Öffnung und entpuppten sich als Sessel. Denn in einigen dieser ganz und gar mit weichen Kissen ausgelegten Eiern hockten Schüler und schauten ins Leere.

Jedenfalls schien es so. Es war nicht genau zu erkennen, wohin sie blickten, denn alle trugen dunkle Brillen und erst auf den zweiten Blick war zu sehen, dass zu den dunklen Brillen auch Miniatur-Kopfhörer gehörten.

Jennifer fragte sich gerade, was das zu bedeuten hatte, als ein kleinerer Junge schreiend und zappelnd aus dem Ei herausfiel. Er riss sich die Brille vom Kopf und zitterte noch immer am ganzen Leib.

Chip lachte.

»Na, Tangens«, sprach sie den Jungen an. »Guckst du wieder Holos, die nichts für dich sind?«

»Der ist was für mich!«, beharrte der Junge. »Nur bei diesen Fahrten durch die schwarzen Löcher haut es mich immer um. Blöde, dass man die Geschwindigkeit nicht regulieren kann!«

Jennifer sah zu Ben in der Hoffnung, er hätte eine Erklärung für diese Szene.

Doch auch der zuckte nur mit den Schultern.

Kosinus, dem noch immer ein Rätsel war, woher die Fremden kamen, der aber längst mitbekommen hatte, dass sie nichts aus seinem Alltagsleben kannten, erklärte es ihnen. Bei der Brille handelte es sich um ein Gerät, mit dem man holografische Spielfilme sehen konnte. Und sehen hieß: miterleben; dreidimensional, mit Sound, Geruch und zum Teil sogar interaktiv. Der Betrachter konnte an verschiedenen Stellen des Films entscheiden, wie es weitergehen sollte und wahlweise die Perspektiven verschiedener Hauptfiguren einnehmen.

Tangens, der gestürzt war, hatte sich mal wieder einen Helden gewählt, der ein Raumschiff bei der Verfolgung der Bösen durch mehrere schwarze Löcher steuerte, was für Tangens eine totale Überforderung war. Er hielt die Beschleunigung nicht aus, die fest vorgegeben war, und fiel jedes Mal aus seinem Sessel. Schon seit fünf Tagen versuchte er als Titelheld des Filmes das schwarze Loch zu meistern. Das Dumme nämlich war: Wenn man die Brille zwischendurch abnahm, weil einem die holografische Darstellung zu heftig wurde, unterbrach der Film und setzte an den Anfang der Szene zurück. Schaffte Tangens den Flug nicht, würde er nie erfahren, wie der Film endete.

Neben diesen Eiern gab es in dem Raum noch vier große flache, schwarze Bildschirme an den Wänden sowie eine kleine Küchenzeile mit Kühlschrank, Mikrowelle und einem normalen Schrank, in dem sich bestimmt Geschirr oder so etwas befand, vermutete Jennifer. Sie atmete innerlich auf, weil sich wenigstens die Küchengeräte nicht verändert hatten. Küchengeräte an sich waren ihr eigentlich schnurz. Aber dass überhaupt etwas aus ihrer Zeit existierte, gab ihr doch ein wenig Halt. Es hatte etwas Verlässliches.

Leider hielt Jennifers Zufriedenheit nicht lange an, denn schnell musste sie feststellen, dass alle Küchengeräte miteinander vernetzt waren und eine gewisse eigenständige Intelligenz bewiesen.

Chip rief einen der Bildschirme, woraufhin dieser sie freundlich begrüßte.

»Was gibt es heute zu essen?«, fragte sie.

*Alles, was du willst,*
antwortete die freundliche Stimme aus dem Bildschirm.

*Außer geschmacksneutraler Synti-Milk. Nur noch zwei Packungen. Mister Cool wollte sie nachbestellen, aber es gibt Lieferschwierigkeiten. Wegen langfristiger Schulverträge darf er nicht auf einen Alternativ-Lieferanten ausweichen. Es tut mir leid.*

»Moment mal!«, flüsterte Miriam und tippte Chip auf die Schulter. »Wer ist denn Mister Cool? Ich dachte, wir sind hier unter uns?«

»Pst!«, machte Kosinus. Es war nicht zu glauben, wie unwissend diese Fremden waren! »Mister Cool ist der Kühlschrank. Wer denn sonst?«, sagte er leise, allmählich etwas genervt und besorgt zugleich. Die Fremden waren immerhin auf der Flucht. Noch war ihre Anwesenheit nur wenigen bekannt. Wenn sie sich allerdings weiterhin so eigenartig benahmen und jede alltägliche Selbstverständlichkeit als Weltwunder betrachteten, dann würden im Nu die ganze Schule und damit auch die Lehrkräfte und Wachen Bescheid wissen, welch seltsame Gestalten sich hier herumtrieben.

»Der Kühlschrank bestellt die Lebensmittel von selbst?«, wunderte sich Miriam.

Kosinus legte seinen Finger auf den Mund und betrachtete argwöhnisch die Schüler in den Eiern, von denen er einige nicht besonders gut kannte, und Miriam verstand, welche Sorgen sich Kosinus machte. Sie hob sich ihre Frage für später auf.

»Habt ihr Hunger?«, fragte Chip.

Alle verneinen.

Zum wiederholten Male wunderte sich Jennifer über ihren Körper. Sie hatte den ganzen Tag noch nichts gegessen, konnte sich aber erinnern, dass sie auf dem Weg ins Labor – noch in ihrer alten Zeit – Hunger verspürt hatte. Gleich nach der halben Stunde im Labor hatte sie den nächstbesten Imbiss aufsuchen wollen.

Ob sie während ihres Schlafes künstlich ernährt worden waren?

Sie selbst war nicht gerade das, was man einen Vielfraß nannte, trotzdem war es schon merkwürdig, überhaupt keinen Hunger zu verspüren. Noch mehr wunderte es sie bei Frank, der normalerweise durch seinen hohen Kalorienverbrauch beim Sport Fleisch und Gemüse tonnenweise in sich hineinschaufeln konnte.

»Okay!« Chip zuckte mit den Schultern. »Ich schon. Und du, Kosinus?«

»Wie immer!«, sagte der bloß und Chip bestellte beim Bildschirm: »Einen Zwong einfach, kalt und einen Doppelcrack, heiß mit Dip!« Die Befehle wurden unmittelbar an die richtigen Stellen in der kleinen Küche weitergegeben. Aus einer der unteren Klappen des Kühlschrankes kam Kosinus' Zwong herausgeschossen, ein etwa zwanzig Zentimeter langer Plastikschlauch, gefüllt mit einer silbernen, dicken Flüssigkeit.

Miriam und Jennifer schauten sich grinsend an. Sie hatten unabhängig voneinander das Gleiche gedacht: Gut, dass sie nichts bestellt hatten!

Nur dreißig Sekunden später meldete die Mikrowelle:

Einen Doppelcrack, heiß mit Dip für Chip! Die Firma Superkitchen wünscht einen guten Appetit!

Chip entnahm der Mikrowelle ihr Essen. Zu Jennifers großem Erstaunen sah es genauso aus wie das von Kosinus, außer, dass der Schlauch an den Enden rot gefärbt war, in der Mitte grün-bräunlich glitzerte und dampfte.

Jennifer konnte es sich nicht verkneifen nachzufragen, um was es sich bei diesem Essen handelte.

»Das ist 'n Doppelcrack!«, antwortete Chip.

»Klar!«, Jennifer nickte, wartete und setzte schließlich nach: »Ich ... äh ... kenne mehrere Rezepte«, schob sie schließlich nach, um nicht allzu unwissend dazustehen. »Aus was ist dieser denn gemacht?«

»Mehrere Rezepte?«, wunderte sich Chip. »Ich dachte ein Crack besteht immer aus Heuschrecken-Mus mit Ingwer. Und der doppelte eben noch mit gemahlenem Hundeherz.«

Jennifer überlegte, in welche Ecke des Raumes sie wohl am besten spucken könnte. Und dieses Mädchen ekelte sich vor Kartoffeln? Jennifer war heilfroh, keinen Hunger zu verspüren.

»Und?«, fragte Chip.

Jennifer hielt sich noch immer die Hand vor den Mund und war nicht in der Lage zu antworten.

»Welches Rezept kennst du denn?«, hakte Chip nach.

Miriam sprang ihrer Freundin bei. »Mit Quallenextrakt!«, fantasierte sie spontan, »eingelegt in Schneckenschleim und serviert mit Erdbeeren!«

»Bäh!«, rief Kosinus. »Erdbeeren! Das ist ja pervers.«

»Möchtet ihr etwas trinken?«, fragte Chip gastfreundlich.

Hastig wehrten die Kinder ab.

Jennifer wandte sich von dem grauenhaften Essen lieber weg und schaute aus dem Fenster, aus dem etwas sehr viel Schöneres zu sehen war. Ein mächtiger, großer, schöner Baum.

»Eine Kastanie!«, freute sie sich. Schön, dass es so etwas in der Zukunft noch gab. Auch wenn der Baum von einem Stahlgitter umzäunt war. Jennifer fiel auf, dass die alte Kastanie der erste Baum war, den sie in dieser Zukunftswelt gesehen hatte. Ob es keine Bäume mehr gab oder nur noch außerhalb der Stadt? Auch zu ihrer Zeit waren die Bäume in der Stadt ja schon zubetoniert gewesen, die Parks immer kleiner, die Bäume zunehmend krank geworden. Andererseits ließ die Bio-Kompostierung in dem Müllschlucker hoffen, dass die Menschen in der Zukunft auch in der Umwelttechnik vorangekommen waren.

Ob der Himmel noch blau war oder nicht, ließ sich aufgrund der ganzen Holo- und Lasershow-Werbung kaum erkennen.

Jennifer fragte einfach nach. »Habt ihr sonst keine Bäume mehr?«

»Aber natürlich!«, antwortete Chip. »Ganze Stadtwälder! Habt ihr keine auf dem Weg gesehen?«

Jennifer verneinte.

»Man ist davon abgekommen, einzelne Bäume in der Stadt zu verteilen, die über kurz oder lang doch nur krank werden«, erzählte Chip. »Stattdessen hat man ganze Stadtteile platt gemacht und dort Wälder aufgeforstet. Dank der Gentechnik wuchsen die recht schnell. Sie versorgen die Städte mit Sauerstoff.«

Jennifer nickte. Sie hätte gern einen dieser Wälder gesehen, jedenfalls tausendmal lieber als diese übervolle, technisierte Innenstadt, durch die sie gekommen waren.

»Und der?« Jennifer zeigte auf die alte Kastanie.

»Der ist noch von der alten Schule!«, erklärte Kosinus. »Bevor IBM diese Schule baute, haben sie die alte Schule abgerissen. Nur der Baum ist davon noch übrig – und das alte Hauptgebäude dort hinten. Es dient heute als kleines Schulmuseum für Bildung, Technik und Kultur des vergangenen Jahrhunderts.«

»Ich werd verrückt!«, stieß Jennifer aus.

Ben und Miriam eilten sofort zum Fenster. Jennifers Stimme verriet ihnen, dass sie etwas ganz Besonderes entdeckt hatte.

Und so war es auch. Beide erkannten das Gebäude sofort wieder.

Und jetzt erinnerte sich Jennifer auch, woher die Kastanie kam. Sie selbst hatte den Baum zusammen mit einigen anderen Schülern zum 30-jährigen Jubiläum der Schule an dieser Stelle eingepflanzt

Jennifer begriff, dass damit ihre eigentliche Suche beendet war. Sie und ihre Freunde hatten längst wieder nach Hause gefunden. Sie befanden sich in ihrer eigenen Schule! Nur waren inzwischen fast fünfzig Jahre vergangen.

## Seltsame Fotos

Neben dem Raum mit den Eiersesseln gab es noch zwei weitere Räume. Einer davon begeisterte sogar Jennifer, denn er bestand ausschließlich aus großen, weichen Sitzkissen, die in dem mit dickem Teppich ausgelegten Raum verteilt waren. Man musste sich gar keinen Platz suchen, sondern sich einfach nur irgendwo fallen lassen, um auf einer bequemen Sitz- oder Liegegelegenheit zu landen.

Ein lieblicher Duft erfüllte das Zimmer, der Jennifer an die Taufrische eines Waldes im Frühsommer erinnerte. Sogar leises Vogelgezwitscher war zu hören, welches natürlich digitalisiert war und irgendwo von einer Musikmaschine eingespielt wurde. Jennifer bemühte sich dies zu ignorieren, um sich nicht die angenehme Atmosphäre vermiesen zu lassen.

»Unser Entspannungsraum!«, erklärte Chip. »Jeder bessere Abteilungsleiter im Betrieb hat Anspruch auf solch einen Raum. Da haben wir der Schulleitung klargemacht, dass auch die Schüler-Redaktion so etwas benötigt!«

»Redaktion?«, hakte Jennifer nach. »Ihr macht hier eine Schülerzeitung?«

Chip bekam wieder einen verwunderten Gesichtsausdruck. Fragend sah sie zu Kosinus, der auch nur mit den Schultern zuckte, bevor Chip sich dann doch an Jennifer wandte: »Was ist eine Zeitung?«

Jetzt war es so weit. Jennifer ließ sich einfach fallen. Sie landete in einem knallroten Sessel, der lustig blubberte.

Mit Wasser gefüllt, dachte sie im ersten Moment, vermutete dann aber sogleich, dass man dafür mittlerweile sicher kein echtes Wasser, sondern wieder nur irgendeine synthetische Flüssigkeit verwendete. Trotzdem besaß der Sessel eine angenehme Temperatur und passte sich vollkommen ihrem Körper an.

»Das erkläre ich euch später!«, antwortete Jennifer schließlich.

Es wurde ihr allmählich zu mühsam, dass Chip und Kosinus so gut wie nichts aus ihrer – der alten Zeit – kannten. Und wofür die beiden nun Redakteure waren, wenn es keine Zeitungen mehr gab, würde sie auch noch irgendwann erfahren. Viel wichtiger war es, die Frage zu klären, wie sie überhaupt in diese Zukunftswelt gelangt waren. Genau diese Frage interessierte auch Chip und Kosinus.

»Deshalb sind wir hier!«, sagte Chip. »In diesem Raum sind wir ungestört. Jetzt erzählt endlich mal, woher ihr eigentlich kommt!«

Jennifer sah zu Ben.

Ben bemerkte ihren auffordernden Blick. Auch Miriam, Frank und Thomas ermunterten ihn stumm, die Erklärung zu übernehmen.

Er seufzte. Solche Aufgaben lasteten immer auf ihm.

»Also...«, begann er zögerlich, weil er sich ja doch nicht dagegen wehren konnte. Wir...«, Ben brach ab.

Wie sollte man so etwas erklären? Er glaubte ja selbst nicht daran. Und doch war es so. Sie hatten im Jahre 1999 an einem angeblichen und so genannten Brain-scanning teilgenommen, sollten nur eine halbe Stunde schlafen, wachten irgendwann auf – vermutlich wesentlich später als nach einer halben Stunde – und fanden sich plötzlich im Jahre 2049 wieder.

»Genau so war es!«, bestätigte Thomas, nachdem Ben fertig war. Denn während Bens Erzählung wurde ihm erst so richtig klar, wie unglaublich die Geschichte war, die sie erlebt hatten. Thomas kannte seine Schwäche, ein wenig zu leichtgläubig zu sein. Aber diese Story, die Ben Chip und Kosinus da auftischte, hätte er niemals für bare Münze genommen!

Die Reaktion der Zukunfts-Kinder allerdings fiel ganz anders aus, als Thomas gedacht hatte. Sie schauten sich mit nachdenklichen Mienen an.

»Screeni, hier spricht Kosinus. Dreiundzwanzig null fünf zweitausendsiebenunddreißig.«

Guten Tag, Kosinus!, antwortete der flache Bildschirm an der Wand mit einer rauen Männerstimme, wie sie für einen Westernhelden angemessen gewesen wäre. Weder Ben noch einer seiner Freunde wussten, dass es die Synchron-Stimme eines derzeit sehr berühmten Helden einer Holografie-Spielserie war.

Freigabe nach Sprachidentifikation. Was möchtest du?

»Informationen über Brain-scanning!«, befahl Kosinus und fügte an: »Schwerpunkt Deutschland.«

In welchem Modus?, wollte der Bildschirm noch

wissen und Kosinus bestellte sich einen Text/Bild-Modus ohne Videos, Holografien und Gerüche.

Bitte sehr!, sagte der Bildschirm ungefähr eine Nanosekunde später, während auf dem Bildschirm eine nummerierte Tabelle von Überschriften mit gleichen Grafiken und Bildern am rechten Rand zu sehen war.

Kosinus wählte Nummer 3, woraufhin ein Text mit einigen Fotos erschien, der von einer angenehmen, weiblichen Rundfunk-Stimme sogleich vorgelesen wurde:

Brain-scanning
(Kurzfassung. Recherche/Schulredaktionen. Eingeloggt über Schulcomputer 7843/78-32/653-hfo-wcröl9y)

Verfahren zur digitalisierten Speicherung des Inhalts eines organischen Gehirns.

Erste Versuche möglicherweise schon in den Neunzigerjahren des vorigen Jahrhunderts, die allerdings nicht bestätigt werden können. Erst im Jahre 2015 wurde die Forschung daran intensiviert und öffentlich bekannt, was sofort heftige Diskussionen in der Gesellschaft nach sich zog. Trotzdem wurden in verschiedenen Versuchsreihen einige menschliche Gehirne gescannt und archiviert, ohne dass es damals schon adäquate Datenträger gegeben hätte, auf die der Inhalt hätte kopiert werden können.

Solche Datenträger wurden erstmals im Jahre 2033 mit Erfolg konstruiert und in streng limitierten Versuchsreihen experimentell ausgewertet.

⬇︎ Im Jahre 2042 allerdings wurde mit dem Neuen Humanitären Wissenschaftsgesetz der Weltregierung mit dem Allgemeinen Verbot des Klonens menschlicher Gesamtpersönlichkeiten auch jegliche weitere Arbeit mit dem Brain-scanning aus ethischen Gründen untersagt.

»Danke, Screeni!«, sagte Kosinus.

Der Bildschirm wurde wieder schwarz, ein kleines grünes Lämpchen zeigte aber an, dass er bereit war und auf weitere Anweisungen wartete. Miriam bekam ihren Mund gar nicht wieder zu. Dann hatte dieser verrückte Professor in dem Labor doch nicht gelogen. So etwas wie Brain-scanning gab es tatsächlich! Im Labor war der gesamte Inhalt ihres Gehirns kopiert worden! Aber das erklärte noch nicht, weshalb und vor allem wie sie selbst statt ihrer Gehirn-Kopien in die Zukunft gelangt waren? Miriam stellte ihre Frage laut. Auch die anderen hatten darauf keine Antwort.

Chip und Kosinus sahen sich vielsagend an.

Miriam spürte sofort, dass die beiden mehr wussten, als sie zugeben wollten.

Noch bevor Miriam nachfragen konnte, sprach Kosinus wieder mit seinem Bildschirm und orderte: »Aktuelle Suchmeldungen, Vermisstenanzeigen und Fahndungsaufrufe!«

»Was soll das?«, rief Miriam dazwischen.

Da der Bildschirm im Moment aber nur auf Kosinus' Stimme eingestellt war, konnte ihr Zwischenruf nichts ausrichten. Auf dem Bildschirm erschienen die gewünschten Informationen.

Miriam staunte nicht schlecht, als sie sah, wie viele Menschen gerade gesucht wurden. Es waren, wie die Überschrift verriet, mehr als eineinhalb Millionen!

Kosinus lachte auf. »Entschuldigung!«, rief er belustigt. »Ich meinte natürlich nur in Deutschland!«

**Kein Problem!**, antwortete der Bildschirm freundlich, zwinkerte einmal mit dem Bild und ließ eine neue Tabelle erscheinen. In Deutschland wurden nur 85.756 Menschen gesucht.

»Ich brauche mal einen vollständigen Namen von einem von euch!«, wandte Kosinus sich an Ben und seine Freunde.

»Jennifer Barlow!«, antwortete Jennifer.

Kosinus gab den Namen an den Bildschirm weiter. Und tatsächlich: An der Wand erschien ein hübsches Foto von Jennifer mit vollständigem Namen, Geburtsdatum und Adresse, darunter der Reihe nach von Miriam, Frank, Ben und Thomas.

»Was ist das?«, wollte Miriam sicherheitshalber wissen. Sie ahnte es zwar schon, wollte es jedoch nicht wahrhaben.

Chip jedoch machte ihre Hoffnung zunichte.

»Das ist eine internationale Fahndungsliste. Ihr werdet gesucht. Und zwar weltweit!«

»Scheiße!«, fiel Miriam dazu nur ein.

Frank entdeckte neben seinem Namen auf dem Bildschirm noch ein merkwürdiges kleines Zeichen. Er fragte nach, was es bedeutete.

Als Kosinus sich statt zu antworten nur räusperte, befürchtete Frank nichts Gutes.

Chip fasste sich schließlich ein Herz um das Symbol zu übersetzen: »Es bedeutet, dass ihr extrem gefährlich seid!«

»Was?«, schrie Jennifer entsetzt. »Das ist doch wohl der Gipfel der Unverschämtheit. Wieso sollen wir denn gefährlich sein? Wir haben doch überhaupt nichts getan! Bei denen piept's wohl!«

Chip hob beschwichtigend die Hände. Ihre Miene wurde noch finsterer. »Es ist noch nicht alles!«, ergänzte sie. »Dieses Symbol bedeutet die höchste Gefährlichkeitsstufe. Das heißt erstens, dass auf die Ergreifung von euch zwei Millionen Weltdollar ausgesetzt sind!«

»Zwei Millionen!«, pfiff Frank leise durch die Zähne. Er hatte sich immer gewünscht, als Sportler eines Tages mal so viel wert zu sein. Aber als gesuchter Verbrecher? Das hatte er sich niemals träumen lassen.

»Das war erstens«, fiel Ben ein. »Und was ist zweitens?«

»Um euch zu ergreifen, ist der Gebrauch von Waffen erlaubt«, erklärte Chip.

»Waffen!«, schrie Miriam. »Die Bullen dürfen Waffen benutzen?«

Natürlich wussten Chip und Kosinus nicht, was mit Bullen gemeint war, und Miriam erzählte, dass es in früheren Zeiten eine abfällige Bemerkung für Polizisten war.

»Ihr meint die Sicherheitsdienste?«, präzisierte Kosinus und Jennifer nickte erst einmal. Vermutlich war es das Gleiche, dachte sie.

»Nein!«, lautete schließlich die Antwort. »Nicht die Sicherheitskräfte...«

Miriam atmete schon auf. Das wäre ja auch noch schöner gewesen, wenn jeder Uniformierte auf sie hätte schießen dürfen.

»... alle!«, betonte Kosinus. Und weil er schon ahnte, dass die Fremden diese Wahrheit erst im zweiten Anlauf begreifen würden, wiederholte er es noch einmal vollständig: »Alle Bürger dürfen auf euch schießen oder in Gefahrensituationen sogar töten, wenn es eurer Ergreifung nützt!«

Miriam starrte ihn an.

»Scheiße war wohl noch geprahlt, um unsere Lage zu beschreiben, wie?«, fragte sie leise.

Kosinus nickte. Er wandte sich zum Monitor, um das Programm zu beenden, doch Chip hielt ihn an der Schulter fest. Kosinus hielt inne, doch Chip sagte nichts. Sie betrachtete sich das Bild von Jennifer sehr genau, wandte sich zur Original-Jennifer um und blickte ihr tief in die Augen, um kurz darauf wieder zum Bildschirm zu schauen.

»Was ist?«, fragte Kosinus.

»Frag mal, wann das Foto gemacht wurde!«, bat Chip.

Auf die Frage antwortete Screeni, dass der Fahndungsaufruf exakt zwei Stunden und 36 Minuten alt war. Mit der Einspeisung des Aufrufes waren auch erst die persönlichen Daten eingespeist worden.

»Und das Foto?«, drängelte Chip. »Woher ist das Foto?«

Kosinus stellte die Frage.

Geheim!, antwortete Screeni.

Chip seufzte.

»Und von wann ist es? Kann er wenigstens das sagen?«

Auch darauf gab der Bildschirm eine ausweichende Antwort, aber die war immerhin besser als gar nichts:

Das Foto wurde aus einem geheimen Archiv eingespeist. Herstellungsdatum nicht bekannt.

»Ist es denn aktuell?«, versuchte Kosinus es mit derselben Frage anders formuliert.

Das Foto ist nicht älter als sechs Monate und damit für die Fahndung geeignet!, lautete Screenis Antwort, aber auch nicht tagesaktuell!

»Ha!«, lachte Ben. »Das ist ja wohl logisch! Tagesaktuell! Wenn ein Fahndungsfoto tagesaktuell wäre, dann wäre der Gesuchte ja wohl nicht weg. Es sei denn, er ist während des Fototermins geflohen!«

Frank schüttelte den Kopf. Diese Computer hatten selbst in der Zukunft nicht aufgehört zu spinnen.

Chip aber hatte die Antwort keineswegs als Computerspleen aufgefasst. »Genau das ist der Punkt!«, rief sie aus.

»Was willst du damit sagen?«, wunderte sich Ben.

Chip vergewisserte sich noch einmal, wann die Kinder aus ihrem Schlaf erwacht waren. »Na, heute Morgen, das haben wir dir doch schon erzählt!«, erinnerte sie Ben.

Chip nickte. »Eben!«, sagte sie. »Aber das Foto ist nicht von heute. Also müsst ihr, als es geschossen wurde, noch geschlafen haben. Aber auf den Fotos habt ihr alle die Augen offen, oder nicht?«

Jennifer gaffte den Bildschirm an der Wand an. Chip hatte Recht. Sie selbst und auch ihre Freunde blickten wach und munter, teilweise sogar leicht lächelnd in die Kamera.

»Das müssen alte Fotos von uns sein!«, fiel Miriam als Erstes dazu ein. »Fünfzig Jahre alt!« Sie merkte sofort, dass ihre Vermutung nicht stimmen konnte, denn der Bildschirm hatte ja ausdrücklich mitgeteilt, dass die Fotos nicht älter als sechs Monate und deshalb zur Fahndung geeignet seien. »Irgendjemand lügt!«, war Miriam sich sicher. »Denn sonst hätten wir ja zwischendurch für die Fotos mal wach sein müssen ohne es gemerkt zu haben! Das geht doch gar nicht.«

»Genau das ist der Punkt!«, bemerkte Chip wieder und ihre Miene verzog sich zu einer einzigen großen Sorgenfalte.

## Neue Frisuren

Chip wollte einfach nicht damit herausrücken, was sie mit ihrer Bemerkung gemeint hatte. »Mir war nur kurz etwas durch den Kopf gegangen«, wich sie fadenscheinig aus. Aber es ließ sich nichts machen. Sie schwieg beharrlich.

Jennifer überfiel ein beklemmendes Gefühl. Sie bekam die vielen merkwürdigen Einzelheiten beim besten Willen nicht zu einem logischen, einsehbaren Ganzen zusammengepackt. Im Stillen ließ sie die Merkwürdigkeiten, die ihr aufgefallen waren, noch einmal Revue passieren:

Im Labor wurde angeblich ihr Gehirninhalt gescannt und gespeichert. Ein Vorgang, den sie für eine Spinnerei gehalten hatte, der laut Auskunft des Computers hier in der Zukunft aber tatsächlich möglich gewesen war. Offenbar gab es mittlerweile auch Datenträger, auf die ihr Gehirninhalt gespielt werden konnte. Allerdings wusste niemand, wie diese Datenträger aussahen und auf welche Art und Weise der Inhalt ihres Gehirn abgerufen werden konnte. Tatsache war allerdings, dass sie nach dem Laborschlaf wieder in einem Labor aufgewacht waren, allerdings fünfzig Jahre später. Sie befanden sich zweifelsfrei in der Zukunft, wussten aber weder, wie sie hierher gekommen waren noch wie es zurückging.

Mitunter zeigten ihre Körper eigenartige Reaktionen: Franks Schramme am Bein war verschwunden, sie selbst hatte nach der Ohnmacht keinerlei Schwächegefühl empfunden. Es war mittlerweile später Nachmittag, und obwohl sie bereits den ganzen Tag auf den Beinen waren und weiß Gott keinen Mangel an Aufregung zu beklagen hatten, empfand sie nicht die geringste Müdigkeit. Das war ja möglicherweise noch normal. Um eine Erschöpfung zu bemerken, war alles, was sie erlebten, viel zu spannend und auch beängstigend. Aber sie verspürte auch nicht den geringsten Hunger oder Durst. Und als Thomas aus purer Neugier die Bonbons im Kaufhaus aß, hatte er nichts geschmeckt.

Mit ihren Körpern stimmte etwas nicht. Hatte das auch Chip bemerkt? Jedenfalls wurden Jennifer und ihre Freunde von Chip nicht für Verbrecher gehalten. Im Gegenteil: Trotz einer weltweiten Fahndung, waren Chip und Kosinus bereit ihnen zu helfen. Damit brachten sie sich sicher selbst in Gefahr. Warum aber taten sie es? Was vermuteten die beiden?

Eine Bemerkung von Kosinus riss Jennifer aus ihren Gedanken: »Ihr braucht neue Frisuren!«

»Was?«, empörte sich Miriam. »Ich war gerade vergangene Woche beim Friseur. Weißt du, was das gekostet hat? Es hat eine halbe Stunde gedauert, ehe mein Vater eingesehen hat, dass Frisuren heutzutage nun mal so viel kosten!«

»Deine Frisur ist über fünfzig Jahre alt!«, konterte Kosinus trocken, worauf Jennifer laut loskicherte.

»Kosinus hat Recht«, unterstützte Chip ihn. »Mit euren antiquierten Köpfen werdet ihr sofort entdeckt, wenn ihr nur einen Schritt vor die Tür setzt!«

Miriam schnappte nach Luft. Antiquierter Kopf! Ihre neue Wahnsinnsfrisur! Nicht zu glauben! »Und wie...«, schnaubte sie verärgert, »...stellt ihr euch vor, sollen unsere Köpfe aussehen?«

Kosinus grinste sie an, zeigte mit der Hand auf seine grün-metallic schimmernde Glatze und sagte das, was Miriam befürchtet hatte: »So!«

»Niemals!«, entschied Miriam.

»Doch!«, widersprach Frank entschieden. »Hab dich nicht so. Wegen dir lasse ich mich nicht wieder in das Labor verschleppen. Außerdem: So genial ist deine Frisur ja nun auch wieder nicht.«

»Arschloch!«, fauchte Miriam, holte aus und verpasste Frank für seine freche Bemerkung eine schallende Ohrfeige.

Jennifer machte sich schon auf den Sprung um dazwischenzugehen. Wenn eine wild gewordene Miriam und ein zorniger Frank aufeinander losgingen, dann waren die beiden schwerer auseinander zu bringen als zwei Kampfhunde, die sich ineinander verbissen hatten. Da musste man schnell genug sein und den Kampf beenden, bevor er begonnen hatte.

Frank allerdings machte keinerlei Anstalten, sich zu wehren. Verblüfft sah er Miriam an ohne sich auch nur die Wange zu halten und sagte zu deren Überraschung: »Mach das noch mal!«

Miriam fasste das als Provokation auf. »Kannst du haben!«, fauchte sie. »Wenn du dich nicht entschuldigst, fängst du gleich noch eine!«

»Nein, nein!«, stellte Frank klar. »Ich meine es ernst.

Verpass mir noch mal eine Ohrfeige. Aber kräftig. So hart wie du kannst.«

Miriam zögerte. »Bist du jetzt völlig durchgeknallt?«

»Nun mach schon!«, drängelte Frank.

Miriam, inzwischen überhaupt nicht mehr wütend, sondern nur noch verwundert, holte aus, überlegte noch kurz und tat Frank dann den eigentümlichen Gefallen. Sie verpasste ihm eine zweite schallende Ohrfeige. So stark, dass es laut durch den Raum knallte. Miriam erschrak selbst vor der Wucht ihres Schlages.

Aber Frank sah sie nur unsicher an. »Ich hab gar nichts gespürt!«, behauptete er.

»Gar nichts?« Das glaubte Miriam einfach nicht.

»Fast nichts!«, präzisierte Frank. »Ich habe zwar gemerkt, dass du mich berührt hast, aber es hat nicht wehgetan. Überhaupt nicht.«

Da Frank schon häufiger mal Streit mit Miriam gehabt hatte, wusste er sehr wohl, wie sehr sie zuschlagen konnte.

Jennifer beobachtete wieder Chips eigenartigen Blick. Chip bemerkte, wie Jennifer sie musterte, riss sich aus ihren Gedanken und rief den anderen zu: »Okay, es reicht. Erst mal die neuen Frisuren!«

Doch diesmal äußerte Thomas noch Bedenken. »Zumindest der Friseur könnte uns doch verraten!«, vermutete er. »Wenn der unsere Fahndungsfotos sieht, erkennt er uns doch wieder!«

»So weit sind wir zum Glück noch nicht!«, beruhigte ihn Kosinus. »Natürlich wäre es technisch kein Problem, sämtliche Dienstleistungsroboter zu vernetzen und per Knopfdruck ihre Informationen und Beobachtungen in der Zentrale der Weltsicherheitsbehörde auszuwerten. Es wird auch immer wieder gefordert, gerade als Schutz vor Terroranschlägen der Außenwelt-Regierungen und im Kampf gegen die Wassermafia. Aber die Folge wäre eine lückenlose Überwachung der Weltbürger. Deshalb ist jegliche Vernetzung der Dienstleistungsroboter verboten.«

»Noch!«, fügte Chip verbittert an. Sie schien nicht zu glauben, dass es so bleiben würde.

Jennifer wirbelten die Informationen nur so durch den Kopf, die sie sekündlich neu erfuhr. Außenwelt-Regierungen? Wassermafia?

»Dienstleistungsroboter?«, quiekte Miriam. »Soll das etwa heißen . . .«

». . . unsere Haare werden von Maschinen geschnitten?«, ergänzte Thomas.

Kosinus musste sich immer wieder daran erinnern, dass seine neuen Gefährten aus dem Jahr 1999 stammten. Da musste er so kindische Fragen verzeihen. »Wer denn sonst?«, fragte er.

»Menschen!«, antwortete Miriam spontan. Was war daran so merkwürdig?

Kosinus lachte auf. »Die Bürger haben wirklich Besseres zu tun als anderen Leuten die Haare zu schneiden!«

»Und die Außen-Bürger mit Schere und Messer an sich heranzulassen, wäre ja wohl Selbstmord!«, wandte Chip ein, während Kosinus dem Bildschirm wieder ein paar Befehle gab, worauf ein seltsames Gerät aus einem Schrank auf sie zugerollt kam. Es war ... ja, man konnte es nicht anders bezeichnen: ein fahrendes Waschbecken aus Chromstahl.

»Okay, wer ist der Erste?«, fragte Kosinus und Ben erbarmte sich.

Kosinus sprach mit dem Waschbecken, worauf dieses dicht an Ben heranrollte.

Ben wippelte unsicher in seinem weichen Kissen hin und her. »Bist du sicher, dass das alles klappt?«, fragte Ben vorsichtig. Er wusste von seinem Computer zu Hause, wie fehlerhaft elektronische Geräte sein konnten.

Aus den Seiten des Waschbeckens taumelten zwei Spiralarme hervor, an deren Enden keine Hände, sondern Sensoren befestigt waren, und aus der Mitte ragte eine kleine Videokamera. Die Sensoren tasteten Bens Schädeldecke sorgfältig ab, während die Kamera seinen Kopf von allen Seiten filmte.

Welche Frisur wünscht der gnädige Herr?, fragte das Waschbecken.

Ben sah das Ding verstört an. Er hatte sich noch nie mit einem Waschbecken unterhalten.

Kosinus lachte auf. »Oh, Entschuldigung«, sagte er kichernd. »Es ist noch auf älterer Herr eingestellt, weil sich unser Robotik-Professor das Ding mal ausgeliehen hatte.«

Er berührte das Waschbecken an einer bestimmten Stelle, worauf sich der Ton des Gerätes sofort änderte:

Hey, ist ja completely clip, your hairy head. Total spiral. What do you want? Glatze ocean? Schädel

⬇ planiert? Habe spooky-mooky-mäßige 5,18 Milionen Farben. Just say it!

Ben wünschte sich, das Waschbecken wäre noch immer auf älterer Herr gestellt. Er hatte nicht die geringste Ahnung, was diese Metallschüssel von ihm wollte.

Chip kam ihm zur Hilfe.

»Crazy faithy einfach!«, befahl sie und Ben betete innerlich, dass es hinterher nicht allzu bescheuert aussehen würde.

Jennifer ahnte, dass die zukünftige Welt, in die sie da hineingeplatzt war, noch so manche unangenehme Überraschung für sie bereithielt. Während sich das sprechende Waschbecken um Ben kümmerte, wagte sie es jetzt doch, mal vorsichtig nachzufragen, was denn ein Außen-Bürger sei.

Diesmal übernahm es Chip, eine kurze Erklärung abzugeben: In den vergangenen Jahrzehnten war es gelungen, sämtliche niedere Arbeiten durch Roboter erledigen zu lassen, erzählte Chip. Menschen wurden nur noch für höherwertige Aufgaben benötigt: Wartung, Programmierung, Entscheidungen fällen. Dazu war natürlich eine hohe Qualifikation Voraussetzung. Viele Menschen besaßen solche Qualifikationen, zumindest seit im Jahre 2025 die erste Weltregierung ein völlig neues, globales Bildungssystem eingeführt hatte, welches vor allem von den wichtigsten Schlüssel-Industrien finanziert wurde.

Leider gab es noch mehr Menschen, die da nicht mehr mitkamen, für die alles zu kompliziert und nicht mehr nachvollziehbar wurde. Weltweit waren 45 Prozent der erwachsenen Menschen ohne Arbeit. Viel zu spät hatten die Politiker erkannt, dass sämtliche Programme zur Schaffung von Arbeitsplätzen wirkungslos waren, denn kaum gab es neue Arbeitsplätze, gab es auch schon Roboter, die diese Arbeit übernahmen. Erst seit fünfzehn Jahren begriff man, dass nicht Arbeitsbeschaffungsmaßnahmen, sondern die Förderung der Bildung die Arbeitslosigkeit besiegen könnte. Viel zu spät. Längst lebten Milliarden Menschen gewissermaßen außerhalb der Gesellschaft in den Außenbürger-Parks.

»Außenbürger-Parks!«, wiederholte Jennifer. Ein schmeichelhaftes Wort für Slums, fand sie. Und sie war sich sicher, dass es sich bei diesen Parks um nichts anderes als gewöhnliche Slums handeln würde. Jetzt war es in Deutschland also auch schon so weit wie damals in den USA.

Fertig!, jubelte das Waschbecken.

»Schon?«, wunderte sich Ben.

Es hatte keine fünf Minuten gedauert. Langsam drehte er sich zu seinen Freunden um, sah sie unsicher an. »Und?«, fragte er zaghaft.

Jennifer, Miriam, Frank und Thomas starrten ihn an – und schwiegen.

»Was ist?«, drängelte Ben. »Sagt doch was!«

Jennifer betrachtete ihren Freund, der plötzlich ganz anders aussah. Statt seiner lustig durcheinander gewirbelten, welligen braunen Haare, schimmerte ihr nun eine blau-orange karierte Glatze entgegen, in deren Mittelpunkt ein silberner Kreis blinkte und glitzerte, als hätte Ben einen kleinen See mitten auf dem Kopf!

◆ »Na ja«, stammelte Jennifer. »Es ... ist ... zumindest ...«

»Was?«, schrie Ben sie fast an.

»Originell!«, fiel Jennifer gerade noch ein. Sie spürte unendlich großes Mitleid mit ihm. Was hatte diese blöde Waschschüssel bloß mit Ben angestellt! Noch schlimmer aber war der Gedanke, dass sie selbst auch gleich so aussehen würde!

»Um nichts auf der Welt!«, schwor sich Miriam leise.

Nur Thomas fand die passenden Worte. »Ist doch echt schräg, Ben. Sieht cool aus. Ich gehe als Nächster.«

Bevor er sich bereitmachte, fragte Thomas aber noch schnell nach: »Das ist doch umsonst, oder?«

Die Anspannung ging über in ein befreiendes Lachen. Das war doch wieder typisch Thomas.

Die Waschschüssel machte sich an Thomas zu schaffen, und obwohl Miriam noch verzweifelt grübelte, wie sie diesen Albtraum von Frisur von sich abwenden konnte, nützte es nichts. Einer nach dem anderen kam dran, bis alle mit grellbunten, gestreiften und karierten, gepunkteten und gefleckten, glitzernden und glimmernden, blitzenden und schimmernden Vollglatzen versehen waren.

»Und wohin now?«, wandte sich Chip an Kosinus. »Zu uns is bad. Meine Mother bekommt gleich wieder ihr Crime-Syndrom, wenn Fremde kommen.«

»Dein Vater nicht?«, hakte Jennifer nach. Sie fand es blöd, wenn immer nur Frauen Angst nachgesagt wurde.

»Meine Mutter wurde künstlich befruchtet«, lautete

Chips knappe Antwort, die Jennifer die Sprache verschlug.

Miriam zuckte mit den Schultern. »Pech!« Sie selbst hatte immer sturmfreie Bude, da ihre Eltern oft länger arbeiteten, was wiederum Chip nicht verstand.

Miriam erklärte, dass eben ihre beiden Elternteile berufstätig wären und deshalb immer erst spät nach Hause kämen.

Das allerdings hatte Chip wohl mitbekommen, nur verstand sie nicht, weshalb man nicht zu Hause war, bloß weil man arbeiten musste. Ihre Mutter jedenfalls arbeitete für eine Firma in Peking, deren Unternehmenssitz natürlich auch nur virtuell existierte, war acht Stunden am Tag per Standleitung mit ihrem Arbeitsteam über Großbildschirm verbunden, welches sich aus weiteren fünf Kollegen zusammensetzte, die in Vancouver, Aarhus, Shanghai, Lulua und Willisau saßen. Und manchmal spazierte sogar einer der Kollegen als Holografie durch das Arbeitszimmer ihrer Mutter.

»Wow!«, machte Ben. »Das würde ich gern mal sehen!«

»Bei uns geht es auch never!«, fiel Kosinus ein. »Ihr kommt niemals an dem Hauswachdienst vorbei. Der ist bei uns leider besonders straight. Wenn ich zu Hause birthday celebriere, muss ich das immer vier Wochen vorher anmelden und eine Namensliste der Gäste abgeben.«

»Arme Sau!«, fand Miriam. »Wohnst du im Gefängnis?«

»Fast!«, stimmte Kosinus bedauernd hinzu. »Mein

▼ Vater ist Chef eines Media-planets. Das bedeutet höchste Gefährdungsstufe durch Anschläge und terroristische Entführungen!«

Ben und seine Freunde erfuhren, dass ein Mediaplanet so etwas Ähnliches war wie zu ihrer Zeit ein Fernsehsender. Bloß im Jahre 2049 war das sozusagen ein Fernsehsender, eine Rundfunkstation, eine Zeitung, ein Videoverleih, eine Bücherei, ein Internet-Provider, ein Großkino, ein Musikgeschäft, ein Konzertsaal, ein Jahrmarkt, eine Werbeagentur und ein Einkaufszentrum in einem.

»Also, where do we go?«, fragte sich Chip laut, kam jedoch nicht mehr dazu, sich Gedanken über die Antworten zu machen.

»Da sind sie!«, rief eine zierliche Fistelstimme, die einem extrem blassen Bürschchen gehörte, das gerade seine weiße Nase durch die Tür steckte, sich umdrehte und jemandem winkte, von dem Frank sofort klar war, um wen es sich dabei handelte: Die Wachen!

Seine Befürchtung wurde schneller bestätigt, als ihm lieb war. Schon kam einer dieser breitschultrigen Wächter um die Ecke, mit gezogener wasauchimmerfüreiner Waffe in der Hand.

»Im Namen der Weltregierung: stehen bleiben, nicht rühren, Hände hoch, Finger gespreizt!«

»Die Finger?«, fragte Miriam, die ein seltenes Talent besaß, in überraschenden und beängstigenden Situatonen nicht zu erschrecken. Sie kannte aus Filmen nur, dass die Gefangenen die Beine spreizen sollten, aber die Finger?

Ben kapierte weshalb. Offenbar besaßen ihre High-Tech-Anzüge noch so manch nette Funktion, die für die Wache möglicherweise gefährlich werden konnte. Man musste nur die richtigen Stellen an den Ärmeln berühren, vermutete er. Deshalb ging er schnell auf Miriams Frage ein.

»Ja, wieso denn die Finger?«, fragte auch Ben, worauf ihn einer der Wächter sofort anschrie: »Schnauze. Keinen Finger rühren. Ich warne euch!«

Niemand achtete auf Thomas, der mal wieder so langsam war, dass keiner seine Bewegung mitbekam. Wieso sollten seine Finger etwas Gefährliches haben, fragte er sich und betrachtete seine Hände eingehend.

»Du auch, Dicker!«, blaffte ihn plötzlich ein zweiter Wachmann an.

Thomas kapierte gar nicht, wer gemeint war.

»He, hörst du schwer?«, hakte der Wachmann nach.

Thomas sah von seinen Händen auf. Dicker? Damit war er gemeint? Was konnte denn er dafür, wenn der blöde Anzug an ihm saß wie eine Pelle um die Wurst? Viel zu eng, das bescheuerte Ding. Thomas rieb sich mit der linken Hand das rechte Handgelenk. Ständig schnürte ihn dieser High-Tech-Fummel ein und jetzt wurde er auch noch Dicker genannt.

»Nicht!«, schrie der Wachmann.

Zu spät.

Aus Thomas' Anzug schoss ein weißes Spray heraus.

»Achtung!«, brüllte Kosinus.

»Deckung!«, empfahl Chip.

»Scheiße!«, fiel dem Wachmann ein.

Instinktiv sprangen Frank und Jennifer beiseite, rissen automatisch Miriam und Ben mit. Das weiße Spray traf den ersten Wachmann mitten ins Gesicht. Jaulend ging er zu Boden.

»Oh, Mann!«, stöhnte Chip und betrachtete ihn mit sorgenvollem Blick.

Unsicher fuchtelte der zweite Wächter mit seiner Waffe in der Gegend herum. Er zögerte, ob er seinem Kollegen helfen oder lieber die Kinder weiter in Schach halten sollte.

Geistesgegenwärtig nutzte Chip seine Unentschlossenheit. »Es bleibt keine Wahl«, sagte sie noch. Sie drückte schnell auf ihren Anzug und auch der zweite Wärter wurde mithilfe des Sprays außer Gefecht gesetzt.

Das kleine Bürschchen, das Ben und seine Freunde verraten hatte, stand regungslos da, wurde noch bleicher, als es ohnehin schon war, und hatte nun nicht die geringsten Zweifel mehr, besonders gefährliche Gangster aufgespürt zu haben. Hilflos und ängstlich presste er sich mit dem Rücken gegen die Wand und hoffte nicht weiter beachtet zu werden.

Zitternd beobachtete er, wie die Fremden gemeinsam mit Chip und Kosinus aus dem Raum flüchteten, während die beiden Wächter sich vor Schmerzen schreiend auf dem Boden wälzten und mithilfe ihres kommunikationsfähigen Anzugs einen ärztlichen Notdienst riefen.

## Alte Spiele

»Was war das denn für ein K.o.-Spray?«, fragte Ben, blieb keuchend stehen und atmete tief durch.

Sie befanden sich an einer belebten Straße. Die Gefahr, von den Wächtern jetzt noch geschnappt zu werden, erschien ihm gering.

»Ein schlichtes Reizgas«, antwortete Chip. »In allen neueren Anzügen ist es eingebaut.«

»Alle Leute sind bewaffnet?«, entfuhr es Jennifer. Das war ja schlimmer als im Wilden Westen.

»Die Zeiten sind nicht ganz ungefährlich«, gestand Chip ein. »Aber das Spray ist wirklich nur für den Notfall der Selbstverteidigung gedacht. Ich hätte nie geglaubt, dass ich es einmal gegen Wachleute anwenden würde.« Chip zitterte noch immer, während sie sprach. »Aber nachdem Thomas angefangen hatte, gab es keine andere Möglichkeit mehr.«

»Kann ich doch nichts für!«, maulte Thomas. »So ein blöder Anzug!«

Kosinus winkte ab. »Schon gut. Wir stecken ohnehin schon metertief in der Scheiße.«

Einige Passanten, die auf Luftkissen-Rollern, Schuhen mit Rollsohlen, stromlinienförmigen Dreirädern, selbstfahrenden Einkaufskörben oder einige auch mithilfe von rucksackähnlichen Geräten einfach schwebend an ihnen vorbeikamen, beachteten die Kinder nicht weiter.

»Zum Glück kümmert sich in der Stadt keiner um den anderen«, kommentierte Chip. »Denn mit Sicherheit haben alle bereits die Fahndungsbilder von euch gesehen!«

»Selbst bei zwei Millionen Weltdollar nicht?«, wunderte sich Thomas.

»Deshalb ist ja überhaupt nur so viel Geld zur Belohnung ausgesetzt«, antwortete Kosinus. »Niemand will sich in die Gefahr bringen, sich mit Außergesetzlichen anzulegen! Zumal es in fast jeder TV-Holo-Show genauso viel zu gewinnen gibt, nur viel ungefährlicher.«

Jennifer besah sich die Passanten nach dieser Information trotzdem sehr viel skeptischer. Sie fand es sehr dürftig, sich nur auf die Ängstlichkeit der Leute zu verlassen. Nach ihrer Einschätzung war die Geldgier in der Regel größer als die Angst. Das dürfte sich in der Zukunft kaum geändert haben. Andererseits erkannte sie sich mit ihrer neuen Glatze ja selbst kaum wieder.

»Kommt mit!«, rief Chip allen zu und lief in eine durchsichtige Röhre hinein, die schräg in die Erde führte.

Jennifer folgte ihr, erschrak aber, als sie sich in der Röhre befand. Sie wurde abwärts getragen wie auf einer Rolltreppe, aber sie stand auf gar keiner Treppe, sondern auf einem Rollband, das steil hinab in die Tiefe führte und mit einer rasanten Geschwindigkeit hinabraste. Sie haftete sicher auf dem Band, hatte aber nicht das Gefühl festzukleben. Sie probierte einen Fuß zu heben. Es funktionierte problemlos. Man konnte wahlweise auf dem Band gehen, laufen, mit Rollen fahren oder einfach stehen bleiben. Irgendwie schien sich der Untergrund allem anpassen zu können, das sich auf ihn stellte, und hielt es in stabiler Lage.

Unten angekommen, gerieten sie in den Eingangsbereich einer Metro, wie ein Leuchtschild auswies. Jennifer wunderte sich darüber, denn zu ihrer Zeit hatte es in der Stadt keine U-Bahn gegeben. Natürlich kannte Jennifer solche Untergrundbahnen aus anderen Städten. Sie war sehr gespannt, wie diese hier wohl aussah: eine U-Bahn in ihrer Stadt, und dann auch noch eine der Zukunft!

Durch eine Glaswand hindurch erkannte Jennifer, dass der Weg, den sie gingen, eine Art Brücke war, unter der acht Gleise entlangführten. Jedenfalls gab es solche Schächte wie bei Gleisen, allerdings lagen keine Schienen darin.

Schon rauschte eine der Bahnen heran. Jennifer blieb stehen, legte die Hände an die Glasscheibe und betrachtete das Geschehen auf dem Bahnsteig. Das Ergebnis war enttäuschend. Die Bahn sah nicht viel anders aus, als Jennifer es aus der Vergangenheit kannte. Vielleicht hatte sie wenigstens ihr Inneres verändert, hoffte sie und fragte, mit welcher Linie sie denn fahren würden.

»Gar keiner!«, antwortete Kosinus. »Wir haben es nicht weit. Da geht das Rollen schneller!«

Die Kinder klickten wieder die Rollen aus ihren Anzügen. Das Erstaunlichste aber war, dass sie bis zum Zielort durch Tunnel fahren sollten.

Chip führte die kleine Gruppe an. Nach wenigen

▼ Metern kamen sie an einen regelrechten Fußgängertunnel, der aber nicht der einzige hier unter der Erde war. Vielmehr befanden sie sich an einer richtigen Tunnel-Kreuzung, an der insgesamt – Jennifer hatte es nachgezählt – neun verschiedene Gänge aus unterschiedlichen Richtungen zusammenkamen. Es gab sogar verschiedene Ebenen. Über dem Tunnel, durch den sie fahren wollten, führte eine kleine Treppe zu einem weiteren Gang und auch auf dieser Ebene führten weitere fünf Gänge irgendwohin zu anderen Orten der Stadt. Es war verwirrender, als wenn man zu Jennifers Zeit die Stadt durch die Kanalisation durchstreift hätte. Nur waren diese Gänge natürlich nicht dunkel, feucht und schmutzig, sondern hell erleuchtet.

Soweit man blicken konnte, führten an den Wänden lange, flache Bildschirme entlang, auf denen Werbespots und Kurznachrichten, Auszüge aus Holospielen und klassischen Spielfilmen liefen. Einer dieser alten Schinken wurde gerade angekündigt: Eine Sexdrama-Slapstick-Sitcom aus dem Jahre 2030 mit Stars aus zwei Jahrhunderten! In den Hauptrollen Charlie Chaplin, Marylin Monroe, Pamela Anderson, Barbie, Rynn, die natürlich allesamt computeranimiert waren, sowie einige neuere Stars, von denen Jennifer noch nie etwas gehört hatte, aber von denen trotzdem nicht klar war, ob es reale Schauspieler oder auch nur virtuelle Wesen waren.

Ebenso gab es Bildschirme mit künstlerischen Farb- und Formenspielereien, Rätselbildschirme und Touchscreens, auf denen man selbst Nachrichten oder Zeichnungen hinterlassen konnte. An manchen sah man holografischen Wahrsagerinnen in die Augen, die einem – wenn man seine Hand auf den Bildschirm legte – die Zukunft nicht nur voraussagten, sondern per Videoclip das eigene Schicksal sogar vorspielten. Der Tunnel wirkte wie ein gigantischer Erlebnis-Zirkus auf dem Jahrmarkt.

Natürlich kamen die Kinder in so einem Tunnel überhaupt nicht richtig voran.

»Geil!«, fand Miriam, rollte auf den Bildschirm einer Wahrsagerin zu, kiekste vergnügt, legte ihre Hand auf den Bildschirm und rief der holografischen Frau zu: »Und? Kriege ich wenigstens in der Zukunft einen attraktiven Jungen?«

Ben verdrehte die Augen. Miriam konnte offenbar nie an etwas anderes denken.

Die Wahrsagerin antwortete zur Verblüffung aller etwas ganz anderes. **Legen Sie bitte Ihre Hand auf den Bildschirm!**, forderte sie.

»Hab ich doch!«, beteuerte Miriam und presste ihre Hand noch fester gegen das Glas.

Monoton wiederholte die Frau: **Bitte legen Sie Ihre Hand auf den Bildschirm!**

»Klasse!«, rief Miriam. »Das ist ja wie bei uns. Scheißtechnik funktioniert mal wieder nicht.«

»Pst!«, machte Kosinus und drehte sich mehrmals nach allen Seiten um. Selbstverständlich waren sie nicht allein im Tunnel. Im Gegenteil. Durch den unterirdischen Gang rollten und fuhren, liefen und schwebten so viele Menschen wie zu Weihnachten in der Einkaufszone. Aber diese Anonymität in der Masse war der beste Schutz davor, entdeckt zu werden.

»Wir müssen weiter!«, drängelte Kosinus.

Ben stimmte ihm zu und trieb seine Freunde ebenfalls an. Nur Chip blieb noch einen Augenblick stehen.

Jennifer beobachtete schon im Weiterrollen, wie Chip schnell ihre Hand auf den Bildschirm legte. Die holografische Wahrsagerin begann daraufhin, Chip sofort einiges aus ihrer angeblichen Zukunft zu erzählen.

Als Chip erkannte, dass Jennifer sie beobachtete, zog sie schnell die Hand zurück und folgte den anderen.

»Doch nicht kaputt?«, flüsterte Jennifer ihr zu.

Chip winkte ab. »Später!«, sagte sie nur.

Nach weniger als zehn Minuten hatten sie ihr Ziel erreicht.

Kosinus führte sie zum Ausgang hinaus auf die Straße, die hier völlig anders aussah. Für Ben gab es keinen Zweifel. Kosinus hatte sie zu einem Vergnügungspark geführt. Er stöhnte auf. Dies war wohl kaum der richtige Ort, um ihre Probleme zu lösen.

Als er Kosinus zur Rede stellte, lachte der bloß auf: »Vergnügungspark? Du bist gut. Wir sind hier im Ghetto.«

Ben aber ließ sich nicht für dumm verkaufen. Er konnte doch wohl noch einen Vergnügungspark von einem Ghetto unterscheiden. Ben kannte Fotos aus seiner Zeit von Las Vegas. Er wusste, dass es dort Hotels gegeben hatte, um die herum Achterbahnen fuhren,

Piratenschiffe, die Hotels umkreisten, ja, dass ganze Schlachten im Vorgarten zelebriert wurden, aber das alles war eher eine Oase der Ruhe im Vergleich zu dem, was sie jetzt vor sich hatten.

Ihr Weg führte direkt zu einer gigantischen Kuppel, vor der holografisch für eine Weltraumschlacht geworben wurde. Zur linken Seite lud ein Tunnel, der in die Erde führte, zum Formel-1-Rennen, wobei ebenfalls eine holografische Werbung vor dem Eingang deutlich machte, was man im Jahre 2049 unter einem Formel-1-Wagen verstand. Zu seiner Zeit hätte Ben das für eine Cruise-Missile-Rakete gehalten. In der ganzen Straße wimmelte und flimmerte es vor holografischen Animatonen, die über- und untereinander, kreuz und quer durch den Raum wirbelten. Ein neuer Aussteller hätte in der Luft überhaupt keinen Platz mehr gefunden für seine Werbung.

Die virtuellen Raketen-Wagen donnerten knapp an den Kindern vorbei und lösten sich dort auf, wo ein Dschungel begann, in dem wilde Fantasietiere von Roboter-Kampfmaschinen niedergestreckt wurden. Nebenan lud eine 25 Meter hohe Wasserrutsche zu einer Reise an die Erlebnisstrände von Südafrika ein, virtuell natürlich nur, während man in einem pyramidenähnlichen Gebäude zu einer Survival-Tour auf den Mount Everest aufgefordert wurde.

Man konnte wahlweise in Kriegen mitwirken und sich als Verdurstender durch die Sahara schleppen. Es war ebenso möglich, als Täter oder Opfer an einer Flugzeug-Entführung teilzuhaben wie auch einen Flug zum Mars zu unternehmen. Neu war, sich als Käfer durch eine Wiese zu bewegen, wo man dann natürlich mit entsprechend großen Insekten, Würmern und Vögeln zu kämpfen hatte, und natürlich konnte man auch jede Zeit der Vergangenheit virtuell durchstreifen: die Steinzeit, das Alte Rom wie auch das antike Griechenland, Hexenverbrennungen im Mittelalter oder die Zeit der Kreuzzüge, der Weltkriege I und II oder der Rassenunruhen in den Sechzigerjahren des 20. Jahrhunderts.

Und jeder einzelne Veranstalter warb dafür mit einer Holografie-Animation mitten auf dem Weg oder in der Luft!

Miriam sah, wie einige Schulklassen sich durch den Farben- und Bilderterror schlängelten, um einige bedeutende Ereignisse der Geschichte in einem der Vergnügungspaläste live zu erleben. Sie beobachtete, wie einige Schüler neugierig an einer Kreuzung stehen blieben, die zu der Adult-Area, also dem Erwachsenen-Bereich, führte. Herrje, dachte Miriam. Wenn Kriege und Schlachten, Gladiatorenkämpfe und Sklavenmisshandlung, Hexenverbrennungen und Kreuzzüge für die Kinder freigegeben waren, dann wollte sie nicht wissen, was es im Erwachsenen-Bereich zu sehen gab.

»Himmel, was machen wir hier?«, schrie Jennifer gegen den gewaltigen Lärm an. »Ich will hier weg, aber sofort!«

Thomas ärgerte sich, dass man nie etwas finden konnte. Immer war alles, was er entdeckte, nur virtuell. Es war unmöglich, etwas einzustecken. Deshalb gefiel es ihm da auch nicht.

»Hier wohnen doch keine Leute«, kam Ben auf die Behauptung zurück, sie befänden sich in einem Ghetto.

»Natürlich nicht!«, antwortete Kosinus. »Die Häuser sind hinter diesem Park. Aber jeder Arbeitslose darf einmal pro Woche hier alles gratis benutzen.«

Jennifer spuckte verächtlich aus. »Tolles Angebot! Wer macht denn solchen Mist freiwillig mit?«

»Alle, die zu viel Zeit haben«, erwiderte Chip. »Die Arbeitslosen haben den ganzen Tag Zeit und viele, die Arbeit haben, haben ja auch nur eine 18-Stunden-Woche. Im Jahre 2028 gab es die großen Freizeit-Unruhen, in denen ganze Städte ausgeplündert wurden und Straßenschlachten an der Tagesordnung waren. Einfach nur, weil die Leute zu viel Langeweile hatten. Sie kannten alles schon und wussten nichts mit sich anzufangen. Viele begannen freiwillig und unbezahlt wieder länger zu arbeiten, nur um dieser entsetzlichen Langeweile zu entgehen. Die meisten aber drehten einfach durch. Da wurde beschlossen, in jeder Stadt mit mehr als zwei Millionen Einwohnern solche Parks zu schaffen.«

»Welche Stadt hat schon mehr als zwei Millionen Einwohner?«, fragte Thomas und empfing wieder einen seltsamen Blick von Kosinus.

»Fast alle!«, antwortete dieser.

»Ein Spielplatz für Erwachsene!«, erkannte Jennifer. »Wer hätte je gedacht, dass so etwas mal notwendig werden würde?« Dann aber fiel ihr ein, dass viele Erwachsene auch zu ihrer Zeit schon nichts mit sich anzufangen wussten und sich ihre immer umfangreicher werdende freie Zeit von der Unterhaltungsindustrie organisieren ließen: Jahrmärkte und Städte-Geburtstage, Vergnügungsparks und Erlebnisbäder, Marathon-Läufe durch die Städte und Schützenfeste in den Dörfern, professionell organisierte Sauforgien von Oktoberfest bis Ballermann 6, Sechs-Tage-Rennen und Formel-1-Zirkus; ja letztendlich war jedes Bundesliga-Fußballspiel nichts anderes als ein Spielplatz für Erwachsene, inszeniert von einer riesigen Unterhaltungsindustrie.

Jetzt hatte Jennifer vor Augen, wohin das alles führte. Trotzdem fragte sie sich, weshalb sie hier waren. Sie hatte nicht vor das Freizeit-Problem des nächsten Jahrtausends zu lösen, sie wollte zurück in ihre Zeit: ins beschauliche, ruhige, gemächliche 1999!

# Gefährlicher Überfall

Kosinus erzählte, dass einer seiner Onkel direkt hinter diesem Park wohnte. Bevor Jennifer fragen konnte, was um alles in der Welt sie jetzt bei Kosinus' Onkel sollten, kam Chip ihr zuvor.

Kosinus' Onkel wäre etwas ganz Besonderes, kam sie sofort ins Schwärmen. Ein verrückter Vogel, weshalb er auch hier wohnte. Früher nämlich war er ein großartiger Journalist gewesen, aber leider brauchte niemand mehr großartige Journalisten. Berichte und Nachrichten wurden fast ausschließlich von den PR-Agenturen der großen Firmen erstellt und ohnehin bestanden die meisten Holo-Sendungen aus Unterhaltungsshows, selbst Nachrichten wurden ausschließlich nach dem Unterhaltungswert ausgewählt.

Wer wirkliche Informationen benötigte, der besorgte sie sich selbst. Schließlich konnte jeder von zu Hause oder auch von unterwegs mittels seines Anzuges auf sämtliche Bibliotheken und weltweiten Nachrichtenagenturen zugreifen, welche wiederum von jedermann mit Informationen gefüttert werden konnten. Die Auswahl zwischen wichtigen und unwichtigen, spannenden und belanglosen Informationen nahm der jeweilige Computer selbst entsprechend individueller Vorgaben seines Besitzers vor.

Seit fünf Jahren schon gehörte Kosinus' Onkel zur riesigen Schar der Arbeitslosen, weil er sich geweigert hatte eine Holo-Show zu leiten, in der potenzielle Adoptiveltern, die die behördlichen Auflagen nicht erfüllten, als Kandidaten ein Waisenkind aus den osteuropäischen Entwicklungsländern gewinnen konnten.

Seitdem versuchte er sich als Autor elektronischer Bücher. Da er aber kein Unternehmen gefunden hatte, das bereit war, für seine Texte begleitendes Bild-, Ton- und Geruchsmaterial zu erstellen, blieben auch diese Bemühungen weitgehend erfolglos. So schlug er sich hauptsächlich damit durch, für die wenigen, aber zahlungskräftigen Liebhaber von Papierbüchern begehrte Exemplare aufzutreiben, weil die normalerweise nur noch in Bibliotheken zu haben waren. Ja, man konnte sagen, Kosinus' Onkel war ein Händler von Büchern, die noch auf Papier gedruckt waren. Wie gesagt, eben ein komischer Kauz.

Die Kinder staunten nicht schlecht, als sie endlich die Wohnung des Onkels erreicht hatten. Ben hatte ein Hochhaus erwartet, in dem der Onkel vielleicht im 35. Stock wohnte oder so ähnlich. Das wäre in dieser Gegend auch nicht ungewöhnlich gewesen. Der gesamte Stadtteil bestand nämlich nur aus Hochhäusern, von denen gewiss keines weniger als vierzig Etagen besaß.

Aber Kosinus' Onkel wohnte in einer Behausung, die den Kindern auf die ersten fünf Blicke überhaupt nicht aufgefallen war inmitten dieses gigantischen Stadtteils von Wolkenkratzern, die in der Regel durch gläserne Brücken kreuz und quer verbunden waren.

»Da vorne ist es!«, teilte Kosinus den anderen mit und zeigte auf einen kleinen baufälligen Zirkuswagen, der sich unscheinbar, zerbrechlich und wackelig zwischen die Hochhäuser zwängte. Die fünf standen da und staunten. In so einem alten Klapperding auf Rädern zu wohnen, wäre schon im Jahre 1999 mehr als außergewöhnlich gewesen, wie viel mehr erst jetzt, im Jahre 2049.

Kosinus lief voran, kam aber nicht weit.

Wie aus heiterem Himmel – niemand hatte mitbekommen, wo sie so schnell herkamen – stand plötzlich eine Gruppe von zehn oder zwölf Jugendlichen vor ihnen, die keinen Vertrauen erweckenden Eindruck machten.

Thomas bekam sofort einen Schweißausbruch. Er spürte förmlich den Ärger, der ihnen bevorstand. Auch Frank und Miriam hatten von der ersten Sekunde an ein ungutes Gefühl, welches durch Chips Reaktion verstärkt wurde, die abrupt stehen blieb und leise: »Shit!« durch ihre Lippen zischte.

Einer der Clique schlenderte betont lässig aus der Gruppe hervor, stellte sich breitbeinig vor den Kindern auf, drückte auf einen Knopf an seinem Anzug und sagte: »Bitte sehr!«

Kosinus betätigte nun ebenfalls eine Stelle an seinem Anzug, schaute auf das Display seines Ärmels und stöhnte laut auf: »Wie soll ich das denn machen?«

Ben und seine Freunde begriffen nicht mal ansatzweise, was da vor ihren Augen ablief. Ben vermutete lediglich, dass zwischen dem Typen und Kosinus eine Datenübertragung stattgefunden hatte.

»Was ist hier los?«, fragte Miriam leise hinüber zu Chip.

»Shut up!«, forderte der Junge sie auf.

Das war wohl eine Aufforderung zu schweigen, vermutete Miriam richtig.

Ein zweiter Junge trat aus der Gruppe hervor und ging auf Frank zu. Er spielte das gleiche Spielchen wie sein Vorgänger. Nur im Unterschied zu Kosinus wusste Frank nicht, was er nun tun sollte.

»Wird's bald?«, schrie ihn sein Gegenüber barsch an!

Chip schritt schnell ein. »Das sind Freunde vom Land. Sie wissen nicht, was du von ihnen willst«, stotterte sie zur Erklärung.

»Von welchem Land kommen die denn?«, grinste Franks Gegenüber. »Von der dunklen Seite des Mondes, dass sie nicht einmal einen normalen Überfall erkennen?«

Frank zuckte zusammen. Ein Überfall? Wieso denn ein Überfall? Was hatte das mit den Schaltern an ihren Anzügen zu tun. Was erwartete die Clique? Was wollten sie haben? Frank hatte doch gar nichts bei sich. Das sah man doch schließlich auch. Dafür trugen sie doch extra diese durchsichtigen Anzüge!

»Du sollst seine Bestell-Liste empfangen!«, flüsterte Chip Frank zu.

»Hä?«, machte Frank.

Chip blieb keine andere Wahl. Selbst auf die Gefahr hin, dass die Clique sich veralbert fühlte, musste sie Frank erklären, was hier los war. Zu seiner eigenen Sicherheit. Sonst passierte noch ein Unglück!

Im Jahre 2049 bestehe ein Überfall nicht darin, einem Passanten etwas wegzunehmen, erläuterte Chip schnell und leise. Denn die Passanten trügen nichts mehr bei sich, was man hätte entwenden können. Bargeld gab es nicht mehr, sondern alles wurde abgebucht, indem man mit seinem unverwechselbaren Daumenabdruck bezahlte. Alles weitere, was vielleicht begehrenswert gewesen wäre, war bereits in dem Anzug, den die Leute trugen, eingebaut. Jeder hatte also gewissermaßen ein Telefon, eine Verbindung zu seinem Heimcomputer und damit auch Musik, Filme und so weiter bei sich. Persönliche Dinge hätte man unter dem durchsichtigen Anzug – mit Ausnahme dessen, was in den beiden unsichtbaren Taschen lag – sofort gesehen. Die Kinder hatten wirklich nichts dabei. Was also wollte die Bande?

Die Straßenüberfälle bestanden darin, andere Leute für sich etwas ordern zu lassen. Der Überfallene bestellte über seinen Kommunikationsanzug per elektronischer Daumenabdruck-Identifikation die Waren und wurde so lange von der Bande festgehalten, bis die Lieferung erfolgt war, was in der Regel nicht länger als eine Stunde dauerte.

Für den Überfallenen war es im Nachhinein nicht gerade einfach, dem Lieferanten oder der Versicherung deutlich zu machen, dass es sich um eine per Überfall erzwungene Bestellung gehandelt hatte, denn selbstverständlich gab es mittlerweile auch Tausende von Schlitzohren, die für sich selbst etwas bestellten und hinterher behaupteten, sie wären überfallen worden.

Die Lage für das Opfer war fatal, während die Täter mit den gestohlenen, aber dennoch bezahlten Gegenständen längst über alle Berge waren.

Die Bande, die nun den Weg versperrte, erwartete also von Frank, dass er auf der Stelle die Dinge von der Liste für sie bestellte.

»Aha!«, sagte Frank bloß.

Natürlich war auch ihm mulmig, andererseits aber besaß Frank einige Erfahrungen mit solchen Typen wie denen, die da vor ihnen aufgekreuzt waren. Frank erinnerte sich sofort an seinen Mitschüler Kolja, der in seinen früheren, wilderen Zeiten genauso gewesen war und der zahlreiche Schüler auf dem Schulhof erpresst hatte. Nur Frank war es damals, der Kolja Paroli bieten konnte.

»Und wenn ich es nicht tue?«, fragte Frank, wobei er seinem Gegenüber fest in die Augen sah.

Der Angesprochene glotzte ihn an. Diese Frage war ihm noch nie gestellt worden. Bisher hatten alle Opfer der Bande genug Angst gehabt, ihre Befehle sofort und ohne zu murren auszuführen.

»Dann . . .«, stotterte der Bandenchef, ». . . wirst du es bereuen!«

»Ach so!«, entgegnete Frank, der spürte, wie er gerade sicher in die Siegerstraße einbog. Der Bandenboss besaß nicht den geringsten Plan, was er tun sollte, falls Frank dessen Forderungen nicht erfüllte. Das wurde Frank schlagartig klar und er erkannte auch, dass diese Unsicherheit seine Chance war.

»Weißt du«, sagte Frank in ruhigem Ton, »ich würde

dir gern deinen Wunsch erfüllen, aber ich habe gar kein Geld. Alles, was ich habe, sitzt hier!«

Er spannte seinen linken Arm an, so dass unter dem eng anliegenden Anzug seine Muskeln deutlich zu sehen waren.

Der Bandenchef sah auf Franks Arm und wusste nicht so recht, was er mit der Bemerkung anfangen sollte.

Genau diese Ratlosigkeit aber war es, die Frank hervorrufen wollte. Während sein Kontrahent immer noch dumpf auf Franks linken Arm gaffte, schnellte Franks Rechte empor, traf den Bandenchef voll auf das Nasenbein. Laut aufschreiend sackte der zusammen. Frank drehte sich blitzartig um die eigene Achse, winkelte das rechte Bein an und trat im selben Moment fest zu. Sein Fuß traf den Zweiten der Bande in den Solar Plexus. Wild nach Luft schnappend ging auch der in die Knie, als Frank schon den Kopf des Dritten an den Ohren zu sich hinunterzog und ihm sein Knie ins Gesicht stieß. Der Vierte schlich sich hinter Frank und zog etwas aus seinem Anzug, das Miriam ohne Zögern als Waffe identifizierte. Sie benötigte nicht einmal eine Schrecksekunde, um dem Angreifer mit einem gezielten Tritt zwischen dessen Beine niederzustrecken.

Gleichzeitig hatte Frank bereits die Nummer sechs erledigt, kam aber nicht mehr dazu, die Nummer sieben davon abzuhalten, mit einem kleinen Laserstift auf Frank zu zielen.

»Das würde ich lieber bleiben lassen«!, ertönte eine Stimme, die die Nummer sieben ebenso erschreckte wie Frank. Beide sahen in die Richtung, von der die Stimme kam, und blickten auf – Thomas!

Breitbeinig stand er da, umklammerte mit beiden Händen die Waffe, die Miriam dem Knirps abgenommen und die er seitdem unterm Anzug getragen hatte.

Jennifer ahnte sofort, dass das nicht gut gehen konnte. Erstens – so war sie fest überzeugt – ließ sich kein Problem der Welt mit Waffen lösen und zweitens war niemand weniger geeignet als Thomas, mit einer Waffe in der Hand herumzufuchteln. Dafür war er nun einmal viel zu langsam und in der Regel auch zu unentschlossen.

Jennifer betete innerlich sich mit dieser Einschätzung der Lage zu täuschen. Vielleicht hatten sie Glück und es ging doch alles noch glimpflich aus.

Ein Blick hinüber zu Chip allerdings ließ ihre Hoffnung schnell schrumpfen.

Ängstlich sah diese zu Thomas und schien sich zu fragen, ob ihn alle guten Geister verlassen hätten.

Thomas' Eingreifen hatte leider keineswegs zur Folge, die Bande in den Griff zu bekommen, sondern im Gegenteil: Thomas verspielte Franks Überraschungsangriff, verschaffte der Bande Zeit, sich zu erholen. Die Bandenmitglieder rappelten sich nämlich langsam wieder auf, während Thomas unschlüssig dastand, zwar mit der Waffe drohte, aber nicht wusste, was er weiter tun sollte.

Schnell erkannte der Bandenchef Thomas' Dilemma.

»Und jetzt?«, fragte er, womit er die Aufmerksamkeit aller auf sich zog.

Niemand jedenfalls bemerkte, wie ein Mitglied der Bande heimlich, schnell und leise eine Waffe betätigte, von der Thomas nicht einmal wusste, dass es sie überhaupt gab. Unverhofft schoss ein blauer Laserstrahl aus dem Anzug des Angreifers heraus und traf Frank mitten ins Herz!

Frank wurde nach hinten geschleudert.

Jennifer schrie entsetzt auf. Ben starrte seinem besten Freund fassungslos hinterher. Miriam schluckte und Thomas ließ vor Schreck die Waffe aus der Hand fallen.

»Ihr habt ihn gekillt!«, brüllte Chip, wagte es aber nicht, sich zu rühren. Genauso wie Kosinus stand sie nur regungslos da.

»Go!«, befahl der Chef und der ganze räuberische Trupp machte sich in Sekundenschnelle aus dem Staub.

Ben und Jennifer stürzten natürlich sofort zu Frank, um zu sehen, wie es ihm ging. Schon einmal in diesem Abenteuer hatten sie um das Leben ihres Freundes gebangt und wieder hofften sie, dass irgendein Wunder ihn unversehrt gelassen hatte.

Doch Chip hielt Ben an der Schulter fest. Ratlos blieb auch Jennifer stehen.

»Es hat keinen Sinn!«, war Chip sich sicher. »Sie haben mit einem Neutronenstrahl geschossen und ihn mitten ins Herz getroffen. Solche Waffen sind für den privaten Besitzer verboten, aber es ist keine Schwierigkeit, sich diese Waffen zu besorgen. Wir hätten eben nicht eingreifen dürfen. Die Banden werden immer gefährlicher und skrupelloser ...«

Chip redete und redete, als ob das Unglück mit der Anzahl der Worte kleiner werden würde.

»Nein!«, hauchte Ben mit Tränen in den Augen. »Das kann ... doch nicht sein.«

Thomas starrte zu Boden, wie er es immer machte. Diesmal aber suchte sein Blick nichts, sondern er glotzte leer auf die Waffe vor ihm. War es seine Schuld, dass Frank jetzt so dalag? Er hatte doch bloß helfen wollen. Man konnte doch nicht zusehen, wie Frank sich allein mit zehn Gangstern prügelte.

Miriam hörte nicht auf das, was Chip sagte. Sie kniete sich hinunter zu Frank, denn ihr war so, als hätte sie ein Zucken seines Körpers wahrgenommen.

Ihr Gefühl hatte sie nicht getäuscht.

Frank rührte sich, hob langsam den Kopf und sah Miriam verwirrt an.

»Er lebt!«, schrie Miriam. »Er lebt!«

Alle sahen auf Frank und Miriam.

Frank erhob sich ächzend. »Oh, Mann!«, stöhnte er. »Was war das denn?«

»Frank!«, jubelte Ben, stürzte auf seinen Freund zu und umarmte ihn.

»Vorsicht!«, warnte Chip. »Er muss schwer verletzt sein!«

»Unsinn!«, widersprach Frank, löste sich aus Bens Umarmung, erhob sich, klopfte sich den Staub von der Kleidung, obwohl dies bei einem selbstreinigenden Anzug überflüssig war, und lächelte: »Donnerwetter! Nicht mal der Anzug hat etwas abbekommen! So etwas könnte ich gut als Sportzeug gebrauchen.«

Ein befreiendes Lachen verjagte den Schreck der vergangenen Minuten.

Nur Kosinus und Chip stimmten nicht mit in das Lachen ein.

»Mensch, Frank!«, rief Miriam erleichtert aus. »Dich haut aber auch wirklich nichts um.«

Als wollte sie es sich selbst noch einmal bestätigen, hob sie siegesbewusst die Arme und brüllte so laut sie konnte: »Hurra! Frank lebt!«,

»Ja«, flüsterte Chip leise. »Aber anders als ihr denkt!«

## Bittere Wahrheit

Wieder hatte Chip ihre Bemerkung nicht näher erläutert. Was hatte sie gemeint, als sie sagte, Frank würde anders leben, als sie dachten?

Kosinus hatte darauf bestanden, erst einmal so schnell wie möglich die Straße zu verlassen, ehe sie weiterredeten. Es war in dieser Gegend keineswegs ausgeschlossen, ein zweites Mal überfallen zu werden, warnte er.

»Weshalb wohnt dein Onkel denn in solch einer Gegend?«, wunderte sich Thomas.

»Er kann sich nichts anderes leisten!«, antwortete Kosinus. »Jedenfalls sollen das alle denken. Außerdem kommt er hier ganz gut zurecht. Die meisten Leute kennen ihn, weil er so außergewöhnlich wohnt.«

Sie hatten den Wagen des Onkels noch nicht ganz erreicht, als sich die kleine Holztür schon knarrend öffnete und ein hagerer, unrasierter Mann in einem goldenen Anzug, der seltsamerweise nicht durchsichtig war, heraustrat und tatsächlich noch Haare auf dem Kopf trug! Lange, wallende, marineblaue Haare wirbelten wild und wirr um seinen Kopf herum.

»Da seid ihr ja!«, rief er den Kindern fröhlich zu. »Herzlich willkommen im neuen Jahrtausend!«

Ben wunderte sich, woher der Onkel von ihnen wusste, konnte sich dann aber denken, dass Kosinus ihn wohl irgendwann während des Weges mittels seines Kommunikationsanzuges informiert hatte.

Die Fröhlichkeit des alten Mannes wich einer besorgten Miene, als Kosinus ihm in knappen Worten erzählte, was gerade zuvor auf der Straße passiert war. Seine Miene verfinsterte sich noch weiter als Chip ergänzte, mit welcher Waffe Frank beschossen worden war.

Wortlos ging er auf Frank zu, besah sich dessen unversehrten Anzug, riss ihn auseinander und legte damit Franks Brust ein Stückchen frei, auf der ein kleiner schwarzer Fleck zu sehen war. Er drückte mit dem Finger darauf und fragte: »Tut das weh?«

»Kein bisschen!«, antwortete Frank.

Statt sich darüber zu freuen, wurde seine Miene noch dunkler. Er wechselte einen stummen Blick mit Kosinus und Chip, der von Jennifer nicht unbemerkt blieb.

»Was geht hier eigentlich vor?«, platzte sie schließlich heraus. Sie hatte nun die Nase voll von der ewigen Geheimniskrämerei. Irgendwas wussten die drei, mit dem sie nicht herausrücken wollten.

»Ist euch ...«, begann der Onkel seine Frage mit einem Tonfall, in dem sonst nur Ärzte einem eine schwere Krankheit offenbarten, »... an euren Körpern etwas ... nun, sagen wir mal ... Ungewöhnliches aufgefallen?«

Thomas zuckte mit den Schultern. »Nö!« Ihm war nichts aufgefallen.

Jennifer schüttelte den Kopf. Wie konnte man nur so unsensibel sein? Selbstverständlich war ihr etwas aufgefallen! Die ganze Zeit schon. Immer wieder etwas Neues. Sie sprudelte mit ihren Beobachtungen heraus, froh, endlich mal darüber sprechen zu können, was sie schon lange beunruhigte.

Die anderen waren verblüfft. Vieles von dem, was Jennifer berichtete, war an ihnen vorbeigegangen.

Der Onkel nickte nur stumm.

Chip sah sie voller Mitleid an.

»Was ist?«, wollte Jennifer wissen. »Was habt ihr?«

»Fühlt ihr euch sonst völlig normal?«, fragte der Onkel ohne auf Jennifers Frage einzugehen.

»Ja!«, bestätigten alle übereinstimmend.

»Könnt ihr euch an alles erinnern, was vor dem Brainscanning passiert ist?«, bohrte der Onkel weiter nach.

Jennifer stöhnte auf. Das war ja wie ein Verhör! Trotzdem bejahte sie die Frage.

»Und?«, setzte sie in schärferem Ton nach. »Was heißt das jetzt?«

Der Onkel atmete schwer aus, erhob sich, schritt zu einem Kamin, von dem Jennifer erst jetzt sah, dass es ihn gab, und schenkte sich ein Getränk ein.

Für Jennifer war das nichts Außergewöhnliches. Für Kosinus und Chip schon.

»Es ist Whisky!«, flüsterte Kosinus ehrfurchtsvoll. »Das letzte Mal hat er davon getrunken, als er seinen Job verlor. Heute ist es die zweite Flasche, die er öffnet!«

»Schön!«, winkte Jennifer hastig ab. Ihr war es ziemlich schnuppe, wie oft Kosinus' Onkel Whisky trank. Sie selbst hatte eine Tante, die trank niemals Alkohol. Na und?

Der Onkel kehrte mit dem Whisky-Glas zu der

Gruppe zurück. »Ich habe eine Kiste Whisky geklaut und gelagert, als ich dreizehn war«, schmunzelte er.

Auch Miriam wurde es allmählich zu bunt. Es war zum Verrücktwerden, wie lange es dauerte, ehe der alte Mann auf den Punkt kam.

»Ihr versteht nicht«, erwiderte der Onkel auf das Zappeln der Kinder vor ihm. »Der Whisky ist fünfzig Jahre alt. Ich bin in eurem Alter!«

Schweigen.

Die Kinder sahen den alten Mann mit großen Augen an.

Der Onkel ließ ihnen Zeit, das Gesagte zu verdauen.

»Wie bitte?«, fragte Miriam schließlich mit heiserer Stimme nach.

»Ich bin in eurem Alter!«, antwortete der alte Mann. »Geboren im Jahre 1986.«

»Dann sind Sie dreiundsechzig!«, hatte Ben blitzschnell errechnet.

Der Onkel nickte.

»Ich bin dreizehn!«, war Ben sich sicher.

Der Onkel nickte wieder.

»Aber deine Art zu denken ist ebenfalls dreiundsechzig Jahre alt!«, behauptete der alte Mann.

Ben zuckte mit den Schultern. »Okay, ja. Ich gehöre ja auch ins Jahr 1999. Ich weiß bloß nicht, wie ich hierher gekommen bin, ins Jahr 2049.«

»*Du* bist nicht im Jahr 2049«, sagte der Mann.

»Was?«, rief Ben. Das wurde ja immer schöner! »Wo bin ich dann?«

»Im Jahr 1999!«, behauptete der Onkel steif und fest.

Ben winkte ärgerlich ab. So etwas Blödes! Wo hatte Kosinus sie bloß hingeführt? Er hatte die Hoffnung gehabt, Hilfe zu erhalten, gedacht, der Onkel könnte sie dabei unterstützen, den kuriosen Fall aufzuklären. Stattdessen waren sie auf einen verwirrten alten Mann gestoßen, der nur dummes Zeug redete.

»Ja, klar!«, maulte Ben. »Ich brauche ja nur aus dem Fenster zu schauen, dann sehe ich ja, in welchem Jahr ich mich befinde.«

»Nur deine Gedanken sind hier!«, sagte der alte Mann. »Oder besser gesagt: die Kopie deiner Gedanken aus dem Jahre 1999!«

Ben verschlug es die Sprache. Es dauerte eine Weile, bis er richtig begriffen hatte, was der alte Mann meinte.

Jennifer, Frank, Miriam und Thomas schauten Ben voller Hoffnung an, dass er dem Onkel jetzt klarmachen würde, welchen Blödsinn er redete. Ben sollte mal eben schnell erklären, weshalb es so etwas nicht geben konnte. Kopie der Gedanken. Wie absurd!

Doch Ben schwieg. Also hielt er es für möglich.

Allmählich sickerte auch bei Jennifer die Erkenntnis durch, was das bedeutete.

»Dann sind . . .«, begann sie, stockte, überlegte noch mal, welch ungeheuren Verdacht sie da hegte, und fragte dann langsam weiter: ». . . dann sind wir die . . . Datenträger, nach denen man so lange gesucht und geforscht hat!«

Der Onkel nickte.

Jennifer schlug sich die Hände vors Gesicht. Sie konnte es einfach nicht glauben.

»Moment mal! Moment mal!«, wiederholte Miriam eilig. Sie musste wohl etwas falsch verstanden haben. Wie war das eben? Sie waren die Datenträger? Was sollte das denn bedeuten? »Das heißt doch wohl nicht etwa, dass . . .« Sie brach ab.

Der alte Mann beendete Miriams Satz: ». . . dass du dich zwar fühlst wie Miriam, es aber nicht bist, sondern eine künstlich geschaffene Person, die exakt aussieht wie Miriam im Jahre 1999 und in die man Miriams Gedanken von damals komplett eingespeist hat!«

Jetzt war Miriam sprachlos. Und das wollte etwas heißen.

Chip sah sie ernst an, bevor sie die Worte des Onkels zusammenfasste: »Ihr seid eine Kopie eurer selbst!«

»Wie bitte?«, schrie Frank jetzt auf. »Ich bin geklont?«

»Nein!«, widersprach der alte Mann sofort. »Nicht geklont. Dann hättest du nur dieselbe Erbmasse wie der Original-Frank, hättest dich hier in der Zukunft aber aufgrund der Erziehungs- und Umwelteinflüsse ganz anders entwickelt. Nein, nein, du bist eine Kopie. Eine komplette, hundertprozentige Kopie des Franks aus dem Jahre 1999!«

»Ich bin nur künstlich?«, fragte Frank leise.

Der Onkel nickte. »Dein Körper ist eine künstlich hergestellte, recht perfekte Nachahmung deines Körpers aus dem Jahre 1999. Und in deinem Kopf wurde der komplette Inhalt deines Gehirns aus der Zeit eingespeist.«

»Dann hat das Gehirn-scanning damals doch funktioniert!«, steuerte Thomas bei.

»Genau!«, bestätigte der Onkel. »Von dem Tag an gibt es euch sozusagen zweimal: Einmal als Original, welches im Jahre 1999 ganz unbeschwert das Labor verlassen hat, weil ihr alles für Blödsinn gehalten habt.«

»Woher wissen Sie das?«, fragte Jennifer dazwischen.

Der Onkel überging die Frage und redete einfach weiter. »Und fünfzig Jahre später hat man euch nachgebaut und mit der Übertragung des Gehirninhalts zum Leben erweckt. Ihr seid als Kopie eurer selbst erwacht, denkt aber natürlich wie im Jahr 1999, weil der Inhalt eures Gehirns ja identisch ist mit dem von damals. Seit ihr aufgewacht seid, entwickelt ihr euch aber als Kopie selbstständig weiter, weil ihr neue Erfahrungen macht.«

»Oh, Mann!«, stöhnte Frank. Zu mehr war er in diesem Moment einfach nicht fähig. Jetzt wusste er, weshalb ihm die Schramme an seinem Bein fehlte. Er hatte einen neuen Körper bekommen! Und deshalb war er durch den Neutronenstrahl auch nicht gestorben. Er war nicht mehr aus Fleisch und Blut! Sein Brustkorb war nur etwas angeschmort, das hatte aber keine Auswirkungen auf irgendeine seiner Körperfunktionen gehabt. Jedenfalls soweit er es bislang festgestellt hatte. So wie eine Maschine manchmal eine Delle abbekommt, ohne dass dadurch die Funktionsfähigkeit gestört würde. Ob er jetzt unverwundbar war wie die

Kampfroboter in manchen Filmen? Oder war er plötzlich ganz anderen Gefahren ausgesetzt, von denen er noch gar nichts wusste? Vielleicht konnte er einen Kurzschluss bekommen wie ein Sicherungskasten oder so.

Jennifer war zum Weinen zumute, aber sie merkte, dass sie nicht weinen konnte. Ihr neuer Körper besaß nicht einmal die Fähigkeit zu weinen. Ebenso wenig wie sie Hunger oder Durst verspürte. Sie besaßen zwar die Fähigkeit zu essen – vermutlich, um in Gesellschaft nicht weiter aufzufallen – aber sie brauchten es nicht!

»Wir sind Roboter!«, schrie Jennifer entsetzt auf.

»In gewisser Weise«, bestätigte der alte Mann. »Allerdings ist die Wissenschaft inzwischen so weit, dass ihr keinesfalls reine Maschinen seid. Ihr besitzt Nervenbahnen und auch euer Körper ist zu einem bestimmten Teil organisch. Es ist – um es mal einfach auszudrücken – eine Mischung aus Maschine und organischem Material!«

»Organisches Material?«, quiekte Miriam auf.

»Eben Mensch!«, sagte der alte Mann.

Miriam überhörte ihn bewusst. »Organisches Material!«, wiederholte sie leise seufzend und ließ sich zurück in ihren Sitz fallen.

Alle schwiegen, konnten die ganze Tragweite dieser Erkenntnis noch lange nicht erfassen, sondern stierten nur vor sich hin.

Dieser Zustand dauerte bestimmt zwanzig oder dreißig Minuten an, ehe Jennifer leise wimmerte: »Warum haben die das mit uns gemacht?«

## Unsterblichkeit

Die erste Erkenntnis, welche die Kinder aus den neuen Informationen gewannen, war zugleich die schlimmste: Sie konnten nie mehr zurück ins Jahr 1999! Sie waren für immer abgeschnitten von ihren Eltern und ihren Freunden, würden niemals mehr in ihre alte Schule zurückkehren können zu ihren Mitschülern, nicht in den Sportverein, nirgends hin. Denn alles war fünfzig Jahre her. Man konnte nicht zurück in die Zeit reisen. Und auch in die Zukunft waren sie ja nicht durch einen technischen Trick gelangt, sondern es waren einfach nur ihre Gedanken fünfzig Jahre lang aufbewahrt worden.

Wie nach einem langen Schlaf waren sie ein halbes Jahrhundert später aufgewacht und mussten sich in dieser neuen, ihnen so fremden Welt eben einrichten. Dass sie nur Kopien waren, während ihre Originale unbeschwert im Jahre 1999 weitergelebt hatten, nützte ihnen wenig. Denn sie dachten und fühlten wie die Originale.

Noch einmal wiederholte Jennifer fassungslos ihre Frage: »Warum haben die das mit uns gemacht?«

»Es ist der alte Traum der Unsterblichkeit!«, sagte der alte Mann ruhig und erklärte, dass das Verfahren des Brain-scannings natürlich die Möglichkeit der Unsterblichkeit eröffne. Man brauchte ja nur einem alten gebrechlichen oder auch schwerkranken Menschen das komplette Gehirn zu scannen, anschließend den Inhalt in einen neuen künstlichen Körper zu übertragen und schon würde dieser Mensch mit einem neuen, gesunden Körper weiterleben, bis dieser wieder verbraucht war, und das ganze Spiel begann von neuem. »So wie ihr!«, fügte der Onkel noch an. »Normalerweise wärt ihr jetzt dreiundsechzig Jahre alt und hättet schon einige Gebrechen. Stattdessen aber seid ihr jetzt erst dreizehn, jung und kräftig und habt das ganze Leben noch vor euch. So könnte es ewig weitergehen.«

»Aber das ist doch furchtbar!«, wandte Jennifer ein.

»Ja!«, bestätigte der alte Mann. »Deshalb wurde es ja auch verboten.«

»Aber mit uns haben sie es gemacht!« Miriam schrie ihren Protest heraus.

Der Onkel nickte. »Es ist nahezu unmöglich, etwas zu verbieten, was technisch möglich ist. Es findet sich immer jemand, der es trotzdem macht, und vor allem auch immer jemand, der es bezahlt!«

Der Onkel machte eine Pause, um zu schauen, ob die Kinder ihm folgen konnten.

Sie konnten.

Sofort war Jennifer klar, welche Leute Interesse an diesen Forschungen haben konnten: stinkreiche Leute, die einfach nicht sterben, sondern ewig genießen wollten. Menschen, die sich für so schlau und wertvoll hielten, dass sie meinten, der Menschheit erhalten werden zu müssen. Aber auch Models, die nicht älter werden wollten und sich mit dreißig Jahren einfach wieder in den Körper einer Achtzehnjährigen beamen ließen. Sportler, die mit all dem Wissen und den Erfahrungen eines alten Hasen ihre Karriere noch mal von neuem beginnen wollten, um dann noch berühmter, noch begehrter und noch reicher zu werden. Schwerkranke, die sich einen gesunden Körper kauften um weiterleben zu können. Und letztendlich alle, die schlicht Angst davor hatten zu altern. Kurzum: So ziemlich jeder konnte Interesse am Brain-scanning haben, weshalb es für die Wissenschaftler, die dieses Verfahren beherrschten, auch keine Schwierigkeit war, Auftraggeber zu finden und sich eine goldene Nase zu verdienen, unabhängig davon, ob das nun verboten war oder nicht.

Jetzt verstanden die Kinder auch, weshalb sowohl die Professorin als auch die Service-Assistentin im Labor so außerordentlich schön gewesen waren. Vermutlich hatten sie selbst ihre Gedanken scannen und sich in makellose Körper einspeisen lassen.

»Was hier auf uns zukommt, ist eine riesenhafte Industrie!«, erklärte der alte Mann ernst.

Miriam kaute auf ihren Lippen und dachte angestrengt nach. Wenn Schwerkranke dadurch wieder gesund leben könnten, überlegte sie sich, wäre das doch gar nicht so schlecht. Behinderte könnten ihre Behinderungen ablegen, Unfallopfer gäbe es nicht mehr, genauso wie Frank jetzt auch noch lebte, obwohl er eigentlich erschossen worden war. Gut, es war etwas albern, wenn ein Supermodel dann auf ewig achtzehn oder zwanzig Jahre sein würde, obwohl ihre Gedanken dann vielleicht schon hundert oder zweihundert Jahre alt waren. Aber man konnte doch mit dieser Methode auch viel Gutes anstellen.

Miriam warf ihre Gedanken in die Diskussion ein.

Der alte Mann nickte daraufhin. »Genau so argumentieren die Wissenschaftler ja auch!« Dann machte er wieder eine Pause, ehe er sagte: »Aber meint ihr wirklich, jeder könnte sich so eine Behandlung leisten?«

Nein! Da brauchten sie gar nicht nachzudenken. Es war klar, dass wieder nur die Reichen davon profitierten, und damit war auch klar, worauf das ganze Verfahren hinauslaufen würde: Die Kranken und Gebrechlichen würden bleiben, wie sie waren, während die Reichen und Schönen auf ewig reich und schön blieben und damit Maßstäbe für die Gesellschaft setzten: Wer nicht reich und schön war, wurde noch mehr an den Rand der Gesellschaft gedrängt oder eines Tages sogar vollends aussortiert. Schließlich lebten die Reichen und Schönen ewig und würden jeden Gegner schon dadurch ausschalten können, dass sie ihn einfach überlebten.

»Oh, Mann!«, stöhnte Frank wieder. Er hatte das Gefühl, sich in einem Albtraum zu befinden, aus dem es nie wieder ein Erwachen geben würde.

»Doch!«, widersprach der alte Mann. »Die einzige Möglichkeit, diese Entwicklung zu verhindern ist, die Wissenschaftler zu kontrollieren und jeden geheimen Versuch an die Öffentlichkeit zu bringen. Ihr könnt es tun, weil man das Brain-scanning mit euch durchgeführt hat. Ihr seid der Beweis, dass diese Versuche geheim und illegal weiterlaufen!«

Chip nickte. »Deshalb haben wir euch hierher gebracht! Wir möchten, dass ihr in einer Media-Show auftretet und als leibhaftige Zeugen sagt, was euch widerfahren ist.«

Das also war der Grund, weshalb Chip und Kosinus nicht wie die anderen Angst vor ihnen gehabt hatten, sondern ihnen sofort geholfen hatten. Offenbar hatten sie damit gerechnet, eines Tages künstlichen Kindern mit gescannten Gehirnen zu begegnen. *Wieso?*, fragte sich Jennifer.

Sie wurde aus ihrem Gedanken gerissen, weil Thomas gerade bekannt gab, dass er nicht die geringste Lust verspürte, als Gast einer Talk-Show oder wie immer das in dieser Zeit hieß, aufzutreten. »Die sind doch alle blöde!«, behauptete er in Erinnerung an die zahlreichen Talk-Shows zum Ende des 20. Jahrhunderts.

Ben, Frank und Miriam stimmten ihm lebhaft zu. Sie hatten zwar noch keine dieser neuen Media-Shows gesehen, aber alle waren sich sicher, dass sie nicht besser, sondern mit Sicherheit schlimmer waren als die damaligen unsäglichen Laber-Sendungen im Nachmittags-Fernsehprogramm.

Der alte Mann gab ihnen sogar Recht. »Trotzdem!«, versicherte er. »Es ist die einzige Chance.«

»Wofür?«, fragte Frank bissig nach. »Um diesen Brain-scanning-Quatsch zu beenden? Vielen Dank. Mein Bedarf an dieser Art von Forschung ist gedeckt. Ich will damit nichts mehr zu tun haben!«

»Nicht nur dafür!«, setzte Kosinus' Onkel nach.

Der Reihe nach sah er den Kindern in die Augen, bevor er mit ernster Miene ergänzte: »Es ist die einzige Chance, damit ihr nicht gefangen und womöglich sogar ausgeschaltet werdet.«

»Wie bitte?«, fragte Jennifer nach. Sie hatte sich wohl verhört! War es nicht schlimm genug, was man mit ihnen angestellt hatte? Jetzt sollten sie auch noch ausgelöscht werden? Von wem? Und weshalb?

»Ja, was glaubt ihr denn, wer euch die ganze Zeit verfolgt?«, schmetterte der Onkel ihnen entgegen. »Meint ihr etwa, die geheime Brain-scanning-Industrie ist besonders scharf auf unliebsame Zeugen? Ihr seid für sie geflohene Versuchskaninchen. Ihr seid vielleicht die ersten und einzigen Kinder der Welt, an denen das Brain-scanning ausprobiert wurde.«

Jennifer schnappte nach Luft, obwohl sie sich mittlerweile gar nicht mehr sicher war, ob sie überhaupt noch Sauerstoff benötigte. Zu weiteren Überlegungen kam sie aber nicht mehr.

Mit einem lauten Knall zersplitterte die Fensterscheibe des Wohnzimmers.

Jennifer zuckte erschrocken zusammen.

Ein dunkelblauer Strahl drang durchs Fenster und sengte eine alte Weltkarte an der Wand an, welche augenblicklich in Flammen aufging.

Frank sprang instinktiv zur Seite und riss seinen Freund Ben mit sich.

Miriam drehte sich blitzartig zum Fenster, um zu schauen, wer da schoss.

Nur Thomas bewegte sich mal wieder gar nicht, sondern starrte nur auf die brennende Weltkarte.

»Weg hier, da sind sie schon!«, rief der Onkel. »Los, weg!«

»Dann laufen wir denen doch direkt in die Arme!«, warf Frank ein.

»Quatsch!«, widersprach der Alte. »Hier entlang!«

Kosinus griff Frank unterm Arm und zeigte auf eine Tür, die in ein hinteres Zimmer führte.

Chip lief voran, die anderen folgten.

Der alte Mann schnappte sich Thomas und zog ihn mit sich, als wüsste er, dass Thomas prinzipiell zu langsam war.

Kaum hatten sie das hintere Zimmer betreten, wurde vorn die Eingangstür durch einen weiteren blauen Strahl aufgesprengt.

»Scheiße, Mann! Wir sitzen in der Falle!«, schrie Frank. Denn im hinteren Zimmer stand nichts als ein Bett und ein Schreibtisch. Oder zumindest etwas, was ein Schreibtisch hätte sein können. Was es genau war, ließ sich auf die Schnelle nicht erkennen. Denn auf dem Tisch rund um das Bett lagen tausende Kabel und Chips, Werkzeug und Drähte, Sicherungen und Lämpchen, sogar auf Papier gedruckte Schaltpläne und seltsame Hebel und Schräubchen, Stäbchen und Häkchen, als ob jemand 150 Lego-Technik-Bausätze auskippt hätte.

»Hier sieht es ja aus wie bei dir!«, rief Jennifer Ben zu.

Ben kam nicht dazu zu antworten.

»Stehen bleiben! Sie sind verhaftet! Widerstand ist zwecklos!«, brüllte jemand aus dem Vorraum.

»Jenni!«, rief der alte Mann.

Jennifer wandte sich zu ihm um, doch sie war gar nicht gemeint.

Der Mann redete mit einem Bildschirm an der Wand.

»Level 4!«, befahl der alte Mann, worauf das große Bett wie von einer Startrampe geschossen hochklappte und sich an der Wand verankerte. Unter dem Bett führte ein Gang nach unten in den Fußboden hinein.

Hinter ihnen erschienen bereits zwei schwer bewaffnete Uniformierte in der Tür, die sofort schreiend und fluchend zurückwichen. Denn kaum hatten sie die Türschwelle betreten, aktivierte sich ein Starkstromfeld, welches den Uniformierten förmlich die Mützen von den Köpfen britzelte.

»Runter!«, befahl der Mann in schneidendem Ton.

Frank flitzte die Treppe hinunter, die anderen kamen nicht minder schnell hinterher. Ben stieß Thomas so heftig in den Rücken, dass er gar keine Möglichkeit hatte zu trödeln, sondern die Stufen laut stöhnend hinunterkugelte.

Unten angekommen, blickten sie in einen unendlich langen, stockfinsteren Gang.

Vor ihnen lud sie ein großes, komfortables, pechschwarzes Gefährt zum Einsteigen ein, welches Ben irgendwie bekannt vorkam.

»Das ist ja wie bei Batman!«, fand er.

»Wer ist das denn?«, wollte Kosinus wissen, während er einstieg.

»Genau so ist es!«, bestätigte ihm der alte Mann lachend. »Dem habe ich das auch nachempfunden. Oder dachtet ihr wirklich, ich hause dort oben einfach nur in so einem armseligen Bauwagen?«

Ben gefiel dieser alte Mann mehr und mehr. Er schien ungeheuer viel zu wissen, war offenbar ein Technikgenie und hatte ständig verrückte Ideen. Natürlich waren sie nicht wirklich in ein echtes Batmobil eingestiegen. Aber es war doch sehr deutlich zu erkennen, dass es als Vorbild gedient hatte.

Das Beste aber war, dass die allgemeine Technik im Jahre 2049 so weit fortgeschritten war, dass das Original-Batmobil aus dem Film als lächerliche Rumpelkiste erschien gegen diesen High-Tech-Wagen, den der alte Mann jetzt startete, indem er dem Gefährt einfach mündlich den Befehl gab loszufahren.

Der Wagen beschleunigte mit einem Affenzahn, sauste durch den dunklen Gang und schon nach wenigen Sekunden war den Kindern klar, wo sie sich befanden: in der städtischen Kanalisation.

Platschend landete der Wagen im Abwasser!

»Tja!«, entschuldigte sich der alte Mann. »Leider bin ich nicht Batman und kann nicht auf eigene Kosten die halbe Stadt untertunneln. Deshalb musste ich nehmen, was sich mir bot: die Abwasserkanäle.«

Ben staunte nicht schlecht. Er hatte vermutet, dass der Wagen fliegen konnte wie die, die er draußen gesehen hatte. Dass dieser Wagen aber ein getarntes Boot war, hätte er sich nicht träumen lassen. Überhaupt schien dieser Mann außerordentlich gut darauf vorbereitet zu sein, dass Ben und seine Freunde als Kopie ihrer selbst in der Zukunft landen, auf ihn treffen und gemeinsam mit ihm von den staatlichen Ordnungskräften verfolgt werden würden.

Ben fragte sich, wieso der alte Mann alles hatte vorhersehen können. Klammheimlich und fast unmerklich stieg ein leiser Verdacht in Ben auf, der ihm – wenn er sich auch nur annähernd als wahr herausstellen würde – schier den Atem verschlagen würde.

# Flucht ums Überleben

Die Fahrt dauerte nicht lange. Plötzlich hielt der Wagen an, ohne dass der alte Mann gesteuert oder einen Befehl gegeben hatte. Offenbar war das Ziel der Fahrt programmiert und der Wagen fand von selbst dorthin.

»Hier sollen wir aussteigen?«, fragte Thomas und erhoffte sich sehnlichst, dass er sich getäuscht hatte.

Zu seinem großen Bedauern bejahte der Onkel seine Frage.

Dies war wirklich kein Ort zum Aussteigen. Sie standen mitten in der Kanalisation. Der Wagen öffnete seine Türen und sofort drang ein ungeheurer Gestank ins Innere.

»Ich habe doch gesagt, ich bin nicht Batman«, schmunzelte der alte Mann. »Wir müssen ganz normal über die Leiter hinauf.«

»Wenigstens an die frische Luft!«, hoffte Jennifer.

Doch Chip nahm ihr diese Hoffnung.

Denn im Jahre 2049 spielte sich ein Großteil des Lebens der Menschen unterirdisch ab, weil oben auf der Erdoberfläche einfach nicht mehr genügend Platz vorhanden war. Wie die Ameisen hatten die Menschen sich Tunnel gegraben, um von einem Ort zum nächsten zu gelangen. Und wenn man sich schon mal unterhalb der Erde befand, dann konnte man ja auch ebenso gut Geschäfte, Büros und Wohnungen hierhin bauen.

Da auch auf der Erdoberfläche mittlerweile tausende Räume existierten, die keine Fenster besaßen, sondern künstliche Bildschirme jede gewünschte Landschaft virtuell ins Zimmer zauberten, empfand niemand es als Manko, unterirdisch zu wohnen. Statt an der Oberfläche sich im Dickicht der Hochhäuser, dem Wirrwarr unzähliger baumloser Straßen auf zwei oder drei Ebenen zurechtzufinden, tausenden Fahrzeugen – auch wenn diese mittlerweile schadstoffarm oder mit Solarenergie betrieben wurden und nur noch leise vor sich hin surrten – auszusetzen, blieben die Menschen lieber unten und erfreuten sich an künstlichen Sonnenstrahlen mit künstlichen Gärten, Stränden und Landschaften, insbesondere da der Himmel vor Laser- und Holografie-Show-Werbung ohnehin nicht mehr zu sehen war.

Die Wolkenkratzer waren also in Wirklichkeit erheblich größer, als die Kinder auf der Oberfläche vermuten konnten, denn dort, wo normalerweise das Erdgeschoss zu finden war, handelte es sich häufig schon um die zehnte oder elfte Etage eines Hauses.

So befand sich auch das Ziel ihrer kurzen Fahrt unterirdisch: die Zentrale einer der mächtigsten I.C.I.E des Landes, dessen Chef Kosinus' Vater war.

Die Kinder hatten noch immer nicht so recht verstanden, woraus so eine I.C.I.E. eigentlich bestand. Dabei war es ganz einfach: Während man im zwanzigsten Jahrhundert noch auswählen musste, ob man sich eine Zeitung am Kiosk kaufte, ein Buch lesen oder eine Rundfunksendung hören wollte, ob man sich ins Internet einloggte oder lieber eine Fernsehsendung ansah,

▼ genügte es im Jahre 2049, seinem Bildschirm etwas von Infomodus vorzumurmeln – egal, ob es sich um den Bildschirm daheim oder den im Anzugärmel handelte. Wahlweise bekam man dann einen Überblick über die aktuellsten Nachrichten entweder aus aller Welt, aus der eigenen Region oder woher auch immer. Ebenso konnte man bestimmen, ob man nun Informationen zu einem bestimmten Thema suchte oder nur allgemein über Neuigkeiten informiert werden wollte. Je nach Benutzerführung bekam man diese Informationen als holografische Filme, schriftlich oder als Audio-Dateien. Selbstverständlich konnte man sich Auszüge, Kopien, Zitate oder ganze Texte oder Sendungen sofort auf seinen Rechner zu Hause speichern lassen, um sie später noch einmal in Ruhe auszuwerten.

Während er aus dem Abwasserkanal hinauskletterte und Miriam die Hand reichte, um ihr hochzuhelfen, brachte der alte Mann noch einmal auf den Punkt, was sie vorhatten: »Ihr werdet also in einer Art Talk-Show, wie ihr es früher genannt habt, auftreten und erzählen, was mit euch geschehen ist.«

Jennifer war von dieser Idee nicht gerade sehr begeistert. Sie hatte früher schon die Sendungen gehasst, in denen die Mitwirkenden ihre intimsten Angelegenheiten ins Mikrofon rülpsten, nur um mal im Fernsehen auftreten zu können. Noch ekelhafter als die halb garen Primaten mit Kunststoff-Perücke und Sonnenbrille, die sich für'n Fuffi live die Köpfe einschlugen, hatte Jennifer immer jene empfunden, die sich solche verbalen Schlammschlachten auch noch mit Vergnügen ansahen. Und jetzt sollte sie selbst in so einer Sendung auftreten?

Jennifer klopfte sich den Anzug ab, obwohl das nicht nötig war. Es war eine unwillkürliche Bewegung aus ihrer Zeit, in der sich die Kleidung noch nicht selbst reinigte.

Außerdem war ja die Frage, wer sich überhaupt so etwas anschaute, wenn man doch so eine große Auswahl von Informations- und Unterhaltungssendungen hatte.

Der alte Mann schmunzelte. »Die große Auswahl ist nur die eine Seite der Medaille«, erklärte er. »Die andere ist die Macht des Medienkonzerns!«

Ben wurde hellhörig. Während er nachfragte, was mit dieser Macht gemeint war, blickte er sich um, wo sie überhaupt angekommen waren.

Sie standen in einem kahlen Treppenhaus, aus dem auf dieser Ebene nur eine Tür hinausführte.

»Nun ja«, erklärte der alte Mann. »Der Konzern bietet gegen Geld die große Vielfalt an, die man mit seinem Bildschirm empfangen kann. Aber natürlich kann der Anbieter mit einem einzigen Knopfdruck bei besonderen Anlässen auch über alle Kanäle eine einzige Information laufen lassen. Ihr kennt so etwas wohl noch vom Verkehrsfunk im Radio aus eurer Zeit. Heutzutage ist es dann egal, ob du gerade ein elektronisches Buch liest, einen Film siehst, eine Show anschaust, die neuesten Börsenkurse studierst oder nur Musik hörst. Überall taucht dann die Information auf. Natürlich nur bei jenen, die Abonnenten dieses Medienkonzerns sind. Aber das sind ja weltweit immerhin 2,3 Milliarden Haushalte.«

»Wie viele?«, rief Ben überrascht.

Der alte Mann wiederholte die Zahl.

»Das Interview mit uns sehen dann 2,3 Milliarden Menschen?«, hauchte Miriam. Eine so gewaltige Zahl vermochte sie sich kaum vorzustellen.

»Nein!«, korrigierte Kosinus. »2,3 Milliarden Haushalte, das sind dann ungefähr 4 Milliarden Menschen. Wenn es keine Kooperation mit den anderen großen Medienkonzernen gibt. Bei einer gemeinsamen Sonderschaltung erreicht man bis zu 6,4 Milliarden Menschen!«

»Ich wusste nicht einmal, dass der Planet inzwischen so viele Menschen hat!«, staunte Jennifer.

»Wir haben doppelt so viele!«, korrigierte Chip.

»Und von so einem Konzern ist dein Alter der Boss?«, fragte Miriam ehrfurchtsvoll.

Kosinus schüttelte den Kopf. »Nur von Deutschland!«, schränkte er ein. »Die Zentrale sitzt in Peking.« Aber Miriam fand das immer noch gewaltig.

»Wo sind wir hier eigentlich?«, fragte Thomas, der als Letzter aus dem Kanal geklettert kam und sich enttäuscht umschaute, weil er sich nun in einem Treppenhaus befand, in dem offenbar nicht einmal er etwas finden konnte.

Der Onkel erklärte kurz, dass es sich um den Eingang zu einem ehemaligen Atombunker handelte, welcher seit Jahrzehnten leer stand und als Raum vollkommen in Vergessenheit geraten war. Irgendwann hatten ein paar Jugendliche hier mal rauschende Partys gefeiert, aber dann waren Feste an solch entlegenen Stellen aus der Mode gekommen.

Heutzutage feierte man in hoch technisierten, gigantisch große Hallen holografische Motto-Partys wie zum Beispiel ›Ritterfeste‹, ›Mars-Partys‹ oder ›Klinik-Dances‹, bei denen dank der Holografie die Räume natürlich perfekt inszeniert werden konnten.

»Seit einigen Jahren dient der Bunker mir als Unterschlupf«, fuhr der alte Mann fort. »Denn selbstverständlich habe ich meine wichtigen Unterlagen nicht in der Hütte, in der ihr mich besucht habt.«

Ben kam aus dem Staunen nicht mehr heraus. Der alte Mann benahm sich wirklich fast wie ein Geheimagent. Ob der nicht doch ein bisschen durchgedreht war? Er wurde sich unsicher, ob sie dem Mann weiterhin trauen sollten.

Der alte Mann schien Bens Skepsis zu bemerken. Überhaupt hatte Ben erstaunlich oft den Eindruck, der alte Mann würde ihn besser durchschauen, als ihm lieb war.

»Es geht nicht darum, sich wie ein Geheimagent aufzuführen«, erklärte der Onkel ohne danach gefragt worden zu sein, »heutzutage ist eine totale Überwachung aufgrund der Technik so immens einfach, dass man sich halt so seine Nischen suchen muss.«

Jennifer hätte noch einige Fragen gehabt. Zum Beispiel, wer wen weshalb total überwachte. Aber es gab keine Zeit mehr zum Nachfragen. Der alte Mann mahnte zum Aufbruch. Bevor er aber den Ausgang vom Treppenhaus öffnete, überprüfte er noch einmal die Anzüge der Kinder sehr genau, damit niemand versehentlich die Alarmfunktion einschaltete und damit den Wachdiensten unwissentlich per drahtloser Kommunikaton seinen Standort preisgeben konnte.

»Verflucht!«, schimpfte er plötzlich, als er Miriams Anzug betrachtete. »Dass ich daran nicht gedacht habe! Das hätte ich mir ja denken können!«

Es dauerte einen Moment, ehe Miriam kapiert hatte, was mit den Anzügen los war. Natürlich waren sie so programmiert, dass die Alarmfunktion dem Labor permanent anzeigte, wo sich die Kinder gerade befanden. Deshalb waren sie ständig verfolgt worden, zunächst auf der Straße, dann in der Schule. Auch im Haus von Kosinus' Onkel waren die Häscher ja sofort aufgetaucht. Dass daran niemand gedacht hatte!

»Hier unten im Bunker funktionieren die Dinger zum Glück nicht«, beruhigte der alte Mann. »Da ist die Funkverbindung gestört.«

Er überlegte einen Augenblick, sah auf das Display seines Anzuges, aber nur, um sich die Zeit anzeigen zu lassen. »Okay!«, sagte er schließlich. »Wir sollten uns zwar so schnell wie möglich zum I.C.I.E. machen, aber ich denke, der kleine Umweg lohnt sich.«

Statt nun zum Ausgang zu gehen, lief der alte Mann in dem Treppenhaus die Stufen hinunter.

»Wohin gehen Sie?«, rief Miriam ihm nach.

»Kommt mit!«, hörte sie den Onkel rufen. »Wir werden den Wachleuten mal einen kleinen Streich spielen!«

Achselzuckend folgten die Kinder dem alten Mann in seine *Nische*, wie er sie nannte: Er hatte sich den ganzen alten, leer stehenden Bunker als geheime Wohnung eingerichtet.

Jennifer hätte erwartet, dass man es sich – selbst wenn man in einem alten Atombunker wohnte – dort unten dann etwas gemütlich gemacht hätte. Doch davon konnte keine Rede sein. Schon hinter der ersten schweren Stahltür begrüßte sie das nackte Chaos. Es sah noch hundertmal schlimmer aus als das Durcheinander in der kleinen Hütte. Hunderte alter Zeitschriften lagen auf dem Boden zerstreut.

»Ich denke, es gibt keine Zeitungen mehr?«, wunderte sich Jennifer.

»Die sind ja auch von früher!«, rief ihr der alte Mann zu, ohne dass er noch zu sehen war. Zwei oder drei Räume weiter kramte er in irgendetwas herum.

Jennifer konnte über so viel Unordnung nur den Kopf schütteln.

Thomas hingegen war begeistert. Denn erstens sah es in der Garage seiner Eltern, in der er alles lagerte, was er gefunden und gesammelt hatte, nicht viel besser aus und zweitens war dies doch endlich mal wieder ein Raum, in dem man etwas finden konnte.

Sofort nahm Thomas seine typische Suchhaltung ein: gesenkter Kopf, Augen auf den Fußboden gerichtet, Körper fast regungslos.

Inmitten all der Unordnung aus Zeitschriften und Steckern, Drähten und Getränkedosen, Verpackungen und Schaltplänen, Bedienungsanleitungen und Rechnungen, Flaschen und angebissenen Energie-Riegeln, Schraubenziehern und Zangen, Lötkolben und Kabeln hockte regungslos ein kleines eimerähnliches Gerät auf Rädern, welches so aussah wie der Aufräum-Roboter im Labor.

»Funktioniert der nicht?«, fragte Ben und sah mitleidig auf den Roboter. Ben brach das Herz, wenn ein technisches Gerät defekt war, und es juckte ihn schon in den Fingern, sich den nächstbesten Schraubenzieher zu greifen und sich an dem kleinen Roboter zu schaffen zu machen.

Natürlich funktioniere ich!, blaffte der kleine Roboter Ben an. Ben schaute interessiert auf das seltsame Wesen. Für Ben waren Roboter nämlich keine Geräte, sondern Wesen. »Und warum räumst du hier nicht auf?«, fragte Ben.

»Weil mein Onkel ihm die Aufräumfunktion ausgebaut hat!«, lachte Kosinus. »Er hatte die Nase voll davon, dass das Ding ihm immer die Sachen weggeräumt hatte, die er gerade suchte. Nicht wahr, Fido?«

»Fido?«, wiederholte Ben entgeistert.

Kosinus nickte. »Statt der Aufräumfunktion hat mein Onkel ihm eine Suchfunktion eingebaut. Deshalb ist er nach einem Spürhund benannt. Mein Onkel kann nun alles liegen lassen, wo er will, Fido schaut zu, merkt sich den Standort und gibt ihn auf Wunsch preis!«

»Das funktioniert?« Ben strahlte. Was für eine tolle Idee! So etwas könnte er auch gut gebrauchen.

Kosinus wandte sich an Fido und fragte: »Wo ist deine Aufräumfunktion abgeblieben, Fido?«

Sie liegt hinter der PC-Zeitschrift Nummer 4/09 vom 4. April 2009, exakt 42 Zentimeter links vom Schreibtisch entfernt, wurde vor drei Tagen mit 0,12 Liter Flüssigkeit eines Elektrolyten-Drinks überschüttet und fängt an zu stinken.

Kosinus zeigte auf die angegebene Stelle.

Ben bückte sich, nahm die PC-Zeitschrift, die dort tatsächlich lag, beiseite und fand darunter einen kleinen, klebrigen Chip. »Genial!«, rief er begeistert aus.

Miriam lachte laut auf. »Der Kasten ist ja noch besser als du, Thomas!«

Thomas blickte nur kurz auf. Wenn er auf der Suche nach Dingen war, die man nur zu finden brauchte, ließ er sich ungern stören.

Jennifer betrachtete die Bilder an den Wänden. Es war das erste Mal in dieser Welt, dass sie überhaupt ein Bild sah. Also ein richtiges Bild. Nicht eine Abbildung auf einem elektronischen Bildschirm, die sich plötzlich bewegte. Sondern ein richtiges Bild. Eines war sogar noch in Öl gemalt. Mit einem Schlag wurde ihr der alte Mann richtig sympathisch. Nie hätte sie ihm zugetraut, dass er sich so etwas an die Wand hängen würde. Es gefiel ihr ausgesprochen gut, wenngleich sie es nicht kannte. Es musste ein Bild eines modernen Künstlers sein, einer, der erst nach 1999 dieses Bild gemalt hatte – oder eines unbekannten Künstlers. Denn natürlich kannte auch Jennifer nicht alle Bilder, die es auf der Welt gab. Aber viele berühmte waren ihr wohl bekannt. Jennifer ging dicht an das Bild heran, um zu sehen, ob es signiert war.

*Traumstadt* hieß es und war mit *K. Kehr '99* signiert. Das Bild war also in dem Jahr gemalt worden, in dem ihr Gehirn gescannt worden war. Komischer Zufall.

»Ist das viel Wert?«, rief sie dem Onkel in einen der hinteren Räume zu.

Kosinus antwortete für ihn: »Der Preis interessierte meinen Onkel nicht. Aber ihm wurde schon mal eine halbe Million Weltdollar dafür geboten. Statt es aber zu verkaufen, hat er es lieber sofort hierher in Sicherheit gebracht.«

Eine halbe Million Weltdollar! Jennifer ließ sich die Summe auf der Zunge zergehen, obwohl sie nicht wusste, wieviel das in ihrer damaligen Währung war, aber vermutlich weit mehr als eine Million D-Mark.

Chip schaufelte sich einen Sessel frei und Kosinus setzte sich auf einen Stuhl, der erstaunlicherweise gänzlich frei geblieben war.

»Wo haben Sie das Bild her?«, fragte Jennifer ohne den alten Mann zu sehen.

Fido war gerade im Begriff, auf die Frage zu antworten, als der Onkel wie ein Geist aus dem Nichts auftauchte.

»Schnauze!«, herrschte er den Roboter an, der daraufhin sofort schwieg. »Hier!«, rief er den Kindern plötzlich zu und warf etwas durch die Luft. Frank fing es auf: einen neuen Anzug.

»Umziehen!«, befahl der Onkel und verteilte die restlichen Anzüge, die er noch auf dem Arm hielt, an die Kinder.

Alle begriffen sofort, dass diese Anzüge sich der Satelliten-Peilung der Wachmannschaften entziehen würden, und schlüpften ohne zu murren hinein.

»Es sind nicht die neuesten«, entschuldigte sich der Onkel, »aber sie tun ihre Dienste.« Sie saßen ähnlich bequem wie die vorherigen und sahen sogar noch etwas besser aus.

Als endlich auch Thomas – natürlich wieder als Letzter – angezogen war, waren sie bereit zum Aufbruch.

»Dann los!«, rief der Onkel tatenfroh.

Jennifer erkannte allerdings an seiner Miene, dass er bei weitem nicht so sorglos war, wie er tat. Zum wiederholten Male fragte Jennifer sich, wieso sie das Gefühl nicht loswurde, den alten Mann sehr gut zu kennen.

Niemand sah, wie Thomas kurz vor dem Hinausgehen noch etwas aufhob und in eine seiner unsichtbaren Taschen steckte.

# Unverwundbar

Der alte Mann wirkte angespannt. Seine Hand zitterte, als er die Ausgangstür vom Treppenhaus berührte. Er war nervös. Das konnte er nicht verbergen. Jennifer ahnte, dass sie sich in erheblich größerer Gefahr befanden, als er ihnen bisher mitgeteilt hatte. Immerhin: Sie und ihre Freunde wurden weltweit gesucht. Auf sie war eine Belohnung von zwei Millionen Weltdollar ausgesetzt. Die privaten Wachdienste hetzten sie wie eine Meute und gleich sollten sie vor rund sechs Milliarden Menschen erzählen, dass sie keine echten Menschen waren, sondern lediglich künstlich geschaffene Figuren, denen man ihre eigenen, fünfzig Jahre alten Gedanken eingespeist hatte. War das nicht alles schon furchtbar genug? Was konnte noch Schlimmeres folgen?

»Also dann!«, sprach der Onkel in ernstem Ton zu ihnen. »Wie gesagt: Wir gehen zügig, aber nicht hastig. Unauffällig und normal, als wären wir bei einem Einkaufsbummel kurz vor Ladenschluss.«

»Was ist denn ein Ladenschluss?«, fragte Kosinus dazwischen.

Der Onkel winkte ab. »Das wäre jetzt zu kompliziert, dir etwas über starre und höchst alberne Gesetze zu erzählen, die es früher einmal gegeben hat, Kosinus. Du weißt auch so, was ich meine.« Mit eindringlicher Miene wandte er sich wieder an Jennifer und ihre Freunde. »Wenn irgendetwas schief geht, dann wisst ihr Bescheid!«

Jennifer nickte, ebenso wie die anderen. Der alte Mann hatte ihnen eindringlich erklärt, was sie dann zu tun hatten.

Jennifer mochte sich nicht gern an diese Ausführungen erinnern. Sie hatte sie als zu abenteuerlich empfunden und hoffte sehr nicht ausprobieren zu müssen ob alles der Wahrheit entsprach, was der Onkel ihnen erzählt hatte. Bei jedem anderen hätte Jennifer sich nur an die Stirn getippt und ihn für verrückt erklärt. Aber dann war wieder dieses Gefühl aufgetaucht, als ob sie den Alten schon fünfzig Jahre kannte und ihm blind vertrauen konnte.

Der alte Mann öffnete die Tür und einer nach dem anderen huschte flink in das Menschengewimmel, welches hier unten durchgängig herrschte. Es gab keine Rushhour mehr, keinen Berufsverkehr, weil Millionen Menschen ohnehin zu Hause arbeiteten. Und diejenigen, die noch in einem Unternehmen physisch anwesend sein mussten, machten dies zu jeder Tages- und Nachtzeit – je nachdem, wie es die Arbeitsabläufe des Unternehmens und die persönlichen Bedürfnisse des einzelnen Mitarbeiters erforderten. Schon vor Jahrzehnten hatte man die sinnlosen bürokratischen festen Arbeitszeiten aufgegeben, die nur dafür sorgten, dass morgens und abends immer alle in dieselbe Richtung unterwegs waren und stundenlang in irgendwelchen Staus standen. Die Wartezeiten, die qualifizierte Arbeitskräfte täglich damit verbrachten, dumpf im Auto zu sitzen und darauf zu hoffen, dass es einen halben Meter voranging, summierten sich am Ende eines Monats zu Millionen vergeudeter Arbeitsstunden und Milliarden verschwendeter D-Mark, nur weil einige Verantwortliche zu einfallslos waren, Arbeitsprozesse flexibler zu gestalten.

Solche Idiotie gehörte schon lange der Vergangenheit an. Allerdings gab es mittlerweile so viele Menschen in der Stadt, dass rund um die Uhr an der Erdoberfläche und unterhalb der Erde, auf den Straßen, in der Luft und in den öffentlichen Verkehrsmitteln ein reges Treiben herrschte, welches nur deshalb nicht zu einem völligen Chaos führte, weil es sich auf 24 Stunden erstrecken konnte. Rund um die Uhr waren die Menschen unterwegs um einzukaufen, obwohl man alles übers Datennetz bestellen konnte. Doch dies nutzten eigentlich nur noch die Geräte selbst, um das Notwendigste ins Haus zu bestellen. So sorgten die Kühl- und Küchenschränke selbstständig für immer frische Lebensmittel, doch die Freude am Einkaufsbummel, das Treffen mit Freunden, das Anprobieren neuer Kleidungsstücke, das Fühlen des Materials neuer Taschen und so weiter konnte das Datennetz nicht ersetzen. Ebenso wenig wie zahlreiche Sport- und Spielaktivitäten, zu denen täglich tausende Menschen pilgerten. Auch die Holo-Kinos und Theater waren gut besucht ebenso wie zahlreiche Live-Shows.

Auch das Zusammenarbeiten mit den Kollegen hatte trotz Datennetzes nicht aufgehört. Zwar waren viele Menschen bei Firmen in ganz anderen Ländern angestellt, aber warum sollte man das nur allein machen? Wer zu Hause arbeitete, lud sich oft und gern zwei, drei seiner liebsten Kollegen ein, machte es sich gemütlich und ging gemeinsam an die Arbeit für den Chef in New York, Peking oder Kapstadt. Manche fanden diese Art zu arbeiten so toll, dass sich seit zehn Jahren schon wieder erste Büros gegründet hatten, also genau das, was das Datennetz eigentlich hatte beseitigen sollen. Wie auch immer, je mehr freie und frei einteilbare Zeit die Menschen durch die Technik hatten, desto voller waren die Städte geworden.

Die Kinder auf ihren Rollsohlen rollten einzeln und zügig mit dem Strom dahin, wobei sie darauf achteten, sich nicht aus den Augen zu verlieren. Frank blieb in Thomas' Nähe, um ihn notfalls ein wenig anzuschieben. Doch Thomas hatte viel zu viel Angst, in dieser fremden Welt plötzlich allein dazustehen, so dass auch er sich ausnahmsweise mal beeilte.

Auch Ben sah hin und wieder zu Thomas hinüber, während Jennifer sich in Chips Nähe aufhielt. Kosinus fuhr als Zweiter hinter dem alten Mann und schielte hin und wieder nach hinten um sich zu vergewissern, dass alle noch da waren: Chip und Jennifer, kurz dahinter Ben, gefolgt von Frank und Thomas und auch noch ...

Miriam!

Kosinus drosselte sein Tempo, sah sich zur anderen Seite um.

Wo war Miriam?

Kosinus bremste scharf ab.

Wo, verdammt noch eins, war Miriam?

Der Alte bemerkte, dass etwas nicht stimmte, drehte sich ebenfalls um. Ein besorgter Blick traf Jennifer, die sich irritiert und suchend umblickte. Auch Ben, Frank, Thomas und Chip hatten nichts mitbekommen.

Miriam war verschwunden!

»Verflixt!«, fluchte der Alte, rollte auf Kosinus zu, gab ihm die Anweisung weiterzufahren.

Kosinus wollte ihr folgen, doch Jennifer weigerte sich sofort. Nie und nimmer würde sie Miriam zurücklassen!

Bestimmt hatte sie sich nur verlaufen. Sie war doch eben noch da gewesen!

Jennifer suchte die Schaukasten-Bildschirme ab. Vielleicht stand Miriam wieder vor so einer Wahrsagerin. Zuzutrauen wäre ihr das!

Aber so sehr Jennifer auch den Hals reckte, von Miriam war nichts zu sehen.

Jennifer war verzweifelt, stupste vor lauter Ratlosigkeit Ben an. Aber auch Ben wusste nicht, was er unternehmen sollte. In kürzester Zeit taten die Kinder das, was sie laut Anweisung des Onkels genau nicht sollten: als Traube zusammenstehen.

Verärgert schüttelte er den Kopf, ging aber dann auf die Kinder zu.

Plötzlich schrie Jennifer gellend auf.

Der alte Mann zuckte zusammen.

Jennifer sprang mit einem Satz nach vorn, fuhr erschrocken herum. Irgendjemand hatte ihr ans Bein gefasst!

»Amlex!«, rief von irgendwo eine scharfe Stimme. Neben Jennifer stand plötzlich eine alte Dame mit zerfurchtem Gesicht und weiß-violett gesprenkelter Glatze in einem Anzug, der zwar auch irgendwie transparent war, aber doch nicht zu viel sehen ließ.

»Verzeihen Sie!«, entschuldigte sich die alte Dame. »Aber ich komme mit diesen Robotern einfach nicht zurecht. Früher hatte ich einen Rauhaardackel, aber die darf man ja nicht mehr halten in der Stadt.«

Jennifer starrte die Frau an, gaffte von dort hinunter zu ihren Füßen und sah, wie ein kleiner zusammengeschraubter Blechbaukasten auf vier Beinen sein hinteres linkes Bein hob und so tat, als würde er pinkeln.

»Ist das nicht albern?«, fragte die alte Dame. »Ich wollte ihn so natürlich haben wie möglich und da haben sie ihm eine Pinkelfunktion eingebaut, obwohl dieser bellende Elektronik-Kasten selbstverständlich überhaupt nicht pinkeln kann.«

Jennifer war unfähig, auch nur ein Wort herauszubringen.

»Amlex, mach schön Platz!«, befahl die alte Dame dem Hunde-Roboter, worauf das Ding die Dame nur anschaute und eine rote Lampe auf dem linken Ohr blinken ließ.

»Sehen Sie!«, empörte sich die Frau. »Sein Befehlssystem ist auch noch englisch.« Die Frau schüttelte den Kopf. »Sit down!«, rief sie dem elektronischen Haustier zu, worauf dieser sich brav setzte, dabei allerdings ein wenig quietschte.

»Ist es nicht unglaublich?«, zeterte die Alte weiter. »Aber bei der Hotline haben die nur mit den Schultern gezuckt, als ich mich beschwerte!«

Jennifer konnte es nicht glauben. Sie war soeben von einem Hund gebissen worden, der lediglich aus Schrauben und Drähten bestand. Noch immer brachte sie kein Wort heraus.

»Was haben Sie denn?«, fragte die Dame nach. »Können Sie nicht sprechen? Stumme Menschen gibt es doch gar nicht mehr. Bei dem Stand der Medizin. Oder sind Sie auch nur künstlich?« Sie lachte hysterisch.

Natürlich nicht, wollte Jennifer gerade antworten, als ihr einfiel, dass sie genau das war: künstlich. Ein künstliches Gebilde aus irgendetwas von irgendjemandem hergestellt, genau wie die Töle vor ihr! Jennifer hätte in diesem Augenblick laut losgeheult, aber auch diese Fähigkeit hatten sie ihr genommen! Sie konnte nicht einmal mehr weinen! Es war zum Verzweifeln – sofern sie wenigstens das noch konnte. Sie wusste ja nicht einmal mehr, was sie konnte und was nicht. Sie hatten ihr Gehirn gescannt. Nur gescannt? Wer wusste schon, ob sie nicht noch mehr mit ihr angestellt hatten? Wenn sie nicht mehr weinen konnte, vielleicht hatte man ihr auch andere menschliche Fähigkeiten geraubt – und dafür andere, unmenschliche grausame Fähigkeiten verliehen, die sie gar nicht besitzen wollte. Niemand hatte sie gefragt.

Die Alte runzelte die Stirn. Allmählich dämmerte ihr, dass mit dem Mädchen vor ihr etwas nicht stimmte. Hatte sie da nicht einen internationalen Fahndungsaufruf gelesen? Wurden nicht gerade fünf Kinder gesucht?

Die alte Dame schaute sich um, sah nacheinander Ben, Frank, Thomas, Chip, Kosinus und Jennifer an. Gut, das waren sechs. Aber auch die internationalen Wachgesellschaften konnten sich ja mal irren. Hektisch griff die Alte nach ihrem Arm, wollte gerade die Alarmfunktion auslösen, als ein anderer Arm sie hart packte.

Die alte Dame schreckte auf und sah Kosinus' Onkel in die Augen, der nur einen kurzen Befehl gab: »Weg hier!« Dem Onkel war bewusst, dass die alte Frau sofort die Alarmfunktion auslösen würde, was zur Folge hatte, dass in einer Zentrale der Wachdienste unmittelbar der Tatort lokalisiert und keine zwei Minuten später hier ein Trupp von mindestens zwei bewaffneten Wachleuten aufkreuzen würde. Durch ein automatisiertes Fern-Identifikations-System würden sie innerhalb von dreißig Sekunden mitbekommen haben, dass sie es nicht nur mit einem gewöhnlichen Überfall auf eine alte Frau zu tun, sondern stattdessen fünf weltweit gesuchte Kinder entdeckt hatten.

Auch Chip und Kosinus war diese Gefahr deutlicher bewusst als den Kindern mit den Gedanken aus dem Jahre 1999. Chip riss Jennifer mit sich, der wiederum Ben sofort folgte, während Kosinus sich um Thomas kümmerte. Er vertraute darauf, dass Frank von sich aus geistesgegenwärtig genug sein würde, womit er Recht behielt.

Chip düste auf ihren Rollen los, wobei sie einige andere Passanten rüde anrempelte, worum sie sich jetzt aber nicht kümmern konnte. Jennifer hechelte hinterher, gefolgt von Frank und Kosinus, der Thomas mit sich zog.

»Wohin?«, schrie Chip.

»Nach oben!«, brüllte Kosinus' Onkel. »Nach oben!«

Ben schaute verwirrt zu Chip und Kosinus.

Chip jedenfalls drehte sich postwendend um und raste los. Jennifer und Ben kamen kaum hinterher. Kosinus und Frank nahmen Thomas in die Mitte und folgten den anderen. Thomas pustete erschöpft, ließ sich von den anderen aber bereitwillig mitziehen. Er hätte nicht gedacht, dass das Leben in der Zukunft körperlich so anstrengend sein würde.

Sie erreichten eine Kreuzung, von der wieder in alle Richtungen Wege abgingen, also auch nach oben und unten. Außerdem gab es einige Fahrstühle, doch das erschien Chip zu gefährlich. Zu leicht war so ein Fahrstuhl außer Gefecht zu setzen und sie saßen fest wie ein Roboter ohne Akku.

Chip entschied sich also für den Aufgang.

Erstaunlicherweise konnte man mit den Roll-Teppichen unter den Füßen auch bergauf fahren. Zwar nicht so schnell, aber dafür bequem. Bedauerlicherweise kam es jetzt auf Schnelligkeit an. Denn wie der Onkel vermutet hatte, saßen ihnen die ersten Wachmänner schon im Nacken.

Mit gezückten Laserwaffen rannten sie ihnen hinterher. Kosinus' Onkel beeilte sich den Kindern nachzukommen. Es gelang ihm nur schwerlich. Gegen die gut durchtrainierten Wachleute würde er keine Chance haben.

Plötzlich blieb Frank stehen.

»Weiter!«, herrschte der alte Mann ihn an. »Lauf weiter!« brüllte ihm auch Kosinus zu, der gar nicht verstand, weshalb Frank plötzlich stehen geblieben war.

Frank schwieg, stellte sich breitbeinig in den Weg und hielt die Hände in die Hüften gestützt.

»Bist du wahnsinnig, Mann?«, schrie der Onkel ihn an. »Weiter!«

Ben war ebenfalls stehen geblieben, um nach seinem Freund zu sehen. Was um alles in der Welt hatte er vor?

»Lauft ihr schon vor!«, sagte Frank nur knapp.

»Ist der verrückt?«, fragte Chip aufgebracht. »Will der die etwa allein aufhalten? Die Typen sind bewaffnet und haben Schuss-Erlaubnis. Hält der sich für Devil Gamma oder was?«

Ben hatte keine Ahnung, wer Devil Gamma war. Vermutlich ein Held aus einem der neueren Holografie-Spiele. Irgend so ein unverwundbarer Knochen, der ...

*Das war es!*

Ben schlug sich mit der Hand vor die Stirn.

*Unverwundbar!*

Frank war schon einmal von einer Waffe getroffen worden und sie hatte ihn nicht getötet, weil er kein simpler Mensch war, sondern ein künstlich geschaffenes Geschöpf. Frank war in gewisser Weise unverwundbar!

»Ja!«, rief Ben Chip zu. »Er ist Devil Gamma!«

Chip sah ihn an, als ob jetzt alle um sie herum übergeschnappt wären.

Ben aber lief auf Frank zu, stellte sich neben ihn und flüsterte ihm zu: »Die hauen wir weg!«

Frank nickte und grinste. Beide hatten dieselbe Idee gehabt, nämlich dass die Wachleute nichts davon wussten, wer sie wirklich waren. Dafür waren die ganzen Experimente ja viel zu geheim gewesen. Es ging den Auftraggebern der Verfolger ja gerade darum, alles zu vertuschen. Also wussten die einfachen Wachleute mit Sicherheit nur, dass sie entlaufene Kinder einfangen sollten, aber nicht, woraus diese gemacht waren.

Der Onkel war noch gut zwanzig Meter von Frank und Ben entfernt und völlig außer Atem. Er ahnte, was die beiden Jungs vorhatten. »Es ist trotzdem gefährlich!«, rief er ihnen noch zu.

Die Warnung kam zu spät. Die Wachleute hatten die beiden Jungs erreicht. Sie richteten ihre Laserwaffen auf sie und befahlen sich nicht zu bewegen.

»Und wenn ich es doch tue?«, fragte Frank unbeeindruckt.

»Das würde ich dir nicht raten!«, warnte der Wachmann ihn, blickte aber aus den Augenwinkeln unsicher zu seinem Kollegen hinüber, der sich langsam, Schritt für Schritt, auf die beiden zubewegte.

Ben hörte einen Schrei von hinten.

Es war Jennifers Stimme gewesen. Sie hatte offenbar noch nicht daran gedacht, dass sie nicht aus Fleisch und Blut waren. Um es ihr verschlüsselt mitzuteilen, rief Ben ihr zu: »Keine Angst, Jenny. Du weißt doch, wir sind unverwundbar. Wie Devil Gamma.«

»Hör auf mit den Sprüchen. Du bist hier nicht im

Holo-Spiel, Kleiner!«, sagte der Wachmann bitter, der nun schon auf einen Meter an die Jungs herangetreten war.

»Die haben doch 'nen Knall!«, zischte Chip und schüttelte verständnislos den Kopf.

Jennifer aber hatte den Hinweis kapiert und rannte zu Frank und Ben.

Der erste Wachmann schaute sie verstört an. »Stehen bleiben!«, rief er unsicher, wobei er abwechselnd seine Waffe auf Frank und Ben und dann wieder auf Jennifer hielt.

Jennifer dachte gar nicht daran stehen zu bleiben. Sie lief weiter direkt auf den Wachmann zu, der sie noch einmal ermahnte sich nicht weiter fortzubewegen. Als er seine Waffe wieder in Jennifers Richtung hielt, nutzte Frank die Gelegenheit. Blitzartig trat er zu, traf den Wachmann am Handgelenk, der daraufhin seine Waffe erschreckt fallen ließ, Ben bückte sich danach, der zweite Wachmann zielte auf Ben, Jennifer sah, was er vorhatte, stürzte auf Ben los, warf ihren Freund um, der Wachmann drückte ab und traf Jennifer am Oberarm.

Sie wusste nicht, welche Kraft es bewirkte, aber Jennifer wurde nach hinten geschleudert. Allerdings spürte sie keinen Schmerz.

Ben sprang sofort auf den Wachmann los, der das zweite Mal feuerte, Ben am Bauch traf, worauf auch Ben schreiend zu Boden ging.

»Keine Bewegung!«, schrie er aufgebracht.

Doch in dem Augenblick erhob sich Jennifer, sah

nach, wieweit sie verletzt war, und stellte fest, dass ihr linker Arm halb weggeschmort war. Er hing nur noch an einem seidenen Faden. Und das war durchaus wörtlich zu nehmen. Nicht eine einzige Ader führte durch Jennifers Arm, sondern irgendetwas, was tatsächlich wohl am ehesten mit seidenen Fäden umschrieben werden konnte: künstliche Nervenbahnen, die zwar berührungsempfindlich waren, aber keinen Schmerz kannten.

»Sieh dir das an«, brüllte Jennifer den Wachmann an. »Weißt du eigentlich, was so eine Reparatur kostet?«

Jennifer zitterte innerlich. Sie selbst konnte den furchtbaren Anblick ihres halb zerfetzten, künstlichen Armes kaum ertragen. Obwohl sie darauf vorbereitet war, nicht aus Fleisch und Blut zu bestehen, so schockte sie dieser unwiderlegbare Beweis, kein richtiger Mensch zu sein, doch gewaltig.

Im Moment aber kam es darauf an, die Wachleute zu überrumpeln. Jennifer biss also die Zähne zusammen, um den Verfolgern gegenüber so unbeeindruckt wie möglich zu wirken. Ihre Taktik funktionierte.

Völlig entgeistert stand der Wachmann da, starrte auf Jennifers Arm, glotzte ihr ins Gesicht und dann wieder auf den Arm. Das, was er da vor sich sah, konnte es gar nicht geben. Niemand stand wieder auf, nachdem er von der Laserkanone getroffen worden war. Sie war auf stärkste Betäubungsstufe gestellt. Und dass der halbe Arm davon abfiel, das gab es schon dreimal nicht. Und dass dieser Arm dann auch noch nicht einmal blutete, sondern wie bei einem Roboter einfach nur an einigen Fäden baumelte, das funktionierte vielleicht bei Metallhunden, denen man schon von weitem ansah, dass sie Roboter waren, aber doch nicht bei Menschen!

Erst jetzt begannen auch einige Passanten sich für das Geschehen zu interessieren. Neugierig blieben die ersten stehen und beobachteten, wie ein etwa dreizehn Jahre altes Mädchen mit halb abgerissenem Arm auf einen Wachmann loslief, der immer weißer wurde, und einen wohl gleichaltrigen Jungen, der sich plötzlich erhob, ein richtiges Loch im Bauch hatte und den zweiten Wachmann anpöbelte, während noch ein Junge gleichen Alters dem ersten Wachmann einfach in den Schritt trat und dem zweiten anschließend eine Kopfnuss verpasste, dass der gleich einen Rückwärts-Salto machte.

Durch die kommunikationsfähigen Anzüge, die alle Menschen trugen, war es üblich, dass Wachleute innerhalb von wenigen Minuten am Tatort waren. Noch schneller als diese privat organisierte Polizei aber waren mittlerweile die großen Medienkonzerne ausgerüstet. Es gab keine Katastrophe, keinen Mordfall, keinen Selbstmörder und keine wilde Laserschießerei auf offener Straße, bei der die Medien nicht eher als die Wachleute vor Ort gewesen wären. Auch dies lag an den speziellen Anzügen. Denn natürlich konnte man mit den Anzügen nicht nur die Zentrale der Wachdienste alarmieren, sondern jedem beliebigen Empfänger ein Signal senden.

Und genau diese Möglichkeit hatten sich die großen Medienkonzerne zu Nutze gemacht. Die ersten drei Passanten, die bei einem besonderen Ereignis den Medienkonzern alarmierten, bekamen jeweils 500 Weltdollar auf ihr Konto überwiesen. Mit solchen Angeboten konnten die Sicherheits- und Wachdienste natürlich nicht konkurrieren. Und so war es kein Wunder, dass bei einem Verbrechen zunächst einmal Kamerateams am Tatort waren und erst dann Wachmänner.

So war es auch in diesem Moment. Der Kampf zwischen den Kindern und den Wachmännern war einfach zu spektakulär, so dass längst eine Reihe von Reportern vor Ort waren. Auch wenn das auf den ersten Blick nicht zu erkennen war. Schon lange gab es keine Kameramänner mehr, die schwere Geräte auf ihren Schultern durch die Gegend schleppten, keine Hilfskräfte, die Stative, Lampen und Akkus hinterhertragen und dann auch noch den Ton aussteuern mussten. Es gab nur den Reporter, der ein Miniatur-Mikro an der Wange heften und sich eine kaum sichtbare digitale Kamera hinters Ohr geklemmt hatte.

Dass überhaupt Medienleute anwesend waren, merkten die Kinder erst, als sich die ersten an Ben heranmachten, noch während Frank prüfte, ob die beiden Wachleute außer Gefecht gesetzt waren.

Eine groß gewachsene Frau, die mal wieder so schön war, dass Jennifer sich fragte, ob sie nicht auch künstlich hergestellt worden war, schoss auf Jennifer zu und fragte: »Hey, Girl. Spacig, dein Arm. Wie hast du das denn gemacht?«

Dabei lächelte sie unaufhörlich, als hätte Jennifer soeben den Hauptpreis in einer Lotterie gezogen.

Jennifer bekam gar nicht richtig mit, was da geschah. Sie schaute zitternd auf die Wachleute und war immer noch angestrengt damit beschäftigt, angesichts ihres furchtbar unnatürlichen Arms nicht an Ort und Stelle durchzudrehen. »Bitte«, sagte sie leise, »lassen Sie mich in Ruhe!«

»Hey, hey!«, sülzte die Reporterin. »3,4 Milliarden Menschen wollen schließlich wissen, was hier los war, Girl. Come on. Tell us, Babe. Erzähl uns die ganze Story. Come on!«

»Verzieh dich, du Schramme! Sonst knallt's!«, herrschte eine Stimme die Reporterin an, die sich daraufhin kurz umdrehte und Frank direkt in die Augen sah.

»Ach ja?«, konterte die Reporterin.

»Moment!«, ging da Kosinus' Onkel dazwischen. Auch er hatte sich die Bekanntgabe des Experiments in den Medien einfacher und sicherer vorgestellt als hier mitten auf der Straße. Aber nun war es schon mal so weit gekommen, da konnten sie die anwesenden Medien ebenso gut nutzen.

»Wir haben Ihnen einiges zu erzählen, aber nicht hier!«, sagte er der Reporterin. »Kommen Sie mit, aber schnell!«

# Wer ist wer?

Natürlich war es eine Illusion gewesen, mit nur einer einzigen Reporterin mal eben um die Ecke verschwinden zu können. Nachdem alle den Kampf zwischen den Kindern und den Wächtern beobachtet hatten, waren Kosinus' Onkel und die Kinder von einer ganzen Traube von Reportern umgeben. Oder auch nicht. Das Problem war, dass man nicht unterscheiden konnte, wer wirklich Reporter war und wer nur so tat und aus reiner Sensationslust einfach nur dabei sein wollte. Mehr noch als die Schaulustigen, die sich mit Sicherheit innerhalb der Traube befanden, waren jene ein Problem, die sich nur als Reporter ausgaben, in Wahrheit aber zu einer der Wachmannschaften gehörten, die die Kinder fangen wollten.

Der Onkel war sich sicher, dass sich in der Menschenmenge, die ihm folgte, auch solche widerlichen Elemente befanden, die sich in den letzten Jahren immer mehr wie eine neue Seuche in der Gesellschaft ausgebreitet hatten: Kopfgeldjäger. So hätte man sie früher genannt. Heute hießen sie CC, Criminal Casher[1].

Mittlerweile gab es jedenfalls durch die vielen holografischen Shows, in denen die Bevölkerung von den

---

[1] Zusammengesetzt aus to *catch* = fangen / *catcher* = Fänger (im Dt. auch Ringer) und *to cash in on sth.* = profitieren, aus etwas Kapital schlagen

privaten Wachmannschaften um Mithilfe gebeten wurde, derart viele Kriminelle, auf die schon eine Belohnung ausgesetzt war, dass einige einfach das Metier gewechselt hatten. Statt selber zu rauben, zu erpressen oder zu morden, fingen sie nun lieber ihre früheren Komplizen und machten damit mehr Geld als beim ausgeklügeltsten Banküberfall; zumal es Bargeld ja ohnehin nicht mehr gab. Da wiederum die Anzahl der CCs so ins Unermessliche gestiegen war, fand man unter ihnen viele, die ohne Chance waren, an die wirklich lukrativen Fälle heranzukommen. Eine ganze Armee von CCs pilgerte inzwischen durch die Straßen, in der Hoffnung, wenigstens einen Kleinkriminellen zur Strecke zu bringen. Selbstverständlich gingen sie dabei weder zimperlich mit den Opfern um noch erwischten sie immer den Richtigen. Mehr und mehr wurden unschuldige Bürger Opfer von brutalen Übergriffen im Namen von Recht und Ordnung, so dass viele CCs selbst schon wieder als Kriminelle gesucht wurden und damit – der Kreis schloss sich – zum Opfer neuer CCs wurden. Von den mehr als hundert Personen, die Kosinus' Onkel, den Kindern und der vermeintlichen Reporterin folgten, befanden sich – vorsichtig geschätzt – mindestens fünfundzwanzig solcher CCs, vermutete der Onkel.

Mit Unbehagen überlegte er, wie er sich entscheiden sollte.

»Von welchem Unternehmen kommen Sie?«, fragte er die außerordentlich schöne Reporterin.

»I.C.I.E«, strahlte sie den alten Mann an, der daraufhin nickte. Das war jenes Unternehmen, dessen deutsche Sektion von seinem Halbbruder geleitet wurde.

»Okay!«, entschied er. »Exklusiv, wenn Sie organisieren, dass wir hier fortkommen!«

Die Reporterin strahlte; was allerdings nichts darüber aussagte, ob sie sich in Wahrheit freute. Denn sie hatte schon die ganze Zeit gestrahlt wie ein leckgeschlagenes Atomkraftwerk. Das fand jedenfalls Jennifer. Skeptisch betrachtete sie diese Fleisch gewordene Barbie-Puppe. Wenn die überhaupt aus Fleisch war!

Die Reporterin sprach nur zwei, drei Worte in ihren Ärmel, bevor sie sich wieder an den Onkel wandte. »In zwei Minuten ist ein Speedy hier.«

*Speedy*, so erläuterte Kosinus rasch den Kindern, war ein wendiger, ungeheuer schneller, flugfähiger Kleinbus. Jeder Medienkonzern verfügte ungefähr über fünfzig solcher Gefährte, alle mit Fluglizenz ausgestattet, versteht sich.

Alle Wachmannschaften dieser Stadt zusammengenommen besaßen – nur zum Vergleich – fünfzehn.

»Hier?« Der Onkel drehte sich fragend um. Sie befanden sich ja immer noch in einem der unzähligen unterirdischen Gänge, umringt von mehr als hundert Leuten, die sie bedrängten, fragten, schnatterten, auf sie einredeten, filmten, telefonierten, schrien, fluchten, pöbelten. »Was heißt hier?«

»No panic!«, strahlte die Reporterin. »Wir machen so etwas ja nicht zum ersten Mal! Sie müssen nur hier kurz unterschreiben.«

Der Onkel wusste, dass es sich um den Exklusiv-Vertrag handelte. Er drückte seinen Daumen auf das elektronische Display im Ärmel der Reporterin.

In Sekundenschnelle wurde sein Fingerabdruck in einer zentralen Datenbank analysiert, seine wichtigsten persönlichen Daten gecheckt, der Vertrag per E-Mail an ein Anwaltsbüro geschickt, dort digital gespeichert, gesichert, verwahrt und gleichzeitig mit angegliedertem Brief als Kopie an alle Medienunternehmen der Welt geschickt. Es dauerte insgesamt exakt 1 Minute und 12 Sekunden, bis alle Bescheid wussten: Das I.C.I.E besaß die Exklusivrechte für ein Interview mit Kosinus' Onkel und fünf weltweit gesuchten Kindern, gesendet wurde es live, Sendebeginn in exakt fünfzehn Minuten und 25 Sekunden, angegliedert waren für einen Minutenpreis von 3,4 Millionen Weltdollar die vier größten Medienkonzerne der Welt. Gesendet wurde zeitgleich über alle Kanäle. Damit durften alle anderen Reporter sich verziehen; wer dem zuwiderhandelte, hatte mit einer Konventionalstrafe von rund einer halben Milliarde Weltdollar zu rechnen. Ungefähr in dieser Höhe war auch der Preis für eine Minute Werbung während des Interviews anzusetzen.

Aus einem Tunnel kam plötzlich eine Elektro-Limousine angeschossen wie eine zu groß geratene Silvester-Rakete, ein Roboter mit Chauffeur-Mütze verbeugte sich und bat die Kinder einzusteigen.

Kosinus' Onkel war froh, damit nicht nur den anderen Reportern, sondern vor allem zunächst einmal den CCs entkommen zu sein. Jennifer allerdings fühlte immer noch ein unbehagliches Grummeln in der Magengegend. Ben konnte das Gefühl nicht teilen. Vielleicht hätte er auch dieses Grummeln gespürt. Aber er besaß zur Zeit keinen Magen mehr, sondern dort nur ein großes Loch im Bauch.

Kosinus kratzte sich die Glatze. Er konnte sich nicht erinnern, dass sein Vater die neuen Autos erwähnt hätte. Vermutlich hatte er zu viel zu tun gehabt. Sicher war: Solche Elektro-Limousinen hatte es bei I.C.I.E vorher noch nicht gegeben.

Nachdenklich schaute er sich um. Sein Blick war Jennifer nicht entgangen. Leider gab es keine Möglichkeit mehr, ihn zu fragen. Denn inzwischen hatte neben Kosinus' Onkel auch die Reporterin in der Limousine Platz genommen.

Die Türen schlossen sich, die Limousine brauste davon, wofür keineswegs der Chauffeur zuständig war, sondern die Limousine selbst. Der Chauffeur servierte indessen erfrischende Getränke. Ben lehnte ab. Er wusste ja inzwischen, dass er keine Getränke benötigte. Und bei dem gegenwärtigen Zustand seines Magens war er sich auch unsicher, wohin die ganze Flüssigkeit eigentlich geflossen wäre, wenn er sie denn getrunken hätte.

Nach wenigen Minuten waren sie bereits an der Oberfläche angekommen, wo tatsächlich schon ein Speedy abflugbereit wartete.

»Doch noch in den Speedy?«, wunderte sich Kosinus' Onkel. »So weit ist das Studio doch gar nicht entfernt?« Er hatte angenommen, die Limousine würde sie direkt zum Medien-Studio fahren.

Die Reporterin winkte ab. »Das Studio ist gerade im Umbau. Wir müssen auf ein anderes ausweichen.«

Der Onkel nahm die Antwort so hin, obwohl sie ihm doch eigenartig vorkam. Auch hier in der Nähe besaß der Medienkonzern ja nicht nur ein Aufnahme-Studio.

Auch Kosinus biss sich nachdenklich auf die Lippe. Neue Firmenwagen? Studio im Umbau? Von all diesen Dingen hatte sein Vater kein Wort erwähnt. Im Gegenteil. Soweit Kosinus sich erinnern konnte, führte sein Vater gerade einen erbitterten Kampf mit der Zentrale in Peking, mehr Geld für Umbauten und Neuanschaffungen zu bekommen. War er plötzlich erfolgreich mit seinen Bemühungen gewesen? Jennifer ließ die Reporterin keine Sekunde aus den Augen. Etwas in ihrem Inneren sagte ihr, dass der Reporterin nicht zu trauen war. Wenn ihr bloß einfallen würde, wieso. Jennifer rieb sich mit Daumen und Zeigefinger der Hand des heilen Armes die Augen. Überhaupt war ihr so komisch zu Mute. Sie spürte keine Übelkeit und doch geschah mit ihr und in ihr etwas Außergewöhnliches. Als ob – sie überlegte, wie sie es beschreiben könnte – als ob einige ihrer Erinnerungen ausflippten und Purzelbaum schlugen. Neben ihrer Konzentration auf die Reporterin und ihren Überlegungen, was mit der wohl los sein könnte, mischten sich ständig eigenartige, ganz und gar komische, ja, nahezu unsinnige Gedanken ein. Obwohl Gedanken schon fast zu viel gesagt war, eher waren es Bruchstücke von Gedanken, Fetzen, wirr durcheinander gewirbelte Puzzleteile. Sie sah im Geiste für einen kurzen Moment eine Sportarena, die sie nicht kannte. Auch Ben tauchte in den Gedanken auf. Erlebnisse mit ihm, die es nie gegeben hatte. Und dann waren die gedanklichen Kurzschlüsse wieder verschwunden. Jennifer konnte sich wieder auf ihre eigentlichen Fragen konzentrieren.

Der Speedy hob ab, surrte ruhig, aber schnell, in ungefähr 150 Meter Höhe über die Staus und die zuckenden, holografischen Lichtreklamen hinweg durch den gelben Himmel und landete schließlich außerhalb der Stadt auf einem schlichten, unscheinbaren Gebäude.

»Wo sind wir?«, rief Kosinus. »Das ist doch kein Studio von I.C.I.E.!«

Die Reporterin lachte. »Aber natürlich nicht!«

Kosinus' Onkel sprang auf und stieß sich den Kopf an der Decke des kleinen Busses. Fluchend zuckte er zusammen, hielt sich den Kopf und fragte erzürnt: »Was soll das? Wo haben Sie uns hingebracht? Sie sind doch kein CC!«

»Nein!«, bestätigte ihm die Reporterin strahlend, stieg aus dem Speedy aus, half den Nachfolgenden bereitwillig beim Ausstieg, ging dann voran und öffnete eine Tür, hinter der eine Treppe vom Dach hinunter ins Innere des Gebäudes führte. Sie ging vor. Die anderen folgten bereitwillig, weil sie allein auf dem Dach ohnehin nicht weitergewusst hätten.

»Ich bin die Abteilungsleiterin für Sonderaufgaben der Security-Firma Last Minute Rescue«, stellte sich die Reporterin vor, während sie die Treppe hinabstieg bis zur nächsten Plattform. »Ich handle im Auftrag des staatlichen Forschungsinstituts SFF, Science for Future.«

Der Onkel stöhnte laut: »Das darf doch nicht wahr sein!«

»Was denn?«, entfuhr es Ben aufgebracht. »Was darf nicht wahr sein?«

Der Onkel seufzte tief. »Ihr wurdet nicht von einem einzelnen, skrupellosen Wissenschaftler geschaffen, wie ich vermutet hatte, sondern von niemand Geringerem als dem zentralen staatlichen Forschungsinstitut. Mit anderen Worten: Trotz gesetzlichen Verbots experimentiert der Staat munter weiter mit menschlichen Gehirninhalten und künstlichen Körpern!«, erklärte der Onkel den Kindern.

Zum ersten Mal hörte die falsche Reporterin auf zu grinsen. Sie öffnete wieder eine Tür, hinter der sie Professorin Pi freundlich begrüßte.

»Scheiße!«, entfuhr es Ben. Sie waren in eine Falle getappt und wieder dort, von wo sie geflohen waren: im Labor!

»Sie wissen selbst, wie knapp damals die Entscheidung für das Verbot des Brain-scannings ausgefallen ist«, setzte die Reporterin fort. »Sollen Millionen Weltdollar Investition brachliegen, bloß weil ein paar feige Politiker Angst um ihre Wählerstimmen haben?«

Jennifer ging auf die Wachmeisterin zu, hielt ihr den halb abgerissenen Arm entgegen: »Finden Sie das normal?«, herrschte sie die Frau an, die erschrocken zurückwich.

Sie räusperte sich verlegen. Sie stand voll hinter der Forschung mit dem Brain-scanning. Aber so direkt mit einem Opfer dieser Forschung konfrontiert zu werden,

207

darauf war sie nicht vorbereitet. »Es...«, antwortete sie zögerlich. »...lässt sich reparieren.«

Jennifer war außer sich vor Wut. »So?«, schrie sie die Wachtmeisterin an. »Und dass ich meine Eltern nie wieder sehe, meine Großeltern, meine ganze Verwandtschaft, viele meiner Freunde, meine Nachbarn, mein ganzes Leben verschwunden ist, weil ihr mich vor fünfzig Jahren aus meinem Leben einfach herausgeraubt habt ohne mich zu fragen; das lässt sich auch reparieren?«

Die Wachtmeisterin hob abwehrend die Hände. »Was vor fünfzig Jahren passiert ist, dafür können wir nichts!«, verteidigte sie sich.

Jennifer schnaubte. Ihr fehlten die Worte, um ihre Empörung angemessen ausdrücken zu können.

Die Wachtmeisterin gewann ihr Strahlen allmählich zurück. »Seht ihr denn nicht, dass ihr der Forschung dient«, begann sie auf die Kinder einzureden. »Stellt euch vor, ihr werdet durch einen Autounfall zum Krüppel. Kein Problem: Wir scannen das Gehirn in einen gesunden Körper und fertig.« Sie sah den Kindern in die Augen, als ob diese sofort begeistert sein müssten von solchen Aussichten. »Krebsgeschwüre, AIDS, alle tödlichen Krankheiten, Amputationen, Behinderungen, alles kein Problem mehr!«, schwärmte die Wachtmeisterin. »Scannen und fertig.«

Frank grübelte. Hörte sich doch gar nicht so schlecht an, dachte er. Nur sehr unbestimmt überkam ihm ein unbehagliches Gefühl, dessen Grund er aber nicht recht beschreiben konnte.

»Aber das bin doch nicht mehr ich!«, schrie da Jennifer die Wachtmeisterin an. »Ich will nicht in einem künstlichen Körper leben!«

»Weshalb denn nicht?« Die Wachtmeisterin konnte offenbar wirklich nicht verstehen, was Jennifer meinte. Je mehr Jennifer sie betrachtete, desto sicherer war sie, dass auch die Wachtmeisterin kein echter natürlicher Mensch war, sondern sich ihr Gehirn in diesen makellosen, jungen Körper hatte kopieren lassen. Jede ihrer Bewegungen ließ erkennen, wie stolz und zufrieden sie mit ihrem Model-Körper war.

»Wie alt sind Sie?«, fragte Jennifer sie plötzlich ganz direkt.

Die Wachtmeisterin lachte. »Was schätzt du denn, meine Liebe?«

Jennifer schätzte ihr Alter auf höchstens fünfundzwanzig Jahre.

Die Wachtmeisterin jubelte. »Siehst du! Ich weiß gar nicht, was du gegen das Brain-scanning einzuwenden hast. In Wahrheit bin ich zweiundfünfzig!«

»In Wahrheit?«, setzte der Onkel nach. »Welche Wahrheit? Selbst Ihr Alter von fünfundzwanzig ist eine willkürlich festgelegte Zahl. Man hat einen Körper geschaffen, behauptet, es sei der Körper einer Fünfundzwanzigjährigen und seitdem behaupten Sie, Sie seien so alt. Dabei sind Sie, was Ihr Erinnerungsvermögen angeht, zweiundfünfzig, nach dem Datum, an dem Sie geschaffen wurden aber vielleicht erst zwei oder drei Jahre alt.«

»Vier!«, korrigierte die Wachtmeisterin. »Na und?«

Jennifer konnte es nicht fassen, dass der Frau so wenig an einer eigenen Identität lag. »Aber Sie haben ein künstliches Gehirn!«, wandte sie ein. »Genau wie ich! Ich kann nicht mal mehr weinen!«

Die Wachtmeisterin sah sie verständnislos an. »Ich habe in meinem Leben genug geweint!«, bekannte sie, und erzählte, dass sie als junges Mädchen dick und nach allgemeiner Anschauung recht hässlich gewesen war. »Kannst du dir vorstellen, was das für eine Jugend war?«, herrschte sie Jennifer an. »Die anderen sind tanzen gegangen, ich habe zu Hause gesessen und geheult, weil mich niemand dabeihaben wollte.«

Jennifer öffnete den Mund, kam aber nicht dazu, etwas einzuwenden.

»Ich weiß, ich weiß...«, plapperte die Wachtmeisterin weiter. »Die inneren Werte. Es kommt nicht nur aufs Aussehen an. Ha! Die dummen Sprüche der Gutaussehenden. Ich kenne sie alle. Was nützen denn deine inneren Werte, wenn du sie niemandem zeigen kannst, weil du aufgrund deiner Hässlichkeit von allen gemieden wirst?«

Die Wachtmeisterin berichtete weiter, dass sie dann – nach achtundvierzig Jahren Einsamkeit – ihre große Chance bekommen hatte. Wenn sie als Security-Verantwortliche das illegale Experiment des Brain-scannings bewachen würde, würde sie als Erste gratis einen neuen künstlichen Körper bekommen. Sie ging sofort darauf ein.

»Seit vier Jahren nun bin ich begehrt wie nie zuvor.

Täglich erhalte ich zwanzig Einladungen junger schöner Männer. Beruflich habe ich Erfolg. Bis hin zu diesem Herrn hier.« Amüsiert zeigte sie auf Kosinus' Onkel. »Hunderte Reporter haben euch umlagert. Und warum ist er ausgerechnet auf mich hereingefallen? Weil er der schönsten Frau aus der Reporter-Traube vertraut hat.«

Die Wachtmeisterin lachte bitter.

Der Onkel wandte verlegen den Kopf ab.

»Mein ganzes Leben hat sich verändert, bloß weil ich plötzlich jung und schön bin!«, gestand die Wachtmeisterin.

Jennifer schüttelte verächtlich den Kopf. »Bis alle so schön sind«, wandte sie ein.

Die Wachtmeisterin verstand diesen Einwand nicht.

»Sie meint«, mischte sich nun auch Chip ein, »dass Ihre Forschung dazu führen wird, dass es bald überhaupt keine Unterschiede mehr zwischen den Menschen geben wird. Alle werden dann aussehen wie fünfundzwanzig und schön sein. Und dann sind Sie wieder nur eine von vielen, der es nicht gelingt, aufgrund anderer Fähigkeiten sich Respekt und Anerkennung zu verschaffen. Sie sind ein künstliches Spielzeug, an dem die vielen jungen Männer bald ihr Interesse verlieren.«

»Unsinn!«, fuhr die Wachtmeisterin barsch dazwischen. Mehr wusste sie aber nicht zu sagen.

»Kein Unsinn!«, machte Jennifer weiter. »Ich zum Beispiel spüre keinen Schmerz mehr. Und ich habe noch nicht herausbekommen, welche Gefühle mir noch fehlen und welche Fähigkeiten ich neu hinzubekommen habe. Jedenfalls bin ich kein Mensch mehr!«

»Wann jemand ein Mensch ist, ist eine reine Definitionsfrage. Du denkst wie Jennifer, also bist du es auch!«, konterte die Wachmeisterin brüsk. »Wo ist da das Problem?«

»Dass wir nicht gefragt wurden!«, fauchte Ben dazwischen. »Wir wollen zurück ins Jahr 1999, wo wir hingehören, und nicht Teil eines Experiments im Jahre 2049 werden. Ich will zurück in die Garage meiner Eltern, zu meiner Sammlung, zu meinen Sachen!«

Jennifer, Frank und Thomas starrten Ben an.

»Wie bitte?«, fragte Jennifer. »Was für eine Garage?«

Ben sah sie seltsam an. Was war das für eine Frage? Jennifer kannte doch die Garage. Alle in der Schule hatten schon von der Garage gehört, in der er alle möglichen Dinge sammelte, die er gefunden hatte. Und Jennifer zählte zu den Auserwählten, die auch schon mal einen Blick hatten hineinwerfen dürfen, weil sie so gut mit Ben befreundet war.

»Und stattdessen hänge ich hier in der blöden Zukunft herum und muss mir Leute anschauen, die so aussehen wie ich.« Ben zeigte auf Thomas.

»Moment mal!«, unterbrach Jennifer. »Was meinst du denn, wer du bist?«

»Na, Thomas natürlich!«, antwortete Ben verblüfft. »Wer denn sonst?«

Kosinus und Chip schauten Ben besorgt an.

Der Onkel zog sorgenvoll seine Stirn kraus. »Verdammt!«, fluchte er leise vor sich hin, als wüsste er, was gerade passiert war.

»Ich glaube es einfach nicht!«, rief Thomas aus. »Ben glaubt Thomas zu sein! Aber mich erkennst du doch wohl noch: Frank! Dein bester Freund!«

»Was soll denn das?«, schrie Jennifer verzweifelt! »Du bist doch nicht Frank!«

»Allerdings nicht«, stimmte Frank zu. »Irgendwie sind alle durchgedreht. »Als ob man die Daten zwischen ihren Köpfen ausgetauscht hätte.«

Jennifer fuhr herum. Sie ahnte, dass Frank sich nicht für Frank hielt. »Du redest wie Ben!«, sprach sie ihn an und bekam zur Antwort: »Wie soll ich denn sonst reden? Ich bin ja auch Ben!«

Jennifer schlug die Hände vors Gesicht. Sie konnte es nicht glauben. Frank hielt sich für Ben, Ben für Thomas und Thomas glaubte, Frank zu sein. Was war denn nur geschehen? Hilfe suchend blickte sie den Onkel an, der ihr still zunickte.

»Stimmt etwas nicht?«, fragte die Wachtmeisterin unsicher nach. Da sie die Identitäten der einzelnen Kinder nicht kannte, war ihr das Desaster, welches sich vor ihren Augen gerade abspielte, nicht bewusst.

Der Onkel blickte sie scharf an. »Wissen Sie, was eine IFF ist?«

»Eine irreparable Fehlfunktion!«, antwortete die Wachtmeisterin prompt. »Sie meinen ...«

Der Onkel nickte. »Durch irgendeinen Impuls ist dasselbe passiert, was beim Kopieren des Gehirnhalts auf seine Datenträger schon einmal gemacht wurde: Der

▼ gesamte Gehirninhalt hat den Datenträger gewechselt. Deshalb glaubt der Körper von Ben nun, Thomas zu sein, der Körper von Frank fühlt und denkt wie Ben und der von Thomas hält sich für Frank.«

»Na, na!«, mischte sich nun endlich wieder die Professorin ein. »Das ist doch noch keine IFF. Das kriegen wir schon wieder hin!«

»Nein!«, brüllte Jennifer ängstlich. »Ich will das nicht! Nicht noch ein Experiment. Lieber sterbe ich!«

Der Onkel sah sie an. Er wusste, dass Jennifer dies nur im Affekt gesagt hatte, aber er fragte sich, ob das nicht wirklich eine sinnvolle Alternative war.

# Miriam

Als die Kinder und der Onkel den alten Bunker verlassen hatten, zwackte Miriam etwas an der Fußsohle. Vor ihr rollte schon der Onkel vorneweg, gefolgt von Kosinus und Chip, die in der Nähe von Jennifer fuhr. In diesem Pulk wollte eigentlich auch Miriam mitfahren. Aber das Zwacken am Fuß wurde schlimmer. Es tat nicht weh. Vermutlich war auch Zwacken eher ein Wort, das Miriam aus alter Gewohnheit benutzte. Denn eigentlich zwackte gar nichts. Es war nur ein Gefühl, dass da am Fuß etwas war, was dort nicht hingehörte. Als ob sie etwas im Schuh hatte – besser gesagt in dem mit Rollen besetzten Schuhteil ihres Hightech-Anzuges.

Ben überholte Miriam, achtete aber nicht weiter auf sie. Miriam blieb stehen, hob den linken Fuß und schüttelte ihn ein wenig in der Hoffnung, das Teil, welches in ihren Schuh geraten war, ließe sich von der Fußsohle fortbewegen. Vergeblich.

Miriam bückte sich, bemerkte nicht, dass mittlerweile auch Frank und Thomas an ihr vorbeizogen, öffnete die Seite des Schuhteils mittels des Reißverschlusses, schüttelte den Fuß ein weiteres Mal und tatsächlich: Ein kleines Schräubchen purzelte aus ihrem Schuhteil heraus. Miriam schmunzelte. Das muss irgendwie beim Umkleiden in der Chaos-Wohnung des Onkels hineingeraten sein. Miriam schloss wieder ordnungsgemäß den Reißverschluss, stand auf, schüttelte noch einmal den Fuß, setzte ihn auf, rollte zur Probe zwei, drei Meter. Bestens: Das komische Gefühl war fort. Alles wieder in Ordnung. Sie konnte weiter, den anderen hinterher, die ...

Miriam drehte sich verwirrt um. Wo waren ihre Freunde?

Die Tunnelstraße, in der sie stand, war brechend voll. Alle möglichen Leute wuselten um sie herum. Miriam stellte sich auf die Zehenspitzen, um besser sehen zu können, doch sie konnte ihre Freunde nicht entdecken. Das gab es doch gar nicht. Schaute sie überhaupt in die richtige Richtung? Sie waren doch von dort gekommen, oder von dort?

Mal langsam, sagte sich Miriam. Links von ihr befand sich der Eingang in ein Kaufhaus. Der war doch eben auch links von ihr gewesen, oder?

Sie schaute auf den Eingang gegenüber. Dort war leider gerade gar nichts zu erkennen, denn irgendeine Werbeaktion verzauberte die gegenüberliegende Wand gerade in eine Südsee-Insel mit brandendem Meer.

»Mist!«, fluchte Miriam, wollte gerade wieder in die Mitte der unterirdischen Fußgängerstraße fahren, als um sie herum mit einem Male alles dunkel wurde.

Miriam blieb stehen. Was ist denn jetzt los?

Miriam blickte in ein Sternenmeer. Um sie herum sausten einige Raumschiffe und direkt vor ihr drehte sich eine gigantische Raumfähre langsam im Kreis.

Kommen Sie mit!, dröhnte von irgendwoher eine

Frauenstimme. Entspannen Sie sich im La Luna, dem Luxus-Hotel der Romantik-Line. So nah am Mond wie mit keiner anderen Ferien-Gesellschaft. Ideal für Hochzeitsreisen oder Jung-Verliebte. Lassen Sie sich diesen Traum des Alls nicht entgehen. 3 Tage Schlemmer-Verwöhn-Reise für zwei verliebte Personen für nur 16.700 Weltdollar. Buchen Sie jetzt. Sie sind es sich wert!

»Oh, Shit!«, fluchte Miriam.

Überall würde sie ihre Freunde finden, aber mit Sicherheit nicht im La Luna, dem Luxus-Hotel für Frisch-Verliebte im Weltall. Genau das aber war das Einzige, was Miriam in diesem Moment sehen konnte. Nicht, dass sie das Angebot unter normalen Umständen nicht brennend interessiert hätte. Doch Miriam befürchtete, ihre Freunde gänzlich aus den Augen zu verlieren und plötzlich allein auf sich gestellt in der Zukunft zu stehen und nicht weiterzuwissen.

Sie tapste durch den Weltraum wie auf dem Jahrmarkt im Irrgarten. Ihre Hände weit vorgestreckt wagte sie einen Schritt vor den anderen. Sie wusste, dass der Weltraum um sie herum ebenso wie das La Luna-Hotel natürlich nur eine Holografie war. Trotzdem wirkte alles so täuschend echt, dass Miriam sich fragte, weshalb sie überhaupt in den Weltraum reisen sollte, wenn man dasselbe Gefühl auch zu Hause im Wohnzimmer haben konnte.

Offenbar aber sahen die Menschen selbst mit diesen technischen Möglichkeiten noch einen Unterschied darin, sich selbst etwas vorzumachen oder es tatsächlich live zu erleben. Aus irgendeinem Grunde überkam Miriam ein seltsamer Gedanke. Sie überlegte sich, wie es wohl wäre, etliche tausend Weltdollar auszugeben, um in dieses Weltraum-Hotel zu reisen – und dort dann vielleicht im Zimmer sich per Holografie sein eigenes Zuhause vorspielen zu lassen, damit man kein Heimweh bekam. Miriam vermutete, ihr Vater würde genau so im Weltraum seinen Urlaub verbringen. Ihr Vater! Den würde sie niemals wieder sehen. Denn dies hier war keine kurze Abenteuerreise, sondern sie war für immer und ewig in der Zukunft gefangen.

Der Weltraum lichtete sich; der Werbespot der Reisegesellschaft ging seinem Ende zu und Miriam hatte wieder einen freien Blick auf die Fußgängerstraße vor sich, auf der immer noch nichts von ihren Freunden zu sehen war.

Panisch wandte sich Miriam nach allen Seiten um. Zwar erkannte sie jetzt allmählich wieder, aus welcher Richtung sie gekommen waren und in welche sie hatten gehen wollen. Ihre Freunde waren spurlos verschwunden. Trotzdem ging Miriam in die geplante Richtung. Bestimmt würden ihre Freunde an der nächsten Ecke auf sie warten, hoffte sie. Doch die nächste Ecke war eine große Kreuzung, von der in alle Himmelsrichtungen Wege abgingen und von ihren Freunden nach wie vor keine Spur.

»Das gibt es doch nicht!«, rief Miriam entsetzt. Was sollte sie denn jetzt bloß tun?

Niedergeschlagen hockte sie sich an Ort und Stelle einfach auf den Fußboden. Würde sie nun auf gut

Glück irgendeine Richtung einschlagen, hätten ihre Freunde überhaupt keine Chance mehr, sie zu finden. Miriam konnte sich nicht vorstellen, dass ihre Freunde einfach weiterzogen ohne auf sie zu warten und umzukehren und sie zu suchen. Das Sicherste also war, hier zu bleiben, bis einer ihrer Freunde vorbeikam.

Kaum hatte Miriam das für sich beschlossen, als sie plötzlich Ben sah. Zwar nicht leibhaftig, aber auf einem Videoschirm, der in einer der Wände an der Kreuzung eingelassen war. Einige Passanten blieben kurz stehen, um sich die neuesten Nachrichten zu betrachten. Sie hätten diese Nachricht zwar ebenso gut auf ihrem Anzug abrufen können. Aber wenn eine Nachrichtensendung öffentlich an einer Straßenkreuzung vorgeführt wurde, gewann die ganze Sendung etwas Offizielles, Wichtiges und somit Interessanteres. Genau dies war der Grund, weshalb es überhaupt solche öffentlichen Videowände gab. Die Medienunternehmen hatten festgestellt, dass sie damit ihre Einschaltquote enorm steigern konnten.

Miriam erhob sich, rollte eilig auf die Wand zu, um davor einen günstigen Platz zu ergattern und sah gebannt auf das Geschehen im Video.

Sie sah, wie Frank und Ben mit Wachhabenden kämpften, wie Jennifer sich einmischte, wie auf ihre Freunde geschossen wurde, wie Jennifer der halbe Arm wegkokelte und Ben ein großes Loch in den Bauch gebrannt bekam, ohne dass den beiden das Ganze etwas ausmachte.

Genau das war auch der Punkt, an dem ein Reporter

vor die Kamera trat und auf genau diesen Umstand aufmerksam machte.

*Bekannt wurde inzwischen, so informierte er, dass vier dieser sechs Kinder international gesucht werden, wobei leider noch nicht herauszubekommen war, weshalb die International Security hinter diesen Kindern her ist. Die Sicherheitsorganisation lehnt zur Stunde jede Stellungnahme ab, wobei nach dem Weltmediengesetz von 2039 eine solche Stellungnahme, die im Interesse der allgemeinen Öffentlichkeit steht, nur bis zu zwei Stunden abgelehnt werden darf. Folgerichtig wurde auch bereits zu einer Medienkonferenz eingeladen, die in einer Stunde stattfindet und über die wir Sie natürlich sofort live unterrichten. Denn alle stellen sich inzwischen die Frage: Wer sind diese Kinder? Weshalb werden sie gesucht? Wieso besteht Schuss-Erlaubnis? Kann eine Hand voll Kinder ein solches Sicherheitsrisiko darstellen? Weshalb wurde auf die Kinder sofort geschossen und – das ist die wichtigste Frage überhaupt – wie haben es die Kinder geschafft, den Angriff mit Laserkanonen so unbeschadet zu überstehen? Handelt es sich möglicherweise um Außerirdische? Sehen Sie dazu gleich ein Interview mit Omega Butlar, dessen Familie schon seit acht Jahrzehnten vergeblich nach außerirdischem Leben im Weltall sucht . . .*

Miriam erschrak. Irgendetwas musste da furchtbar schief gelaufen sein. Sie wollten doch gemeinsam in ein Fernsehstudio fahren und dort live in einer Art Talk-Show darüber berichten, was mit ihnen passiert war. Wenn sich jetzt aber ein Reporter meldete, kurze Szenen eines schrecklichen Kampfes zeigte und nun wilde Mutmaßungen darüber anstellte, wer die Kinder waren, die da gesucht wurden, bedeutete dies: Der Onkel und ihre Freunde hatten das Fernsehstudio nie erreicht und auch keine Möglichkeit mehr, sie zu finden.

Da sie vorher – wie Miriam hatte sehen können – von zwei Wachleuten aufgespürt worden waren, konnte das eigentlich nur bedeuten, dass sie verhaftet worden waren. Doch dann hätte der Reporter das doch sicherlich erwähnt?

Miriam wandte ihre Aufmerksamkeit wieder der Videowand zu. Dort berichtete der Reporter gerade, dass die Kinder und ein Erwachsener plötzlich verschwunden waren und in dieser Minute über die Exklusivrechte ihrer Interviews verhandelt wurde. Diese Nachricht traf Miriam wie ein Donnerschlag. »Mit anderen Worten!«, schrie sie einfach in die Menge. »Die wissen, wo sie jetzt sind!«

Ein junger Mann, der nur eine halbe Glatze besaß, weil ihm aus der linken Schädelhälfte lange, wellige goldene Haare wuchsen, drehte sich zu Miriam um: »Natürlich wissen die das! Was denkst du denn? Das ist doch I.C.I.E., einer der größten Medienkonzerne der Welt.«

Miriams Herz – oder was immer sie stattdessen in ihrem Brustkorb sitzen hatte – hämmerte vor Aufregung. Bei der I.C.I.E. wussten sie, wo Jennifer und die anderen waren! Und Kosinus' Vater war der Chef dieses Medienkonzerns. Das wäre doch gelacht, wenn sie nicht an den herankäme und über ihn erfahren würde, wo sich ihre Freunde gerade befanden. »Wo kann man denn hier mal telefonieren?«, fragte Miriam in ihrem hoffnungsvollem Eifer.

Der Halbglatzen-Typ betrachtete Miriam mit mitleidsvollem Blick. »Wie bitte?«, fragte er nach.

In dem Augenblick fiel Miriam ein, wie dumm ihre Frage gewesen war. Im Jahre 2049 konnte man immer von überall aus telefonieren, das hieß, mit seinem Anzug auf verschiedene Weise Kontakt zu anderen Menschen auf der ganzen Welt aufnehmen. Das einzig Blöde war: Miriam wusste noch immer nicht so recht, wie ihr Wunderanzug eigentlich bedient werden musste.

# Rollentausch

»Danke!«, sagte Professorin Pi freundlich zur Wachtmeisterin. »Sie werden dann nicht mehr benötigt.«

Es war ihr deutlich die Erwartung anzusehen, dass die Wachtmeisterin sich nun gehorsam und ohne weitere Worte aus dem Staub machen würde.

Das aber tat die Wachtmeisterin nicht. Noch immer starrte sie erschrocken die Kinder an, die vor ihren Augen ihre Identitäten gewechselt hatten. »Wie...«, stotterte sie benommen, »... konnte das passieren?«

Professorin Pi winkte lächelnd ab. »Machen Sie sich darüber bitte keine Sorgen.«

»Was?«, entgegnete die Wachtmeisterin entsetzt. »Keine Sorgen? Aber wenn...!« Sie mochte ihren Gedanken nicht weiterspinnen. Allen war klar, was sie meinte. Sie hatte Angst, ihr selbst könnte Ähnliches widerfahren und ihr eigenes Ich in einen falschen Körper gelangen. Welch furchtbare Vorstellung, wo doch ihr Körper, ihr neuer, makelloser, jugendlicher, wunderschöner Frauenkörper ihr Ein und Alles war.

»Ich sagte, machen Sie sich keine Sorgen!«, wiederholte Professorin Pi. Diesmal klang es nicht beruhigend, sondern wie ein Befehl.

Kosinus' Onkel beobachtete die Auseinandersetzung zwischen den beiden Frauen sehr genau. Er hatte nicht gewusst, dass es außer den Kindern noch eine weitere Person gab, die mittels Brain-scanning neu geschaffen worden war. Doch wenn die Wachtmeisterin Angst davor bekam, ihre Identität zu verlieren, dann lag die Vermutung nahe, dass sie nicht die Einzige war. Hätte sie lediglich befürchtet mit den Kindern in einen Identitätsaustausch zu treten, so hätte sie sich ja bloß von den Kindern fern halten müssen. Aber die Angst der Wachtmeisterin saß tiefer. Demnach musste es eine ganze Reihe von künstlichen Personen geben! Offenbar wurden die illegalen Experimente schon seit Jahren heimlich durchgeführt. Der Blick des Onkels fixierte die Professorin. Auch sie war ausgesprochen jung und schön. Der Onkel wusste, dass heutzutage die Studienabschlüsse erheblich früher gemacht wurden als zu seiner Zeit. Trotzdem war es ungewöhnlich, dass eine maximal fünfundzwanzig Jahre alte Frau bereits Professorin war und ein Forschungslabor leitete. Mit anderen Worten: Auch sie musste einen künstlichen Körper besitzen. Der Identitätstausch schien sie allerdings nicht zu erstaunen. Im Gegensatz zu der Wachtmeisterin, die sich gar nicht mehr beruhigen mochte. »Wie können Sie sagen, dass alles kein Problem ist!«, setzte die Wachtmeisterin nach. »Schauen Sie sich doch die Kinder an. Die wissen überhaupt nicht mehr, wer sie sind.«

»Natürlich weiß ich, wer ich bin«, rief Frank – im Körper von Thomas – dazwischen. »Ich bin Frank!« Er sah an sich hinunter, betrachtete seinen unsportlichen, zu dicken Körper. »Allerdings weiß ich nicht, weshalb ich plötzlich so komisch aussehe!«

»Was soll das denn heißen?«, widersprach Thomas,

im Körper von Ben. »Du siehst aus wie ich. Was soll denn das?«

Jennifer schlug die Hände vors Gesicht. Es war alles so furchtbar. Am liebsten hätte sie ihren Freund Ben in die Arme genommen, die Augen geschlossen und gehofft, dass der Albtraum gleich ein Ende haben würde. Aber wen sollte sie denn in den Arm nehmen: den, der so aussah wie Ben, aber wie Thomas redete, oder den, der wie Ben sprach, aber aussah wie Frank?

Kosinus und Chip standen regungslos in der Ecke und wussten nicht, was sie tun sollten. Hilfe suchend sahen sie ihren Onkel an, der spürte, dass die Professorin ungeduldig wurde. Was hatte sie mit den Kindern vor? Schnell fragte er nach: »Wie konnte denn der Identitätstausch passieren?«

Die Wachtmeisterin nickte heftig. Genau das würde sie auch interessieren.

»Es liegt nur an diesem Raum!«, antwortete die Professorin bereitwillig und siegessicher. »Wir haben die Kinder in diesem Eingangsbereich lediglich überprüft. Schließlich ist es für uns nicht ganz unwichtig, wem sie alles von ihrem Erlebnis berichtet haben!«

Jennifer, als Einzige noch in der richtigen Gestalt, kapierte als Erste, was damit gemeint war. »Sie haben unseren Gehirninhalt durchgecheckt?«, fragte sie mit Entrüstung.

Professorin Pi nickte. »Es ist doch einfacher, als euch zu befragen, wo ihr vermutlich doch nicht die ganze Wahrheit sagen würdet, Liebes«, säuselte sie.

⬇︎ Das war ja schlimmer als jede Horrorvorstellung eines Überwachungsstaates, fand Jennifer. Irgendwelche anonymen Wächter waren in der Lage, den gesamten Inhalt ihres Gehirns zu lesen, ohne dass sie davon überhaupt nur wusste oder es bemerkte.

Jennifer hielt sich unwillkürlich die Hände an den Kopf als ob sie damit verhindern könnte, dass der Inhalt ihres Kopfes abgelesen wurde.

Der Onkel schaltete sofort. Dieses Verfahren konnte nur funktionieren, wenn es in diesem Raum Sensoren gab, die unmerklich Strahlungen des künstlichen Gehirns auffingen. Hierbei musste es zu einem Fehler gekommen sein, so dass die Jungs ihre Identitäten verwechselt hatten. Also gaben die künstlichen Gehirne nicht nur Strahlungen ab, sondern konnten sie auch wieder empfangen. Die Strahlungen gingen vom Kopf des Durchleuchteten zur Zentrale und zurück. Sonst hätte der Fehler nicht passieren können. Und da es nur zwischen den Jungs einen Identitätstausch gegeben hatte, lag die Schlussfolgerung nahe, dass die Strahlungen sogar geschlechtsspezifische Merkmale aufwiesen, die nur untereinander ausgetauscht werden konnten. Genau darin lag nicht nur die Möglichkeit, den Identitätstausch der Jungs rückgängig zu machen, sondern auch die einer erneuten Flucht, wenn es ihm gelingen würde, Jennifer von diesen Strahlungen fern zu halten.

Heimlich sah der Onkel sich in dem Raum um, während er sich bemühte die Professorin weiter in ein Gespräch zu verwickeln.

»Können Sie den Identitätstausch sofort wieder rückgängig machen?«, fragte er die Professorin.

»Jetzt beruhigen Sie sich doch erst einmal alle«, wich sie aus. »Wissen Sie, es ist nicht ganz unproblematisch, dass die Kinder so unvorbereitet durch die Stadt gelaufen sind.«

*Aha!*, dachte der Onkel. *Sie können es also nicht!* Auf seine Frage hätte es nur ein klares, unmissverständliches, beruhigendes Ja geben können, wenn die Wissenschaftler auf das Problem des Identitätstausches vorbereitet gewesen wären. Die ausweichende Antwort aber verriet, dass der Tausch der Identitäten völlig überraschend für die Wissenschaftler stattgefunden hatte und offenbar ein großes Problem darstellte, welches die Professorin gerade zu überspielen versuchte.

Der Onkel schaute zur Decke, ob dort so etwas wie Sensoren angebracht waren. Doch die Decke war makellos glatt und weiß. Ebenso die Wände. Der Raum war leer. Es gab nichts, was die Strahlen hätte auffangen oder aussenden können. Nichts, bis auf . . .

»Sie haben kein Recht, uns hier festzuhalten!«, herrschte der Onkel die Professorin plötzlich energisch an.

»Auch das Recht wurde nur von Menschen gemacht«, entgegnete die Professorin kühl. »In der Regel sogar von recht engstirnigen Menschen. Die Forschung aber lässt sich nicht aufhalten.«

»Ich auch nicht!«, konterte der Onkel. »Kinder, wir gehen!«

▶ »Wohin?«, fragte Kosinus überrascht. Er konnte sich nicht vorstellen, dass man aus den Klauen der Professorin so leicht entschwinden konnte.

Sein Onkel aber schritt entschlossen zur Ausgangstür und wies die Kinder noch einmal an, ihm zu folgen.

»Halt, bleiben Sie hier!«, befahl die Professorin. »Sie kommen ohnehin nicht weit.«

Der Onkel hörte nicht auf sie, ging durch die Tür hindurch und rief die anderen zu sich.

Kosinus zuckte mit den Schultern, setzte sich dann auch in Bewegung. Chip folgte ihm, während die Professorin tatenlos zusah. Sie wusste, dass der Weg durch die Tür nicht weit führte, nur wieder hinaus zum Dach, wo allerdings kein Speedy mehr auf ihre Gefangenen wartete. Weiter als bis zum Dach also würden sie ohnehin nicht kommen.

Das war auch dem Onkel bewusst. Trotzdem rief er Ben (mit dem Körper von Frank), Thomas (mit dem Körper von Ben), Frank (mit dem Körper von Thomas) und Jennifer (unverändert) zu sich.

Erst als Ben (im Körper von Frank) sich auf den Weg machte, wurde die Professorin aktiv. »Halten Sie sie fest!«, befahl sie der Wachtmeisterin, die allerdings tatenlos stehen blieb.

»Was ist?«, herrschte Professorin Pi sie an. »Tun Sie etwas!«

Ben ging auf die Tür zu.

»Stopp!«, schrie die Professorin und lief panisch auf Ben (Frank) zu.

*Dachte ich es mir doch!*, schoss es dem Onkel durch den Kopf. *Es ist die Tür!*

»Ich möchte wissen, ob Sie etwas gegen solche Verwechslungen unternehmen können!«, forderte die Wachtmeisterin.

Die Professorin wurde sichtlich nervös. Sie riss Ben (Frank) am Arm, um ihn am Fortkommen zu hindern.

Ben riss sich los, verpasste gleichzeitig der Professorin einen kräftigen Stoß. Mit einem lauten Fluch stolperte sie nach hinten, fiel hin und machte eine halbe Rückwärtsrolle.

Ben war selbst erschrocken über die Wucht seines Stoßes, ehe er sich erinnerte, dass er ja im Moment im Körper von Frank steckte. Er war es nicht gewohnt, mit dessen Kräften richtig umzugehen.

Ben kümmerte sich nicht weiter um die Professorin, sondern lief hinaus zu Kosinus' Onkel. Die anderen Jungs folgten ihm.

»Nicht!«, brüllte Professorin Pi. Ohne weiter nachzudenken sprang sie auf, um wenigstens den Letzten der Jungs noch zu erwischen.

»Helfen Sie mir doch, verdammt!«, schrie sie die Wachtmeisterin an, die sich daraufhin zögerlich in Bewegung setzte und ein, zwei Schritte auf die Tür zumachte.

Der Onkel sprang vor, packte die Professorin am Kragen und zog sie durch die Türöffnung hindurch. Die Wachtmeisterin setzte nach, um ihre Chefin vor diesem Übergriff zu bewahren, was ihr nicht gelang. Auch sie stolperte durch die Tür, während Jennifer, Kosinus und Chip in dem leeren Raum zurückblieben und erstaunt beobachteten, was vor sich ging.

Jennifer wollte ihren Freunden folgen. Doch der Onkel stellte sich schnell in die Tür: »Nicht weiter!«, rief er Jennifer zu.

Jennifer stoppte. »Weshalb?«, fragte sie.

Die Professorin rappelte sich auf und auch die Wachtmeisterin suchte nach einem Halt, nachdem sie ins Straucheln gekommen war. Benommen hielt sie sich den Kopf. »Verflucht!«, schimpfte sie. »Ich habe Ihnen doch gesagt, Sie sollen aufpassen!«

Die Professorin wehrte ab. Gerade wollte sie etwas erwidern, als sie die Wachtmeisterin entsetzt anstarrte und mit einem quälenden Schluchzer schrie: »Sie haben meinen Körper!«

Die Wachtmeisterin sah an sich hinunter, blickte wieder auf, begriff, dass sie ihren eigenen Körper ansah, der ihr gegenüberstand und von den Gedanken der Professorin ausgefüllt war, während sie selbst im Körper der Professorin steckte, der zwar keineswegs zu verachten, aber eben nicht ihrer war. »Verdammt!«, fluchte sie.

Jennifer starrte noch immer die beiden Frauen an, tastete sich schnell ab, besah sich selbst so gut sie konnte, und stellte fest, dass sie noch immer Jennifer war. Weshalb hatte es bei ihr auch dieses Mal nicht zum Tausch der Identität geführt?, fragte sie sich.

Der Onkel wandte sich schnell zu den Jungen um. Waren deren Identitäten noch vertauscht? »Wie geht es euch?«, fragte er, in Bens Richtung gewandt.

»Gut«, sagte der, der wie Ben aussah.
»Und wer bist du?«, hakte der Onkel nach.
Der Junge mit Bens Aussehen lächelte vorsichtig. »Na, ich hoffe, ich bin Ben!«, sagte er.
Der Onkel atmete tief durch.
Jennifer juchzte vor Freude, nicht ahnend, dass dieser Freudentaumel erheblich zu früh angesetzt war.

# Tödliches Ende

Das Kommunizieren mit dem Anzug war viel einfacher, als es die komplizierte Technik, die in dem Overall steckte, vermuten ließ. Lange hatte Miriam überlegt, wie sie dem Ärmel wohl klarmachen könnte, dass sie telefonieren wollte, bis sie schließlich auf die Idee kam, es ihm einfach zu sagen. Vorher musste sie ihren Ärmel lediglich einmal anfassen, damit die Sensoren anhand des Fingerabdrucks Miriams Identität erkennen konnten. Danach war die Leitung im wahrsten Sinne des Wortes frei. Miriam bat ihren Ärmel um ein Telefonat, worauf auf dem Display am Handgelenk eine Frau erschien, die fragte, mit wem sie verbunden werden wollte. Als Miriam den gewünschten Gesprächspartner nannte, war das Telefonieren allerdings schon nicht mehr so einfach. Der Chef von I.C.I.E. war nicht mal eben so zu sprechen.

Miriam hatte gebettelt, als wäre es um die Erhöhung ihres Taschengeldes gegangen, aber es war nichts zu machen. Sie war zwar zur Zentrale des Medienunternehmens durchgestellt worden, biss sich dort aber gerade an einem mürrischen Pförtner die Zähne aus. Von vornherein hatte Miriam im mobilen Ärmel-Bildtelefon sehen können, dass der Pförtner ein Blödmann war. Doch diese Erkenntnis nützte ihr auch nichts. Der Blödmann war nämlich ein Roboter; und Roboter waren mit Bitten und Betteln, Heulen und Schmeicheln noch weniger zu beeindrucken als Pförtner aus Fleisch und Blut.

Wutentbrannt wollte Miriam wieder auflegen, doch leider wusste sie nicht, wie das funktionierte. Wie legte man einen Telefonhörer auf, wenn man nur ein schalterloses Display im Ärmel hatte? Sie war sich sicher, dass auch dies mittels eines Sprachbefehls funktionierte, aber wie mochte dieser wohl lauten: *Gespräch beendet* vielleicht? Aber es gab sicher eine Menge Gespräche, in denen die Worte *Gespräch beendet* vorkamen, und dann wäre ja die Leitung sofort unterbrochen, obwohl man es eigentlich gar nicht wollte.

Miriam starrte auf die Roboterfratze des Pförtners. Der Pförtner hätte das Gespräch ja auch beenden können, fand Miriam. Doch wie auf *Stand-by* geschaltet, gaffte er aus dem Display und wartete wortlos darauf, was Miriam sagen würde. Miriam ahnte aufgrund dieses Verhaltens, dass der Roboter vermutlich in der Lage war, zig Gespräche gleichzeitig zu führen.

Während er nur stumm gaffte, vermittelte er vielleicht gerade etliche andere Anrufer weiter an die richtigen Abteilungen. Und Miriam hätte ihn für den Rest ihres künstlichen Lebens in der Leitung, wenn ihr nicht endlich einfiel, wie man so ein Gespräch beendete. Und wenn sie es dann endlich irgendeines schönen Tages geschafft haben würde, den öden Maschinenkopf aus dem Ärmel zu schütteln, sprich: das Gespräch zu beenden, dann wäre sie genauso weit wie vorher: keine Verbindung zu Kosinus' Vater und keine Ahnung über den Aufenthaltsort ihrer Freunde.

Miriam wusste keinen Ausweg aus dieser verzweifelten Situation und hätte möglicherweise noch lange Zeit in ihr ausharren müssen, wenn nicht mit einem Mal sich der Roboter selbst gemeldet hätte: Ich darf Sie nun verbinden mit Herrn Amseler jr.

»Wer ist das denn?«, fragte Miriam verblüfft.

Leiter der Abteilung Docu-Talk and Human Destiny. Soeben kam eine allgemeine Suchmeldung, dass Herr Amseler jr. Sie oder einen Ihrer Freunde zu sprechen wünscht, erläuterte der Roboter.

Bevor Miriam genauer nachfragen konnte, weshalb ein ihr völlig unbekannter Leiter einer kryptischen Sonstwie-Abteilung sie zu sprechen wünschte, hatte der Pförtner sie schon weiter durchgestellt und auf dem Display erschien ein blasser, schlanker, sportlicher Typ mit violetten Lippen und orange-goldener Glatze, aus dessen lächelndem Mund grüne Steinchen funkelten, die in roten Zähnen eingelassen waren.

»Sie glauben gar nicht, wie froh ich bin, dass Sie sich gemeldet haben!«, säuselte er Miriam ohne Begrüßung an. »In Ihrem Anzug funktioniert die Aussendung der Ortskoordinaten nicht. Sagen Sie mir doch eben kurz, wo Sie sich gerade aufhalten!«

Im Labor am Rande der Stadt war unterdessen Chaos ausgebrochen. Die Professorin in der Gestalt der Wachtmeisterin hatte die Wachmannschaften aufgefordert Ben und dessen Freunde wieder einzufangen und in den Behandlungsraum zu bringen, wo einerseits untersucht werden sollte, ob der Identitätstausch wieder rückgängig gemacht worden war, andererseits alle Vorbereitungen dafür auf Hochtouren liefen, das etwas aus den Fugen geratene Experiment wieder in geordnete Bahnen zu lenken. Dies allerdings erwies sich als höchst schwierig, weil die Professorin ständig Anweisungen gab, für die die Wachtmeisterin nicht befugt war. Da die Professorin allerdings in der Haut der Wachtmeisterin steckte, sorgte dies bei den Kollegen für einige Verwirrung, weil die sich natürlich von der Wachtmeisterin nichts sagen lassen wollten und nur mit großer Skepsis deren Geschichte vom Tausch der Identitäten vernommen hatten und nun ständig die Wachtmeisterin in Gestalt der Professorin anschauten und auf Anweisungen warteten, die diese nicht geben konnte, weil sie als Wachtmeisterin ja von nichts eine Ahnung hatte.

Mittlerweile befanden sich mehr als ein Dutzend Personen in dem so genannten Behandlungsraum: die Professorin und die Wachtmeisterin in jeweils vertauschten Rollen, die sechs Kinder und Kosinus' Onkel, die unter strenger Bewachung von vier Bewachungsrobotern wie in einem Wartezimmer in hängenden Plastikeiern schaukelten, sowie eine Hand voll Doktoren und wissenschaftlichen Angestellten, die sich verwundert bemühten der Diskussion zwischen den Frauen und den Kindern zu folgen.

Der Wirrwarr um die Kompetenzen der beiden vertauschten Frauen nahm einen so großen Raum ein, dass sich noch kaum jemand die Zeit genommen hatte, sich mit den vertauschten Jungs auseinander zu setzen, insbesondere da alle annahmen, dass der Tausch durch die Tür rückgängig gemacht worden war und jeder wieder seine normale Identität hatte.

Auch Jennifer war hiervon überzeugt. Erschöpft – wenn sie ihr schon die Fähigkeit genommen hatten zu weinen, warum nicht auch die Last der Erschöpfung, fragte sie sich – schmiegte sie sich an ihren Freund Ben, der aussah wie Ben und auch von sich behauptete Ben zu sein. Kaum aber hatte Jennifer ihren Kopf an ihn gelehnt, wich Ben erschrocken zurück, während Frank beleidigt wegsah.

Jennifer fuhr verwundert hoch. »Was soll das?«, fragte sie beide Jungs gleichzeitig.

»Nichts! Wieso?«, antworteten beide, während Thomas, der auch aussah wie Thomas, sich von seinem Sitz erhob und in die Runde sagte. »Möchte zu gern wissen, wie dieser Identitätsaustausch funktioniert. Ich nehme an, sie werden ihn gleich an den beiden Frauen ausprobieren.«

»Nichts werden wir ausprobieren!«, protestierte die Wachtmeisterin in Professorin-Gestalt aufgebracht und wandte sich der wirklichen Professorin zu. »Ich will, dass das hier auf eine saubere und ungefährliche Weise wieder in Ordnung gebracht wird oder ich wende mich an die Öffentlichkeit.«

Jennifer wollte Thomas gerade fragen, seit wann er sich so sehr für technische Fragen interessierte, als Ben aufstand und einige Kniebeugen machte, weil er fand, dass er nach so langer Zeit etwas Bewegung benötigte. Gleichzeitig stimmte er Thomas zu, dass die technische Seite des Identitätstausches sicher sehr interessant wäre. Frank bückte sich, hob ein kleines Teil auf, betrachtete es eindringlich und freute sich schließlich, als er erkannte, dass es sich um eine Schraube handelte, die wohl mal ein Roboter verloren hatte, und steckte sie zufrieden ein.

Jennifer traute ihren Augen nicht. Alles war so durcheinander und verwirrend. Sie wusste überhaupt nicht mehr, mit wem sie es eigentlich zu tun hatte. Ihr eigener Freund kannte sie nicht mehr, zumindest nicht als seine Freundin, Frank sammelte wie Thomas, der sich wie Ben für Technik interessierte, trotzdem hatten alle aber auch alte Eigenschaften behalten. Was bedeutete das alles? Wieder wandte sich Jennifer an Kosinus' Onkel, der finster dreinblickte.

»Identitätschaos!«, sagte er laut, woraufhin die wilde Debatte zwischen der Wachtmeisterin, der Professorin und ihrer Kollegen schlagartig unterbrochen wurde.

»Was sagen Sie da?«, fragte die Wachtmeisterin in Professorin-Gestalt verängstigt.

Kosinus' Onkel wiederholte das Wort: »Identitätschaos! Genau das, wovor wir in der jahrzehntelangen Debatte über das Brain-scanning immer gewarnt haben: dass der Austausch der gespeicherten Gedanken nicht nur zwischen dem Speichermedium und dem Datenträger stattfindet, sondern möglicherweise auch unkontrolliert zwischen den Datenträgern selbst.«

Thomas fragte mit dem Teil seiner Gedanken nach, der wirklich zu ihm gehörte: »Das verstehe ich nicht. Können Sie das nicht mal einfacher erklären?«

Der Onkel nickte gutmütig. »Hast du schon einmal erlebt, dass du während eines Telefonats plötzlich einen dritten Gesprächsteilnehmer in der Leitung hattest, der mit deinem Gespräch nichts zu tun hatte?«

Thomas nickte.

»Die Folge einer willkürlichen, zufälligen Fehlschaltung im riesigen Telefonnetz!«, erklärte Kosinus' Onkel. »So etwas kann immer mal vorkommen. Ähnlich musst du dir unsere Befürchtung vorstellen, was das Brain-scanning anbetrifft.«

»Willkürliche, zufällige Verbindungen zwischen den Daten- und Gedankenströmen der Datenträger«, ergänzte Bens Gehirn aus Franks Körper. »Also zwischen uns, die wir keine echten, sondern künstliche Menschen sind! Zusätzlich zu einem Gehirninhalt kommen Bruchstücke aus anderen Gehirnen dazu oder werden sogar ausgetauscht!«

Der Onkel nickte.

»Und wie stellt man das wieder ab?«, wollte Frank wissen. Die Frage kam allerdings aus Thomas' Körper.

Der Onkel schwieg.

Zuerst glaubte Ben, er schwieg, weil er nach einer Antwort suchte. Allmählich begriff er, dass das Gegenteil der Fall war: Der Onkel schwieg, weil er die Antwort wusste.

»Auflegen!«, antwortete Jennifer schließlich für ihn leise.

»Bitte?«, fragte Thomas.

Jennifer wiederholte: »Beim Telefonieren mit einem Fremden in der Leitung muss man auflegen.«

»Hi und hallo, Freaks and Fans, wo immer ihr uns zuschaut! Hier neben mir steht die kleine Miriam. Schaut sie euch an. Lucky funny, that girl, well? Doch ist mit ihr längst nicht alles so easy. But she is here. Great!«

*Kompletter Dachschaden, der Typ!* Daran hatte Miriam keinen Zweifel. Allein schon, wie der aussah! An diese glitzernden Glatzen hatte sie sich ja mittlerweile halbwegs gewöhnt. Sie selbst trug ja schon so eine. Aber bei dem Fernsehmoderator, der sich selbst als Event-Manager bezeichnete, sprudelte aus der Spitze des kahlen Kopfes tatsächlich eine kleine silbrig-violette Wasserfontäne, welche auf seinen Schädel klatschte und von einem hauchdünnen Metallschlauch wieder aufgesogen wurde. Das Ekligste daran war, dass dieser Metallschlauch keineswegs auf dem Kopf festgeklebt war, sondern unter die Kopfhaut transplantiert war, so dass er metallisch durch die dünne Hautschicht schimmerte. Nur die Absaugspitze des Schlauches ragte aus dem Kopf heraus wie die Sprungfeder eines kaputten Sofas. Sein durchsichtiger Anzug bestand aus zwei Schichten. In dem Hohlraum dieser beiden Schichten krabbelten phosphoreszierende spaghettilange Würmer herum, die in eine hellblaue Flüssigkeit getaucht waren. Es war widerlich.

Die Erkennungsmelodie der Sendung, in der Miriam gerade live auftrat, bestand aus einem absolut hippen Bug-jam, wie der Event-Manager kundtat. Bug-jam – übersetzt: Insekten-Gedränge – war der Name für die neue, angesagte Musikrichtung: Man nahm die Flug-, Balz- oder Warngeräusche eines beliebigen Insekts auf, verstärkte und verzerrte diese auf jede erdenkliche technische Art, bastelte einen ohrenbetäubenden Rhythmus daraus und unterlegte diesen mit einer erneuten Mischung von anderen Insektengeräuschen. Das Ergebnis war, dass hundert oder zweihundert verschiedene, elektronisch bearbeitete Insektengeräusche übereinander montiert ein Höllenspektakel ergaben. In den Discotheken mit den riesigen Erlebnislandschaften war dies der letzte Schrei, wobei die Tanzenden sich eifrig bemühten in ekstaseähnlichen Zuständen mit ihren Gliedmaßen möglichst eines dieser Insekten nachzuahmen.

Da der Event-Manager sich während des Jingles – also der Erkennungsmelodie – bemühte, eine Fruchtfliege beim Flügelputzen nachzuahmen, war es für Miriam keine Frage mehr: Sie dachte überhaupt nicht daran, der Anweisung zu folgen, die ihr diese verrenkte Sprudelglatze vor einer Sekunde noch eingebläut hatte. Sie wollte nicht lächeln, weil es keinen Grund dazu gab. Miriam fühlte sich übers Ohr gehauen. Der ewig lächelnde Schleimsack hatte ihr hoch und heilig versprochen den Aufenthaltsort ihrer Freunde herauszubekommen. Nur sollte Miriam erst einmal erzählen, was überhaupt so passiert war.

Als Miriam endlich mit ihrer langen Erklärung fertig gewesen war, hatte sie erstens feststellen müssen, dass niemand in dem Medienkonzern wusste, wo sich ihre Freunde derzeit aufhielten, und zweitens, dass ihre ganze Erzählung ohne ihr Wissen heimlich aufgenommen worden war. Und jetzt, da dieser juchzende

Schmalztopf sie ankündigte wie einen jonglierenden Seehund, wurde im Hintergrund eifrig ihre Darstellung digital zusammenschnitten, um sie gleich einem Millionen-, wenn nicht gar Milliardenpublikum vorzuführen.

Miriam überlegte, ob sie dieser aufgemotzten Kanalratte nicht vor laufender Kamera in seine geklonten Weichteile treten sollte, statt ihm auch nur eine einzige Frage zu beantworten. Bevor sie jedoch zu einer Entscheidung gekommen war, wurde schon ihre Erzählung eingespielt.

»Was soll das heißen? Auflegen?«, keifte die Wachtmeisterin aus der Gestalt der Professorin. »Dann ist die Leitung doch gekappt. Das Gespräch beendet. Was hat denn das mit uns zu tun?« Sie stockte, weil ihr in diesem Moment, als sie es selbst ausgesprochen hatte, die Konsequenz aus dem Vergleich mit dem verkorksten Telefonat deutlich wurde. »Sie meinen...«

Der Onkel nickte.

Die Professorin – in der Gestalt der Wachtmeisterin – fuhr energisch dazwischen. »Papperlapapp! Das ist doch wissenschaftlicher Unsinn. Nichts bewiesen!«

»Wissen Sie denn, wie man den Gedankensalat wieder auseinander sortiert?«, fragte der Onkel trocken.

Die Professorin verstummte, würgte sich nur noch ein verlegenes »Äh...« heraus.

»Und Sie, meine Herren?«, fragte der Onkel und sah die wissenschaftlichen Mitarbeiter der Professorin an. Einer wagte es, mit den Schultern zu zucken. Ein anderer gab schließlich zu: »Wir haben nicht damit gerechnet, dass es passieren könnte.«

Der Onkel wandte sich wieder zur Wachtmeisterin, deren Professoren-Gesicht kreideweiß wurde.

*Erstaunlich,* dachte der Onkel. *Sogar die Gesichtsfärbung bei bestimmten emotionalen Reaktionen funktioniert.*

Noch immer brachte die Wachtmeisterin ihren begonnenen Satz nicht zu Ende. Jennifer übernahm es für sie: »Sie meinen, man müsste uns abschalten, unser Gehirn sozusagen löschen und noch einmal scannen.«

Der Onkel nickte. »Ich sehe keine andere Möglichkeit!«

»Unsinn!«, schrie die Professorin, wobei ihr Wachtmeisterin-Gesicht jetzt rot anlief. »Was wissen Sie denn schon?«

»Mehr als Ihnen lieb ist!«, konterte der Onkel kühl. Er wusste, was die Professorin so sehr auf die Palme brachte. Sie hatte Angst, dass ihre lieben Kollegen es einfach unterlassen würden, sie neu zu scannen. Damit wäre ihre Existenz ausgelöscht. Damals – beim ersten Mal – hatte sie es selbst vorgenommen. Möglicherweise existierte ihr Original aber gar nicht mehr. Wahrscheinlich sogar. Es gab nur noch ihren Gehirninhalt. Und der steckte in einem falschen Körper. Sie musste ausgeschaltet werden und war darauf angewiesen, dass ihre Kollegen sie wieder ins Leben riefen. Ihre Kollegen würden die Macht der Entscheidung über ihre neue Geburt haben. Von wegen unsterblich! Ihr Leben lag in der Hand der wohlwollenden Kollegen! Der Onkel spürte, dass die Professorin ihren Kollegen nicht traute.

Rüde stieß sie zwei von ihnen beiseite, die ihr im Wege standen, rannte aus der Tür über den Flur bis zu einer weiteren Tür, die sie mit ebensolcher Heftigkeit aufstieß. Alle anderen folgten ihr.

Wie sie angenommen hatten, befand sich in dem Raum, den die Professorin so hektisch aufgesucht hatte, das Labor.

Jennifer hielt den Atem an. Wozu eigentlich, fragte sie sich einen kurzen Moment, atmete sie? War es notwendig oder auch nur eine Spielerei, damit sie wie ein Mensch wirkte? Ihr fiel ein, dass der Onkel sie als zum Teil organisch bezeichnet hatte. Vielleicht musste sie wirklich atmen, um am Leben zu bleiben. Wie ein richtiger Mensch.

Hier also war Jennifer geboren worden, als Kopie ihres Originals, welches vor fünfzig Jahren existiert hatte. Skeptisch betrachtete sie die Apparaturen, die so unglaublich fremd und futuristisch aussahen, dagegen wirkte die Kommando-Station der Enterprise im Fernsehen wie ein alter Tante-Emma-Laden.

Die Professorin drückte auf verschiedene Knöpfe, sprach mit einigen Geräten, die man gar nicht sehen konnte. An einigen Wänden, aber auch freistehend im Raum, erschienen durchsichtige Bildschirme, die holografisch dreidimensional Kurven und Diagramme, Zahlen und zitternde Linien zeigten.

»Tun Sie es nicht!«, warnte einer ihrer Kollegen. »Sie haben darin doch gar keine Erfahrung.«

»Was hat sie vor?«, wandte sich die Wachtmeisterin ängstlich an den Kollegen. Sie ahnte, dass die panischen Vorbereitungen, die die Professorin da traf, auch etwas mit ihr zu tun hatten.

Der wissenschaftliche Kollege räusperte sich, bevor er antwortete. Als er endlich etwas sagen wollte, fuhr ihm Professorin Pi heftig dazwischen: »Darf ich mal erfahren, was Sie hier eigentlich zu suchen haben?«

»Das ist ja wohl die Höhe!«, empörte sich die Wachtmeisterin. Sie hatte nun keine Zweifel mehr: Die Professorin wollte eiligst auf eigene Faust den Gedankentausch zwischen den beiden Frauen rückgängig machen, obwohl sie keinen Schimmer hatte, wie es funktionierte. Die war doch verrückt geworden! Entsetzt rief die Wachtmeisterin nun ihre Kollegen und erteilte den Befehl, die Professorin zu verhaften.

Wütend drehte die sich daraufhin um, fauchte wie eine wild gewordene Katze und zischte ihrer Untergebenen, die sich in ihrem Körper breit gemacht hatte, gefährlich leise zu: »Wagen Sie es ja nicht!«

Jennifer fühlte sich wie in einem schlechten Film. Sie stand in einem futuristischen High-Tech-Labor, in dem nichts weniger gemacht wurde als gleichsam wie Doktor Frankenstein neue Menschen zu produzieren! Und das Ganze ebenso sensible, anfällige wie hochgefährliche Instrumentarium wurde verwaltet und bewacht von zwei durchgeknallten Schreckschrauben, die sich um ihre Körper zankten wie Meryl Streep und Goldie Hawn in dem Film Der *Tod steht ihr gut.*

»Aufhören!«, schrie Jennifer verzweifelt. Wir sind hier doch nicht im Kino!«

Jennifer erschrak plötzlich über sich selbst. Wie kam

sie eigentlich ständig auf diese Kino-Vergleiche? Sie ging zwar hin und wieder ins Kino wie alle Jugendlichen, aber *Raumschiff Enterprise* zum Beispiel hatte sie sich niemals angesehen und den Film *Der Tod steht ihr gut* auch nicht. Trotzdem war ihr plötzlich diese Filmszene bewusst.

Jennifer wurde schwindelig vor Angst. Es gab keinen Zweifel. Auch sie war nicht mehr nur sie selbst, sondern sie war ein Stückchen zu Miriam geworden!

# Das Ende 2049

Mitten in der Auseinandersetzung zwischen den Frauen platzte Miriam in das Labor. Allerdings nicht als Person, sondern nur als Holografie. Einer der wissenschaftlichen Mitarbeiter hatte seinen Anzug so eingestellt, dass ihm wichtige News seines abonnierten Nachrichtendienstes bei I.C.I.E. sofort live eingespielt wurden. Normalerweise stellte er diesen Dienst vor Besprechungen oder Sitzungen aus, aber diese Zusammenkunft hier war zu überraschend gekommen.

Peinlich berührt griff er schnell zu seinem Arm, um die störende Live-Einspielung zu stoppen.

Geistesgegenwärtig hinderte Chip ihn daran. »Das ist Miriam!«, rief sie.

Alle drehten ihre Köpfe zu der News-Übertragung und verfolgten staunend Miriams Bericht über das, was ihnen widerfahren war.

Kosinus wandte sich grinsend zur Professorin in der Wachtmeisterin-Gestalt um: »Es war völlig zwecklos, dass Sie uns hier festzuhalten versucht haben. Jetzt weiß die ganze Welt von ihren illegalen Forschungen!«

Der wissenschaftliche Mitarbeiter, aus dessen Anzug die News übertragen wurden, wurde plötzlich sehr blass im Gesicht.

Die Professorin aber blieb gelassen. Sie hob die

Schultern, als ob sie sich geschlagen gäbe, lächelte Kosinus sogar ein wenig an, was ihm und auch Chip überhaupt nicht gefiel. Was führte sie im Schilde?

»Aber sie weiß ja nicht, wo das Labor ist und wer ihr Gehirn gescannt hat!«, posaunte plötzlich ein anderer Mitarbeiter in die Runde. Er schien erleichtert über seine Erkenntnis.

Der Gesichtsausdruck der Professorin veränderte sich schlagartig. Offenbar war es genau das, was sie auch gerade gedacht, gleichzeitig aber gehofft hatte, dass die anderen es nicht bemerken würden. Denn so hatte der Mitarbeiter ungewollt dem Onkel den entscheidenden Tipp gegeben. Denn selbstverständlich waren die News im Jahre 2049 interaktiv. Jedermann konnte sich mit eigenen Erfahrungen, Berichten oder Zusatzinformationen in die Sendung einschalten, die blitzartig von mehreren Computern geprüft und schließlich entschieden wurde, ob und welche Informationen sofort in die Sendung einflossen.

Noch während Professorin Pis Schrecksekunde hatte der Onkel sich in die News-Sendung eingeklinkt und sowohl den Auftraggeber als auch den Standort des Labors bekannt gegeben.

Alle – außer den Kindern mit ihren Gedanken aus dem Jahre 1999 – wussten, dass es nun keine zwei Minuten dauern würde, bis wiederum Hunderte von Reportern in diesem Labor auftauchen und das ganze Desaster der staatlichen Forschung über die Welt verbreiten würde. Der deutsche Forschungsbeauftragte der Weltregierung konnte sich schon mal nach einem neuen Job umgucken und auch die Professorin erkannte, dass sie am Ende war.

Fast am Ende.

»Ohne Beweis kein Preis!«, kicherte sie gemeingefährlich, drehte sich mit der trainierten Gewandtheit ihres Wachtmeisterinnen-Körpers um, sprang auf einige Geräte, Sensoren und unsichtbaren Schalter zu und betätigte diese.

»Nicht!«, brüllte ein Mitarbeiter.

Verwirrt schaute sich der Onkel um.

Chip und Kosinus sahen ihren Onkel an.

Die Wachtmeisterin erstarrte.

Der Onkel betrachtete nervös die Kinder, sah wieder zu der Professorin, die sich auch nicht mehr rührte.

»Mein Gott!«, hauchte ein Mitarbeiter.

Jennifer, Thomas, Frank und Ben bewegten sich nicht mehr, sondern standen da wie leere Ritterrüstungen im Museum.

Und auch die Holografie von Miriam stand still während der Event-Manager wild auf sie einredete und nach einiger Zeit es sogar wagte, seine Gesprächspartnerin anzufassen, sie zu stupsen, zu rütteln, zu schubsen, bis Miriam unter seinen verdutzten Blicken einfach umfiel wie eine Schaufensterpuppe.

»Was hat sie getan?«, rief Chip entsetzt. Sie meinte mit ihrer Frage Professorin Pi.

»Selbstmord!«, antwortete der Onkel mit trockener Kehle. Er konnte es noch immer nicht fassen, was er gerade miterlebt hatte. Aber es war unübersehbar. »Sie hat sich selbst umgebracht, indem sie einfach alle gelöscht hat. Mit wenigen Knopfdrucken und Befehlen alle Gehirninhalte gelöscht!«

Chip musste sich an Ort und Stelle hinsetzen. Sie konnte es nicht begreifen. Alles war so schnell gegangen. Ihre neuen lieb gewonnenen Freunde, die eben noch lebendig und leibhaftig vor ihr agiert hatten, standen nun leblos da wie Gipsfiguren, glotzten aus toten Augen ins Leere.

Kosinus hoffte noch auf ein Wunder. Er stupste Ben an. Doch auch der kippte einfach nur um.

»Meine Damen und Herren!«, sprach der holografische Event-Manager. Er war so sehr verblüfft von dem, was sich live vor seinen Augen abgespielt hatte, dass selbst ihm jede Fröhlichkeit abhanden gekommen war. Zum ersten Mal in seiner fünfzehnjährigen Laufbahn siezte er seine Zuschauer. Die Kamera schwenkte auf die leblose Miriam. »Sie haben soeben gesehen, wie ein künstliches Leben offenbar zu Ende ging. Wir wissen noch nicht, wodurch es geschah.« Er räusperte sich. »Aber wir werden alles tun, um Sie in Kürze zu informieren. Halb Mensch, halb – ja, wie soll ich sagen – Maschine, künstlicher Körper, Wunder der Technik, wie immer Sie wollen. Dieses wohl jedenfalls menschliche, immerhin durch Menschenhand geschaffene Wesen, der lebendige Prototyp des Menschheitstraums der Unsterblichkeit ist soeben vor unseren Augen gestorben, weil die Technik wieder einmal über uns Menschen gesiegt hat. Mir fehlen die Worte . . .«

»Dann halt auch das Maul!«, brummte der Onkel düster vor sich hin, sah den Mitarbeiter scharf an, der daraufhin nun endlich die holografische News-Sendung abschaltete.

»Sie sind tot!«, krächzte Chip heiser.

Der Onkel nickte.

»Kann man nichts machen?«, fragte Kosinus. »Sie nicht wieder zum Leben erwecken?«

»Doch, natürlich«, fing einer der Mitarbeiter gerade an, hielt aber inne, als er schon die Schritte der Reporterschar vernahm, die nun ihn und seine Kollegen dermaßen in die Mangel nehmen würden, dass er seine weitere Karriere getrost in die Tonne kloppen konnte.

Der Onkel erinnerte seinen Neffen an den schizophrenen Zustand, in dem sich die Kinder zuletzt befunden hatten.

»Niemand hatte sie je gefragt, ob sie als ihre eigene Kopie leben wollten«, gab er zu bedenken. »Meinst du wirklich, sie würden sich wünschen erneut ins Leben gerufen zu werden!«

»Nein!«, rief Chip entschlossen. »Jennifer hätte das nie gewollt und die anderen auch nicht!«

Kosinus nickte. Ebenso wie sein Onkel, der wusste, dass Chip mit ihrer Einschätzung Recht hatte. Er wusste es besser, als sein Neffe oder Chip je ahnen würde oder die kopierten Ben, Jennifer, Thomas, Frank und Miriam je geahnt hätten. Dafür kannte er sie viel zu lange. Schon über sechzig Jahre lang.

# Das Ende 1999

»So leicht habe ich mir noch nie Geld verdient!«, lachte Miriam draußen auf der Straße, nachdem sie das seltsame Forschungslabor wieder verlassen hatten. »Gehirn-scannen, ich lach mich tot!«

Frank stimmte in Miriams gute Laune ein. »Stimmt. Nur eine halbe Stunde surrten sie mit dem Dings über meinen Kopf. Das hat nicht einmal gekribbelt!«

Miriam zählte zum wiederholten Male die fünf blauen Hundertmarkscheine durch, die sie in der Hand hielt. »Fünfhundert Mark! Echt klasse! Schade, dass die das nicht jeden Tag machen!«

»Ich weiß nicht recht!«, grübelte Jennifer. »Stellt euch mal vor, das klappt wirklich!«

»Gehirn-scannen?«, polterte Miriam dazwischen. »Ich schrei mich weg. Das ist doch Quatsch. Wie wollen die denn mein Gehirn scannen? Die spinnen doch!«

»Aber wenn doch?«, beharrte Jennifer. »Dann gäbe es mich eines Tages vielleicht zweimal. Einmal mich mit meinem dreizehn Jahre alten Gehirn und einmal mich in meinem wirklichen Alter!«

»Haha, das möchte ich ja mal erleben!«, brüllte Miriam los. »Wenn ich mich als alte Dame noch mal treffe, als Kind, meine ich. Dann könnte ich mich ja selber warnen: vor blöden Typen, auf die ich mal reingefallen bin und so.«

»Miriam, du bist albern!«, meinte Jennifer. »Ich fände

es zehnmal schlimmer als den Ring der Gedanken damals. Nicht auszudenken.«

»Es ist gar nicht gesagt, dass wir dann unserem alten Original begegnen würden«, überlegte Ben laut. »Vielleicht bin ich schon tot, wenn meine Kopie durchs Leben läuft.«

»Schwarzseher!«, kommentierte Miriam.

Jennifer griff Bens Gedanken auf »Oder aber wir sind mit sechzig Jahren so weise, dass wir wissen, dass unsere Kopien kommen, und verhindern, dass sie uns als Originale treffen!«

»Blödsinn!«, widersprach Miriam heftig. »Wieso denn? Ich will mich aber treffen!«

Jennifer überlegte, wie es wohl wäre, wenn man eines Tages aufwachte und feststellte, dass man seine eigene Kopie in der Zukunft wäre. Ein schrecklicher Gedanke, fand sie. Vermutlich würde sie verrückt werden. Auf jeden Fall aber würde sie durchdrehen, wenn mit einem Male eine alte Oma über die Straße laufen und ihr mitteilen würde, dass sie das eigene Ich sei – nur fünfzig Jahre älter. »Nein!«, entschied Jennifer. »Ich würde mich meiner Kopie auf keinen Fall zeigen!«

Frank tendierte mit seiner Meinung zu Jennifer. »Was meinst du?«, fragte er Ben. »Wird so etwas eines Tages mal möglich sein und die Forscher machen dann so etwas wirklich?«

»Ach wo!«, kicherte Miriam. »Mensch, was ihr immer so alles glaubt. Ich glaube nur, die durchgeknallten Forscher da drinnen sind gerade mal satte 500 Mark pro Person losgeworden!«

Jennifer hatte den Blick nicht von Ben abgewandt. Sie wartete auf seine Antwort.

Ben zuckte mit den Schultern. »Wieso eines Tages?«, fragte er zurück. »Vielleicht haben sie unsere Gehirne eben wirklich gescannt. In der Forschung halte ich nichts für unmöglich!«

Jennifer erschrak. »Und dann?«

»Ich weiß es nicht«, antwortete Ben ruhig. »Ehrlich gesagt hoffe ich, dass ich es nie erfahren werde.«

»Weißt du was?«, sagte Jennifer. Sie zerrte Ben am Ärmel zu sich herüber und schleifte ihn mit auf die andere Straßenseite.

»Was hast du vor?«, fragte er.

Jennifer machte vor einem Schaufenster eines Ladens Halt, in dem es Poster, Bilderrahmen und kleine Gemälde zu kaufen gab.

»Hier wollte ich schon immer mal etwas kaufen!«, sagte sie schwärmerisch. »Und heute habe ich endlich mal genügend Geld dafür!«

Thomas sah auf die Preisschilder und schüttelte nur den Kopf. Er konnte nicht nachvollziehen, wie jemand so viel Geld für ein Bild ausgeben konnte. Bestimmt konnte man jede Menge Bilder auch gratis haben, wenn man nur danach suchte. Er jedenfalls besaß schon drei Gemälde in seiner Garage, die er im Sperrmüll gefunden hatte.

Jennifer zeigte auf eines der Bilder in der Auslage. Es kostete 150 Mark. »Das ist ganz neu!«, war sie sich sicher. »Letzte Woche hatten sie es noch nicht.«

*Traumstadt* hieß es und war – man konnte es erken-

**253**

nen, wenn man die Nase ganz dicht an die Schaufensterscheibe drückte – mit *K. Kehr '99* signiert.

»Gefällt es dir?«, fragte Jennifer.

Ben nickte. Er machte sich nicht besonders viel aus Bildern. Aber dieses hier war wirklich wunderschön und versetzte ihn in eine zauberhafte, fast mystische Stimmung.

»Ja!«, hauchte er leise.

Das genügte Jennifer.

Ehe irgendjemand begriff, was Jennifer da trieb, stürzte sie in den Laden, kaufte das Bild und schenkte es ihrem Freund.

»Du bist verrückt!«, fand Ben.

»Sollte ich je daran zweifeln, dass du mein Original-Ben bist, dann zeige mir dieses Bild!«, sagte Jennifer in feierlichem Ton. »Denn das Bild ist wirklich ein Original, das es nur einmal gibt!«

»Danke!«, flüsterte Ben mit einer Träne im Auge.

»Ach, das muss Liebe sein!«, schmunzelte Miriam.

Ben freute sich so sehr über das kostbare Geschenk, dass auch er Jennifers Denkfehler nicht bemerkte. Denn sie kaufte das Bild erst nach dem Gehirn-scanning. Sollte sie es also eines Tages als kopierte Jennifer wieder sehen, würde sie nicht wissen, es jemals gekauft zu haben. Auf jeden Fall schwor er sich dieses Bild ewig aufzubewahren, egal wie wertvoll es einmal  sein würde.

# Computer-Krimis aus der Level 4-Serie

**Level 4 – Die Stadt der Kinder**
ISBN 3-423-**70914**-6  Ab 11

**Der Ring der Gedanken**
ISBN 3-423-**70475**-6  Ab 11

**Achtung, Zeitfalle!**
ISBN 3-423-**70538**-8  Ab 11

**UFO der geheimen Welt**
ISBN 3-423-**70697**-X  Ab 11

**Jagd im Internet**
ISBN 3-423-**70796**-8  Ab 11

**2049**
ISBN 3-423-**70852**-2  Ab 11